島は浜風

波戸岡 旭

Shima wa Hamakaze

Hatooka Akira

ふらんす堂

目次

桑の実……7
唐柿（無花果）……11
富有柿……18
温州みかん……30
青蜜柑……64
木いちご……70
祖父のこと……79
祖母のこと……96
父のこと……104

母のこと……110
誕生……116
生い立ち……122
小学時代……138
中学時代……223
高校入学……271
あとがきに代えて

島は浜風

島を出る夢見し頃の夜光虫　旭

桑の実

一昨年の春、近くの苗木センターで、巴旦杏の苗木を一本購入して、我が家の門内の狭い石段の隅に植えた。去年も今年もいっぱい白い花を咲かせたが、実は一顆しか生《な》らなかった。あと二、三年もすればきっと多く実るはずである。今年実ったその一顆《か》は、七月五日、薄黄緑の皮に赤紫の果肉が透けてみえるほどになったので捥いだ。よく熟れていて、昔と変わらない甘酸っぱさであった。巴旦杏は、李《すもも》とも牡丹杏ともいう。西洋のプラムと同種である。

私の幼い頃は、郷里の我が家には、十数本の巴旦杏の大木が、高い生け垣のように家の東側から北側にかけて樹《た》っていた。毎年、春の陽気が増すにつれて、その白い花がいっせいに開き、清らかな香りを放った。巴旦杏の花は、梅の古雅な香りや桃の甘い香りとはちがって、あわあわとして清らでなつかしい香りがする。家の周りが青田風に包まれる頃になると、赤紫や黄金色をした巴旦杏の実を竿でたたき落としたり、屋根に登って捥いだりして、口の中が痛くなるまでたらふく食べた。毎日、食べても食べてもちっとも減らないのであった。

ちなみに我が家で取れたくだものというと、他には桑の実、石榴、枇杷、茱萸、安政柑、それに無花果などであった。

童話には、たとえば有島武郎の「一房の葡萄」のような、くだものがモチーフの名作が少なくない。が、それは、たいてい、読後、つんと胸が痛くせつなくなるような話である。鈴木三重吉の「桑の実」は、童話ではないがやはり淡いせつない恋物語である。手笊《てざる》の中に摘まれたばかりの粒々の紫黒色の桑の実の、その可憐で素朴な風情とほのかな甘みとは、この作品の味わいのすべてを象徴しているかのようである。

ところで、桑の実といえば、いま急に思いだした作品がある。たぶん中学生のころに一度読んだきりなので作者の名は思いだせないが、題はやはり「くわの実」であった。記憶は至極曖昧になってしまっているが、たしか話の大筋は以下のようであった。

ある少女（小学一、二年生か）の家の近くに、くわの木が一本あり、初夏のころ、たくさん実をつけた。日が経つにつれて、その小さなくわの実たちは緑色から橙色になり、それから赤色に、そして濃紫色に、さらには紫黒色にと熟していった。少女はそれが食べてみたくて仕方がなかった。ある夕方、ひとりでそっと家を出て、そのくわの実のある家に近づき、庭に入ろうとした。と、ちょうどその時、会社帰りの父親が通りかかる。不審に思った父親は、少女を呼んだ。父の声にびっくりした少女は、急におそろしくなったらしく、しゃがみこんでしまった。父親は少女がなにをしようとしていたかがすぐに分かったようだが、黙ったまま、やさしく少女を抱き上げて家に向かう。父の胸の中で少女はしくしく泣き出した。父親は「よしよし、泣かないでいいんだよ」と言った。翌日の夕方、父親は、少女に「おみやげだよ」と言って四角な紙包みを渡す。包みの中は真っ赤ないちごであった。父親はそのひと粒をてのひらにのせて「これは、いちごといってね、西洋の実なんだけれど、あのくわの実とおなじだよ。西洋のくわの実だね」と言った。少女はとてもよろこんだ。そして、それからはくわの実のことはすっかり忘れたのであった。概略、そんな話であった。なぜこんな他愛ない話を覚えているのか不思議といえば不思議だが、そのエッセイの読後感が、自分にとってはありふれた桑の実でも、ひとによっては、とても特別な魅力的な実に見えることがあるんだということ。そして、むしろ自分は、その西洋産の苺こそ食べてみたいと思ったからだったのであろう。

この作品を読んだ頃の、私の家の畑の端には一本の太い桑の木があって、六月の熟れ頃になると、毎日のように、ひとりで食べたいだけ食べることができた。養蚕などとは無縁の我が家になぜ桑の木があったのかは分からないが、毎年夏になると、見事な大きな葉っぱの間に小さな葡萄のかたちをした桑の実がびっしりと生った。桑の木にもいくつか種類があるようで、野山で見かける野生の山桑の実は、房が短くとても小さくてしかもイガがもさもさしてうまくない。それにくらべると我が家のは、長さが一・五㎝、直径が七㎜くらいの大きさで、うつくしい房状をしていて、イガもすくなく、ほどよい甘さなのであった。手や口やシャツや半ズボンまで紫色に染まるがままによく食べた。けれど、たった一本のこの桑の木が、ある年、突然伐られてしまった。伐られた後で分かったことだが、祖母が祖父に伐らせたのであった。そのわけは、近所の子どもらが、しょっちゅう桑の実を食べに来て畑が荒れて困るからというのであった。

桑の実や兄嫁のみが住む生家　旭

唐柿（無花果）

昭和三十年頃の瀬戸内の島では、苺は一般の農家では栽培しておらず、まだ珍しくて高価な果物だったように思う。絵本や遊具のパッチン（またはケン、関東では面子《めんこ》と言った）の絵で知るていどであった。パッチンに印刷された絵のまっかな苺はいかにも甘そうで、今でもその絵を思い浮かべることができる。その苺は手に入らなかったけれど、桑の実はふんだんに食べることができた。しかしその木がばっさり伐られてしまってからのちは、まったく目にすることすらなくなった。ときおり山桑は見かけるけれど、イガばかりの極小のその実は甘くはない。

ところで、「畑を荒らされるから伐ってしまえ」と祖父に命じた祖母という人は、子どもの私の目にも、とても欲張りで利己的で意地悪い人であった。実際、当時の村の評判では、祖母は三悪婆の筆頭であったようだ。若い頃は色白の大層な美人であったそうだが、まったく愛嬌というものがなかった。頭が切れて気が強く、とても冷淡な人柄だった。反対に、祖父という人は、いつもにこにこと元気で、村一番の心根のやさしい人と言われていた。困っている人を助けたという話は村人から何度も聞いたことがある。まさに心やさしい爺さんと強欲な婆さんという昔話の典型を地でゆく夫婦だったのである。そんな夫婦だからその馴れ初めも面白いのだが、話が逸れ過ぎるのでやめておこう。

祖母は、いつも威厳に満ち満ちていた。父が四十二歳で病死し、若くして寡婦になった母は、ただただ辛抱するしかなく、祖母に頭ごなしに叱られても口答えひとつできなかった。すさまじい嫁いびりの毎日であった。

私は、五人兄弟の末っ子であるが、長兄・長女・次兄は、神戸などに就職していて、私がものごころついた頃の家族は、祖父・祖母・母、そして三つ上の姉と私の五人暮らしであった。家ではいつも良い子ぶっていた私は、みんなに可愛がられたが、ことに祖父からはたいへんな可愛がられようであった。厳しい祖母からもめったに叱られることはなかった。

当時の生家の構えは、四方が田畑の中に、南向きに建つ母屋に接して「横の納屋」という建物があり、母屋の縁側の前が庭と植木と生け垣。そのすぐ先は二、三十坪ほどの菜園場。その先は農具入れや作業場となる「前の納屋」。それと隣接して牛小屋があった。そして、そこから高さ一ｍの石段を下りると、二反ほどの畑が広がる。主に麦と稲との二毛作。さらにその先には藷や豆等を植える畑が一反ほどあった。さらにその畑の先には、入浜式の塩田がひろびろと広がっているのであった。夏の朝夕、赤がね色の半裸の姿の浜子《はまこ》の男たちが、黙々と砂を撒き、潮を撒いた。その働く人影は動く影絵のようであった。その先は高さ五mくらいの土手が長く続いており、その向こうが海である。

入浜式の塩田は、海から潮を引きいれていたが、その水路を「だぶ」と称した。我が家の藷畑と塩田との間は、その「だぶ」という水路で隔たっていた。幅は二mあまりで、深さは二、三m。底は泥で潮水はいつも淀んで緑藻が湧き、ぶくぶく泡立っているところもあった。筒を沈めておいてうなぎを捕まえる人もいたようだが、私はしたことがない。そのだぶの縁沿いに十本ほどの大きな無花果の木が植えられていた。伐られた桑の木もこの藷畑の縁沿いの並びのはずれにあった木なのである。

さて、この無花果が、毎年、みごとにたくさんの実をつけた。私の地方では無花果のことを唐柿《とうがき》と言った。藷畑に小さな新藷が出来る頃、はやばやと赤紫に熟れる実がある。これを「花唐柿」（ハナは、たぶん、さきがけ・最初の意味であろう）とよんだ。花唐柿はきれいな実だが薄味であった。その後、ひと月もたたないうちに青かった実がつぎつぎと熟れて、赤紫色の先が花の形に割れてピンクと白のやわらかい蕊のような種が割れ目から見えてくる。その熟れた唐柿は、子どもの目には無数無限とも思えるほどであった。我が家になるくだものは、巴旦杏同様、いくらでも食べられるのは当たり前のことである。ところが、私が五歳の頃だったと思うが、ある日、祖母が「唐柿は売り物にするから、いっさい食べてはいかん」と決めてしまった。食べるなと言われると、余計に食べたくなるもので、祖母をとてもうらめしく思った。

たしか、その前の年のことだったかと思うが、私はひとりで唐柿を取りにいって、だぶに突き出た太い枝の先に熟れていた実を、身を乗り出して取ろうとして、手が実に届いた途端に枝が折れ、だぶにどぼんと落ちてしまった。子どもの手からすると太い枝なので、まさか折れるとは思ってもみなかった（唐柿というくらいだから、柿の木同様に脆《もろ》いのであろう）から驚いた。泥沼の底はぬるぬるして気持ちが悪いが、深さは腰のあたりまでだったので、自力で畑の方に這い上がった。だぶの潮臭い水に濡れた着物がやたら重たく、とぼとぼ足を引きずりながら、真っすぐ続く田んぼの間の畔道を家に向かった。足がやけに重いのは、濡れたせいだけではなかった。落ちた時の驚きの後の虚脱感が続いているのと、家の者に叱られるのではないかと不安だったからである。この時の記憶が今も鮮明に残っているのは、ちょうどその時、祖母は留守で、いつも野良に出てはたらいている母がたまたま家にいて、濡れ鼠の私を見て驚き、急いで私の体を拭いて着替えさせてくれたのだが、意外にも母はひと言も叱らなかった。叱るどころか、とてもやさしく介抱してくれたのであった。それがとても不思議だったのである。今思えば、おそらく、その時、泥まみれのずぶ濡れの私を見た母は、もしやどこか怪我でもしているのではないかと心配したにちがいない。ところが、どうやら打ち身もかすり傷もなく無事らしい。母はともかく私が無事であったことに胸をなでおろしたのであろう。その安堵は、私を叱ることさえ忘れるほど大きかったのであろう。

この私の「だぶ墜落事件」の時は、たしか、まだ祖母は「唐柿を取るな」とは言っていなかったように思う。その翌年の私が五歳の時に、欲ばりな祖母は、唐柿を売り物にするからというので、姉と私に対して「食べてはならぬ」と禁じたのであった。この祖母という人は、若い時のことは知らないが、私が知るかぎりでは、農作業はいっさいやらない人であった。炊事洗濯さえも、（農繁期のよほど忙しいときくらいは少しはしたようだが）、ほとんど働くことはなく、祖父や母に指図をするだけであった。むろん、野良仕事をするのはすべて祖父と母とであった。祖母が、せっせとしたのは、卵売りとこの唐柿売りだけであった。手提げの籠に持てるだけの唐柿を入れて、知り合いや万屋《よろずや》に持って行って売ってくるようであった。どういう風に売りつけて来るのかは分からないが、とにかくみんな売り尽くしてきたようである。買わされた人の中には、「屑物まで売りつける、とてもケチな人だ」と悪口を言う人もいた。卵を売っても唐柿を売っても、どれほどの収入でもなかったと思われるが、当時、農家はどこも秋の収穫物を農協に納める時だけが現金収入だったので、わずかでもこのような臨時収入は、祖母の懐を潤したのであろう。

それはともかく、取ることも食べることも禁じられた私の方は、祖母がうらめしくてたまらなかった。「ほんとによくばり婆さんだ」とうらんだものだった。が、この祖母は頭の回転が速く、気位高く威厳があって、その上口が達者なので、まずだれも口応えができなかった。内気で辛抱強いだけの母では、まったく太刀打ちできなかった。家に数えきれないほどに生った唐柿が食べられないのは、幼い子どもにとって、とても残酷なことであった。祖母に談判してみても、歯が立たないのは自明のことで、逆にこちらの弱点をあれこれ言いたてられてやりこめられることの方が恐かった。子どもながらに、この祖母はなんでこんなに強いのだろう、と思ったものだった。

欲のかたまりのような祖母であったが、祖母には「この家と田畑は自分ひとりの才覚で建てた」という強い自負があった。ついでにいえば、長男である私の父は、利欲一点張りの祖母とは実の母子ながら、そりが合わずしばしば衝突していたそうである。

禁じられた唐柿だからなおさら食べたくなる。祖母には談判できないのだから、結局、祖母のいない時をねらって取るしかない。ある日の午後、ちょうど雨上がりの時であった。前の納屋で、母は藁蓆《わらむしろ》を織っていた。隣の小母さんも側で縄を綯《な》っていた。母のそばでひとり遊んでいた私は、やがて退屈し、急に唐柿が食べたくなった。祖母は先ほどどこかへ出かけていた。唐柿はいっぱい熟れているはずだ。石段を下りて、前の田んぼの間の細い畔道を、私はよろけながら小走りに進んだ。田んぼは熟れた稲穂が波打っていた。二反の田んぼと一反の藷畑の間を突っ切って唐柿の木のところまで、子どもの足ではかなりの距離である。自分の家の物とはいいながら、人目を気にして取るというのは変な感覚であった。唐柿が食べたいのと祖母を出し抜いてやろうという気も手伝って、私は畔道を進んだ。すると、田んぼの半ば過ぎまで進んだ私は、なんとなく後ろが気になった。振り返ると、納屋が見えた。母と小母さんとが笑顔で私を見ていた。ちょっと安心して、また前に進もうとした私の目の端に、なにかしらはっと嫌なものが映ったような気がした。身をたてなおしてしっかり母屋の方を見つめると、祖母が、往還から小道に下りて母屋に帰ってくる姿が飛び込んできた。私の目に祖母が見えるということは、祖母からも私が見えるということだ。しかも、私は田んぼの中。隠れるところはどこにもない。おそらく祖母には、もう私が見えているはずだから、いまさらしゃがんでも田んぼに倒れ込んでも手遅れなのである。とっさに私は、大声で「ほーい、ほーい」と叫んで、手を打ちながら、雀を追い払う真似をした。そしてそれを繰り返した。まったく反射的だった。小母さんは、私のしていることがすぐに分かったらしく「あはは、あはは」と、笑いころげていた。母も苦笑いをしていた。思えば、小賢しくいじらしいことであった。かくして、私の祖母に対するうらめしさは、そのまま唐柿そのものをうらめしく思う気持ちになっていった。

無花果を呉《く》る無花果の葉に包み　旭

無花果を割つて思案の外にあり　〃

富有柿

私の無花果好きはなお今も変わらない。毎年その時期がくると、故郷瀬戸内海の島に住む姉に頼んで、産地直送のクール宅急便で送ってもらってきた。たくさん送ってもらうが、傷みがはやいので急いで食べないといけない。慌ただしいことである。数日のうちに、日に二十数箇ずつほど食べてやっと納得する。

しかし、ここ数年は、姉も「もう荷造りがたいへんだから」と言うので、送ってもらうのは諦めて、やむなく近所のスーパーで買っている。むろん、これまでに、今の家でも無花果を育てようと思って苗木を購入し、陽当たりの良いところに植えたことがあった。すぐにすくすく育って青い大きな葉っぱが幾枚もついた。ところが二、三年後、やっと実が生るかと思えるほどに成長した頃、突然、枯れてしまったのである。てっぽうむしが巣くったらしかった。てっぽうむしというやつは、木の養分を全部吸い取って、木を枯らしてしまい、木が枯れるとともに、てっぽうむし自身も飢えて死んでしまうというなんとも無惨で奇妙奇天烈な虫である。それはともかく、これに懲りたので、それ以後、無花果を植えることは諦めたのであった。それに、無花果のような湿気をよぶ木を家の周りに植えるのはよくないと昔から言われていることも気になっていたので、結局、無花果は植えないことにしたのである。

しかし、果物はどんな果物でも店で売っているものはほんとうの味がしない。栽培している農家から直接捥ぎたてを購入するのでなくてはいけない。千疋屋も西村も高いばかりでほんとうの味ではない。ことに無花果などのような腐りやすい果物を売りに出す場合は、間違いなく熟れかかると同時に早めに捥いでしまう。捥がれた果実は、数日経てばどんどん熟した色になる。しかしそれは木の枝で熟した果実に比べるとまことに淡泊で味気ない。栽培農家から直接だと間違いは少ないが、「産地直送」といえども店からの購入は当てにならないことが多いのである。

今年も、もう無花果の季節は終わりに近づいた。先日まで、スーパーで和歌山産・熊本産・愛知産などというのを買って、ぱくぱく文句を言いながら食べたが、幼時の満たされなかった思いが、今もなかなか消えないでいる自分に少々呆れてもいる。

ところで、ついでに現在の我が家に生る果実を数えてみると、さくらんぼ・富有柿・大枇杷・梅・巴旦杏（苗木）くらいである。富有柿も大枇杷も、毎年甘いのがたくさん実る。と言うと、広い庭があるかのようだが、じつは庭らしいものはまったく無いに等しい。植木はあるが、庭はなくて、植え込みが少々あるに過ぎないのである。三十数年前に今の家を建てた時、不動産屋から庭師を入れるようしきりに勧められたが、自分の好きな花樹を思うがままに植えて楽しみたかったから、断固拒否した。一旦、庭師を入れてしまうと、以後は植木職人に任せるしかなく、こちらはかってに手が入れられなくなってしまう。それは、困るのである。庭いじりは楽しみの一つなのだ。ところが、あにはからんや、二度三度と改築をすることとなって、そのうちに気がついたら庭がほとんど無くなってしまっていたのである。いまはただ小さな濡れ縁に面して、横六mほど・縦三・五mほどの植え込みだけになってしまった。したがって、もはや庭ではなく、植え込みともいえないありさまとなっている。

それでも、いろいろ植えている。ちょっと数えてみると、まず、門に入って通路の横にも少々の植え込みがある。そこには、山茶花、篠竹、豊後梅二本、枝垂れ桜、牡丹、巴旦杏、蘇芳、躑躅（オオムラサキ）二本、紫式部、サツキつつじ、連翹、蔓薔薇、みせばや、スノードロップなど。階段上がって縁の前の植え込みには、金木犀、やまつつじ、紫陽花・額紫陽花、さくらんぼ（大樹）、海棠、椿五種類（うち二本大樹）、桃二種類、茱萸、貝塚息吹、富有柿（大樹）、楸、欅、紅葉、万両、南天、山吹、定家葛、初雪葛。この他に、朝顔、曼珠沙華、蘭、孔雀サボテンなど。

そして別の一角に大枇杷（大樹）がある。むろん、これまでに、伐ったり抜いたりした木もある。ピラカンサ、百日紅、ユッカ、棕櫚などは繁って場所をとりすぎるので泣く泣く処分したのであった。門松は、更にかたちを良くしようと思ってすこし手を入れ過ぎたらあっという間に枯れてしまって、もう無い。強いと思っていた松があまりにもろく枯れたのにはほんとに驚いたことであった。

これらの植木は、ほとんどが近所の「島忠」というスーパーの苗木売り場で購入したものであるが、この宅地のあたりは、もとは丘陵地で肥沃な地質らしく、たいした世話をしなくても、何でもよく育つのである。いま毎年実をたくさん生らす木というと、さくらんぼ、枇杷、富有柿の三本である。どれも二階のベランダを越える高さで、びっしり実をつける。ただ、さくらんぼは、佐藤錦のような甘い桜桃ではなくて、原種にちかい甘酸っぱい実である。桜の実は甘苦いが、この原種のさくらんぼは、花は小振りの桜と同じで、可憐で楚々として美しく、桜よりもすこしはやく咲く。実は緑から薄赤、赤と熟れてゆき、真紅になるととても甘い。だが、やっぱり佐藤錦が食べたいので、これは買うしかない。ちなみに私はことのほかさくらんぼが好きなので、以前、見事なさくらんぼの油絵を買った。額縁の中に、濃緑の長細の皿に真っ赤な佐藤錦が実物以上の存在感で十三顆並んでいる。さくらんぼの無い季節中、毎日この絵を見てほくそえんでいる。絵のさくらんぼは食べられないが、そのかわり減らないのがうれしい。

むかしから、家の周囲に実の生る木を植えるのは不吉だという迷信が伝えられていることは知っているが、好きな果物を植えることは楽しいし、花と実と両方愛でられることはなおうれしいものである。

けれども、四、五年前、交感神経の疼痛に数年間苦しんだ時は、さすがに、この迷信が気になった。それに、万一自分に何かあったら、伸び放題になっている大樹たちは、近所迷惑になるだろうから、今のうちに何とかしておこうと思った。根こそぎ掘ったり伐ったりはできないけれど、せめて太く伸びて隣家の屋根まで覆《おお》っている太めの枝などは処分しようと、電気のこぎりを買ってきて木に登って伐った。伐っている間も背中の疼痛は激しいけれど、伐ることに夢中になっている間は、しばし痛みを忘れることもできたのであった。伐ったのは、さくらんぼの木と椿の木、そして柿の木と枇杷の木。それぞれの太枝を木に登って伐った。さくらんぼの木は、伐っても翌年も変わらず花咲き実が生ったが、椿の木は、花を咲かせながらも、同時にいままで象の足のように白くつるつるしていた太幹にいっせいに葉芽が吹き出たのにはびっくりした。それまでは下枝を落としていたので、花は二階のベランダあたりからシャンデリアのようにピンクの肉厚の花が咲き満ちていたのだが、上の枝を伐られたので、急に幹全体が芽を吹き出したのであった。

柿と枇杷にいたっては、伐られたことに怒りを覚えたらしく、伐った翌年はぴたりと花も実もつけなかった。が、現在は、またたくさん実をつけている。富有柿はこの家を建てたときに、苗を植えたのでもう三十数年になるが、種なしの大きないい実をつける。

買った柿など比較にならないほど甘くうまい。枇杷は、種が芽を吹いて伸びたもの、すなわち実生の木だが、植えて二十年間はまったく花をつけなかった。それが二十年をすぎたあたりから、数個の花をつけだし実をつけるようになって、あっという間にたくさんの甘い大枇杷を実らせるようになった。食べきれない物は果実酒にするのだが、下戸の私は作るだけ作ってそのままになることが多い。

どの実にも、食べごろになると、小鳥がたくさんやってくる。美しい目白や鶯・四十雀・頰白などはうれしいが、鵯や鴉はうるさく鳴いて食い散らす。ことにさくらんぼは、赤くなりかかると、鵯にたちまち食い尽くされてしまう。その狼藉ぶりが当初は少々小癪に障ったので、ある年、山形に旅したとき、土地の農協に行って鳥除けの網を買って来て、さっそく掛けてみたが、さくらんぼの梢が高すぎて、ベランダから竿を使って被せようとしたが、うまく被せられず、隙間が出来ているので、そこから入って食い散らすのであった。しかも事はそれだけでは済まず、どうかすると進入した鵯が網に引っ掛かってばたばたしていたりする。網に掛かった鵯が哀れすぎるし、効果も少ないので、以後、網を掛けることはやめてしまった。

枇杷は小鳥には食べられることはないと思っていたのだが、そうではなかった。これも鵯の好物らしく、遠目には気がつかないが、いざ捥ごうとすると、実の蔕《へた》に近いところに嘴の跡があるのに気づく。上手い食べ方をするものである。してやられたという悔しさよりも、むしろその食い方のあざやかさに感心したものである。しかし、枇杷はたわわにたくさん生るので、鵯たちが少々食べてもいっこうにかまわない。かつてだれかに「小鳥の来る家は幸福の家だよ」とか「幸福な家に小鳥が来るのよ」とか教えられてからは、鳥たちへの憎しみはすっかり消えてしまった。

柿は鴉がよく食べに来る。鵯も多く来る。なにしろ柿の木も樹齢三十年以上になるから、三百箇は優に超える。柿も枇杷もさくらんぼもみんな下枝を伐ってあるから、二階の屋根よりも高く、おおかたはベランダから取る。長鋏も使う。折りたたみの梯子も使って取る。取っても取ってもなお梢に赤く光る物がある。捥ぎたての赤い柿はほんとうに甘い。甘味が濃くて果肉の歯ごたえが心地よい。

我が家は表通りに面していないから、柿の所在も通りからは分からない。だから盗まれることもない。もっとも今日日《きょうび》柿を盗む子なんてまずいないだろうと思われる。

昔は柿盗人というのはよくいたようである。かく言う私にもちょっと苦い思い出がある。

昭和三十六年、高校の一年の秋のことであった。当時、私は尾道に下宿をしていた。ある夕方、同宿の先輩（三年）と下宿の近くの小高い山へ散歩に出かけた。山というより丘といったほうがいいくらいの七、八十mの標高なのだが、石鎚山という名があって祠があり、頂上には人の四、五倍以上の大石がごろごろ横たわり、聳え立っていた。石の上はどれも畳一枚分ほどの広さである。私は日曜日の晴れた日などよくひとりその大石の上に上がって、本を読んだり、仰向けに寝て空を眺めていたりしたものであった。

　その日は、先輩も行くと言うので一緒に登った。その登り道の東側はなだらかな甘藷畑であった。この山道はあたりに木立がなく見晴らしがよくて麓まで見下ろせるのである。谷あいの田園の向こうには、この山と同じくらいの高さの千光寺山が見える。私がぼんやりと千光寺山の方を眺めていると、先輩が急にきらりと目を輝かして、「おい、柿を盗ろうよ」と言う。見ると、甘藷畑の中ほどの畦に一本の柿の木があり、点々と赤く熟れた実は遠目にも甘柿だと分かった。この先輩は水泳部の選手で運動神経が抜群であったが、けっこういたずら好きな人で、子どもの頃からの罪のない武勇伝を彼の部屋でよく聞かされてはいた。しかし、物を盗むというのは思いもよらないことだった。いたずらにしても盗みは盗みである。まして、畑の物を盗るということについては、農家に生まれた私としては、むしろ被害者意識の方が強くはたらくのであった。とは言え、正直、「そのスリルは面白いだろうな」とも思った。が、やっぱりやめた方がいい。それで「だめですよ、やめましょうよ」と声を絞って話しかけた。ところが、私の声が届く前に、すでに先輩は柿の木の方へ駆け出していた。「こうなったら、やるしかないか」と私もわくわくしながら後から小走りについて行った。彼はまるで猿のようにするするとあっという間に柿の木に登った。そして、熟れた実を手早く二、三個捥いで自分のズボンのポケットに入れた。なお二、三個捥いで、今度は、木の下にいる私に投げてよこした。受け取って私もポケットに急いで入れた。見上げると、なお彼は木の上で柿を物色している。と、その時、だれもいないと思っていた麓の方から、「こらっ」と男の大声がした。畑の持ち主らしい。あわてたのは私だけではない。木の上の彼の方がもっと驚いたに違いない。慌てたものの、私はどうしていいか分からない。逃げなくてはいけないが、ひとりで逃げるわけにはいかない。私はおたおたしているだけだったが、見つかってからの彼の動きはじつに機敏だった。さっと木から飛び下りて来ると、脱兎のごとく頂きの方に向かって駆けだした、私に「逃げろ!! 逃げろ!!」と叫びながら。私も我にかえって後について駆ける。すると、彼は私の方を振り向きながら「柿を捨てろ!! 投げろ!!」と言った。私はわけが分からず、捨てるのはちょっと惜しいと思ったが、彼の言うままに夢中でポケットの柿を畑に捨てた。麓の方からはなにか喚き声が続いていたようだが、追っかけてくる気配はなさそうだった。それでも二人は懸命に山道を駆け登った。大石の所まで来て、はあはあ息を吐いた。

もしも捕まった時に、柿を持っていては言い逃れができない、などということは彼に言われて、はじめて「なるほど」と思った。彼の水際立った機敏な行動に、感心するやら、呆れるやら。それにしても、慣れないことはするものではない、といまさら反省しきりだった、というお粗末。こんなほろ苦い思い出も今となってはなつかしくもあるか。

さて、我が家の富有柿についてであるが、先日、こんなことがあった。夜の九時半頃であったか、夜闇の静けさを破って、いきなりベランダで何かが落ちたらしくどたっという大きな音がした。もしや泥棒かと、木刀を持って急いで二階に駆け上がり、ベランダへのガラス戸を開けた。なにも居ない。すぐに家内も上がって来て、隣の部屋の電灯を点けた。私はベランダに出て、数歩、闇の方に歩いた。と、その時、がさっとベランダの端の暗闇で黒い塊が動いた。私は、猫かなと思って、なお近づいて行った。すると、蹲《うずくま》っていた物がまたごそごそと動いた。やはり猫だろうと思ったが、ドラ猫にしても大き過ぎるようだ。なお近寄って行く。すると、その物体は窮したはずみか、ばっとベランダの手摺りに跳び上がった。そして、くるりと体を回して私の方を見ているらしい。その体を回す時、薄闇に浮かんだ影のしっぽがやけに太いのであった。それでなお目を凝らすと、その生き物と目が合った。薄闇ながら、その顔はまんまるく両目のふちが薄白くみえた。狸だ。狸が出た。驚いた。が、むこうも驚きうろたえている様子。ほんのしばし見つめあったが、狸は私から目を離さず、そのままこちら向きのまま、手摺りの向こう側、つまりベランダの向こう側にずるずる落ちるようにして降りた。一階の差し出た屋根の上に降りたらしい。猫のようには跳べないのだ。ベランダから覗いてみたが、もう姿はなかった。どこへ逃げ去ったのか。おそらく屋根伝いに逃げて、玄関の辺りから跳び下りて裏へ去ったらしい。こんな密集した住宅地の、いったいどこに棲んでいるのか。狸に出会うなんて、三十数年来ここに暮らしていて、はじめてのことだ。

振り向いてベランダを見下ろすと、柿が一箇落ちていた。明かりに照らして見ると、まだ熟れきっていない柿である。おそらく、狸はこれを捥ぎ取った時、バランスを崩してもんどりうってベランダの上に落っこちたのであろう。狸に同情したいところだが、どうしても可笑しさが先にたつ。それに夜行性だろうから致し方がないが、熟れていない柿を取るところの間抜けさが、哀れである。むろんどこからか我が家に忍び入って木を登って、実を食べ、また木を降りるつもりであったにちがいない。それをうっかり踏み外してベランダに落ちたのであろう。

明くる朝、木の下に行ってみると、五分の一くらい齧って食べたらしい柿がひとつ転がっていた。これもやはり熟れきっていない。木を見上げればよく熟した実はたくさんあるのに、狸は、贅沢な食通の鴉とは大きく違うらしい。闇の中で手当り次第に捥いで食べようとしたのであろう。

スタジオジブリ製作の映画『平成狸合戦ぽんぽこ』の舞台は、多摩ニュータウンだったが、この港北ニュータウン一帯も同じだったのである。狸が柿を食べに来るのは、ちょっとうれしい気もする。こんな町中に現れる狸の暮らしは可哀想だが、来てくれるのはうれしいと思う。しかし、その後は出会っていない。夜な夜な来ているのかどうか。ともかく、あれから二度とベランダに落ちることはなかったことだけはたしかである。

熟柿手につくづく武骨漢かな　旭

権太郎そのまま老いし柿の村　〃

温州みかん

一

ふるさと瀬戸内の早生《わせ》の温州みかんはとても甘くておいしい。とりわけ、大長島《おおちょうじま》（現在の広島県呉市・大崎下島《おおさきしもじま》）産のものがうまい。

現今は九州・四国・和歌山・静岡などの各地で、それぞれに名産地・特産地と称しているが、たしかに品種改良によって、どこのみかんも甘くおいしくなった。けれども、大長島の早生の温州みかんは、どこよりも果肉が濃やかでとろけるように甘く、うまさは一番だと思う。

明治以降、瀬戸内では、大長島とその周辺の島々だけが産地だったらしく、他の島々ではみかんはほとんど栽培されていなかった。戦後も同様で、私の生まれた生口島《いくちじま》も、昭和四十年頃までは、米・麦・藷・粟・黍などが主で、柑橘類を栽培する農家は少なかった。しかし、それ以後、島全体がそれぞれ柑橘を栽培するようになった。ところが、にわかに安価で甘く大きなオレンジが季節を問わず大量にアメリカ・カナダあたりから輸入されるようになって、日本の柑橘栽培の農家はさんざんな目に遭った。しかし、やがて日本はつぎつぎと新種を作って品質を高めることによって、その波を乗り越え、今も瀬戸内には柑橘を栽培をしている島が多いのである。

ところで、我が国には、古来、橘という柑橘があり、「源平藤橘」の姓にもなっているが、橘はみかんとは異なる果実であった。みかんの歴史は、平安初期にまでさかのぼる。空海上人が中国から苗木を持ち帰り京の乙訓寺《おとくにでら》で栽培し、弘仁三年（八一二）、その果実を嵯峨天皇に献上したという古い記録が残っている。ただし、この空海上人の話は、現今の温州みかんの起源とは直結しないらしい。現今のみかんの起源は、室町末期に、温州橘《うんじゅうきつ》という柑橘が鹿児島県出水郡長島の原産として記録にあり、これが江戸期に入っていろいろ改良を重ねながら、瀬戸内の島など各地方に伝えられていってできたものであるらしい。ちなみに「温州」という名は、中国浙江省の地名である。ところが、温州の地では柑橘は昔も今も栽培されていない。「温州」は港町であってみかんの出荷港だったのである。それゆえ「みかん」を「温州」と呼んだのである。これは、ちょうど「林檎」がむかし長崎から出荷されたので、日本からの林檎を、海外では「ながさき」と呼んだというのと同じである。中国の柑橘の栽培地は、実際は温州よりもっと内陸部にあるそうである。しかし、日本と同種の甘いみかんは中国にはない。つまり、かつて遣唐使が中国から持ち帰ったみかんの原種を、日本で改良に改良を重ねて、いまの甘いみかんになったというわけである。

以上は、大長島と温州みかんについての豆知識である。


さて、ここからが「私の温州みかん」の話である。

この大長島には、長年、父の妹である叔母夫婦が暮らしており、みかん山を持っていて温州みかんをたくさん作っていた。毎年、年の暮れには、祖父母の暮らす我が家にも、箱詰めのみかんが二、三箱送られてきていた。なによりうれしいお正月のおやつであった。

大長島は、江戸の幕末期までは風待ち港として栄えた島であったが、島全体が急峻な山地なので、山の頂きまで段々畑にして耕し、温暖で雨が少ない瀬戸内の気候を活かし、周辺の島よりいち早く温州みかんの栽培に成功し、良質な甘味の「大長みかん」を産出したのであった。

私の幼いころは、私の住む生口島《いくちじま》からこの大長島へは、たしか朝夕一便ずつの巡航船があって、三時間くらいはかかったように思う。大長島にも大きな映画館があって、従兄弟たちと一緒に何度か観に行ったことを覚えている。当時は人口も多かったようであり、島は漁業よりもみかん業で潤っていた。叔母の家はさして大きくはなかったが、山の中腹にあって見晴らしがよく、眼下に島の町並みがよく見えた。叔母の家は、みかんの生産のお蔭でわりと裕福であるらしかった。

その叔母の家に、上の姉が家事手伝いとして行ったのは、中学を出るとすぐのことであった。いわゆる「口減らし」であるが、姉は友だちには「叔母の家で和裁を習わしてもらえるんよ」とうれしそうに言っていたそうである。姉は十五歳。その時、私は五歳。かすかにではあるが船で旅立つ姉を見送った記憶がある。私は五人兄弟の末っ子である。長兄とは十三歳、長姉とは十歳、次兄とは七歳、次姉とは三歳の年の差があった。

姉を見送ったその頃から後は、私にとって、大長の温州みかんは、お正月のおやつということ以上に、この姉を思う形見のような意味を持つようになった。姉もほかの兄たち同様に、盆と正月と、それぞれ三日間ずつくらいしか帰郷できなかった。歳が離れているので一緒に遊んだことはないが、私はことのほかこの長姉に可愛がられた。私もこの姉が大好きであった。美人ではないが、色白でふっくらと丸顔、瞳は漆黒。生真面目で几帳面でやさしい性格の人であった。名前を幸子という。しかし、姉は二十五歳の春、病いで亡くなった。私は十五歳、高校一年入学直後の時であった。私には姉の生涯がその名のとおりの幸せなものであったとは到底思えず、気の毒で哀れで、ながい間、思い出すたび、つらく悲しくやりきれなかった。

十五歳で大長島に働きに行った姉は、約束通り、夜と休日とに町の和裁師に就いて和裁を習うことができたが、それ以外は、叔母夫婦がみかん山に出かけた後の家事いっさいと、三人の男の子の子守とが仕事だった。十五歳の身にはかなり過酷だったはずである。勉強が好きだったらしい姉なので、その暮らしが満足であったはずはなく、それに、当初は何度もホームシックにかかったはずであるが、万事気丈な姉だったので、その程度の悲しみはすぐに乗り越えたことであろう（母も自分の娘ながら、後々まで、このしっかり者の姉を、ほかの子供たちの誰よりも頼りにしていたほどである）。

叔母という人は、農婦にしてはなかなかの色白美人で、はたらき者。性格は明朗で几帳面、心遣いはやさしく親切であった。ことに姉の明るくすなおで几帳面なところが気に入っていたようであった。叔父という人も、私の見たかぎりでは、幾分内気でおとなしく、多少照れ屋のようであったが、やさしさもあった。黒く日焼けしていたが、顔立ちは面長で鼻筋の通った、見ようによっては、いい男ぶりだったように思う。しかし、子どもの私の目には、叔母さんはきれいでやさしい人に思えたが、叔父さんのことはよくは分からなかった。が、ともかく姉は良い叔父叔母夫婦のもとで暮らせたのであった。奉公というきびしい面もあったが、しかし、短く哀しい姉の生涯をふりかえると、あるいはこの十五歳から十八歳くらいまでの大長島暮らしのときが、もっとも心穏やかで幸せなときだったのではなかったか、と思うことがある。

急峻な山の頂きまですべてみかん畑の大長島は、一年中うららかでのどかな島であった。その島で姉は少女から乙女へと成長していったのである。

ところが、ある年の秋、その姉が、突然大長島を引き上げて帰って来た。私が小学二年の頃のことである。

姉が帰ることを母から知らされ、私は喜び勇んで船着き場の桟橋に迎えに行った。夕方であった。私は荷車を押して行き、桟橋で待った。船から下りた姉はいつものようににっこり私に微笑んでくれた。私は姉の荷物を載せた荷車を意気揚々と押して、姉と一緒ににこにこ元気に歩いた。我が家に帰る途中に、母の実家があり、母の母である祖母も姉の帰りを待っていた。姉は「おばあちゃんに会ってゆこうね」と言った。そこで私も姉のあとを追って祖母の家に向かった。

すると、私が祖母の家の庭に着くか着かないうちに、目の前でたいへんな事が起こった。いままでにこにこ私に微笑んでくれていた姉が、いきなり祖母に抱きつき、祖母の膝に顔を埋めて、声を上げて泣きだしたのである。何事が起こったのか、私にはまったく飲み込めなかった。あのいつも気丈でもの静かな姉が祖母にしがみつくようにして声を上げ身を震わせて泣いているのである。私は動揺し、ただその場にたちすくんでいるのみであった。

二

突然の姉の涙は、十歳に満たない私を驚かしただけで、そのわけがなんであったのか、まるで考えの及ぶところではなかった。ただ唖然として、そばにつっ立っていただけであった。いったい姉の身の上に何があったのか。やさしくてしっかり者の姉を泣かせたのは誰なのか。しかし、その時、私は、なんだか子どもの自分の知るべきことではないような気がしたことを覚えている。そして、いまこの場に自分がいてはいけないような気さえしたのであった。小柄な祖母は、自分の膝にすがって泣いている孫娘である姉の背中をやさしく撫でながら、「おお、おお。おお、おお。うんうん、うんうん」と言い続けていた。

この後、私と姉は我が家に帰ったのであるが、そこで私の記憶は途切れている。姉は、それから半年ほど、家にいて縫物や家事をしていたが、神戸の叔父夫婦の口利きで、芦屋に勤め先が決まったので、家を後にした。私はまた、町の小さな港まで姉を見送って行った。その港は原港《はらみなと》といったが、当時は、海が遠浅だったので、島めぐりの小さな巡航船でさえも、桟橋に着けなかった。桟橋からは、七、八人乗りの小さな木造の伝馬船《てんません》を船頭さんが艪《ろ》で漕いで、二百mほど沖合に停まっている巡航船まで運ぶのであった。船の見送りは、外目には情緒があるが、別れの当事者たちは、甘い情緒どころではなくて、見送る者も見送られる者もつらく悲しい時間が続くのである。船の姉の姿が見える間は、手を振り続け、やがて、船が遠ざかって姉の顔が点のようにちいさくなると、ハンカチを出して高くかざして振りつづけ、ついに船がはるか遠く島影に消えてしまっても、まだ立ち去りがたく、しばし佇んでいるのであった。「登高臨水」は、送別の意の四字熟語だが、その「臨水」の語のとおり、かつての船旅の見送りは、水の際に佇んで船の消えるまで長く悲しい時間を費やすのであった。

姉の勤め先は、芦屋にある老舗の呉服屋のお屋敷の女中だということを、母から教わった。昭和三十年代は、まだまだ女性の仕事口はすくなかったようで、田舎の娘が都会で働こうと思えば、女中職ぐらいしかなかったようである。その頃、たしか左幸子主演の「女中ッ子」（一九五五年六月公開）という映画が流行っていたはずで、私も観た記憶がある。姉はそういう仕事をしているのかと思うと、せつなくて胸が痛んだ。しかし、姉の勤めの酷《むご》さは、私が想像したようなそんなあまいものではなかったことを、その後、母から聞いて知ることとなる。昭和三十年代初めの頃は、女中というのは、宮尾登美子の『きのね』にあるように、いわゆる下女であって、手当も少なく、いっさい主人の言いなりで、口答え一つできないのはむろんのこと、労働時間もあって無きがごとくだったようである。その上、姉の仕える奥様というのが、極度の気むずかし屋で、気位が高く、気性の激しい人柄だったそうで、姉が勤める前までは、その家に、ふた月と勤めた人がなく、よくもってひと月、どうかすると一週間も勤めずに辞めてしまうという、言わば札付き・曰《いわ》く付きの家だったのである。しかし、姉は、二十一歳で結婚が決まる時までの三年間、耐えに耐えて懸命に勤め上げた。さすがの「奥様」も姉の真心に根負けしたらしく、いつしかそれなりに姉を可愛がってくれるようになり、嫁ぐ日にはそれ相応の祝いをしてくれたそうだ、ということも後になって母が私に伝えてくれた。

その女中時代、姉は、毎日、日記をつけていた。姉が亡くなった後、その日記の一部が回り回って、私の手元に残った。細かく几帳面なきれいな字で綴られていたが、今はもう私の手元にはない。がその中に、今も忘れられない、こんな記事があった。「某月某日（月曜日）、夜、自分の部屋でやっと一息つく。ラジオを小さく点けてアチャコの『お父さんはお人好し』を聞く。一週間に一度のこのひと時がいちばんのんびりできてうれしい。ところが、間もなく、襖が少し開いたかと思うと、いきなり何も言わず、電源のコンセントを抜いた。音を小さく小さくして聞いていたのに。なにがいけなかったのだろう。こんな嫌な思いをさせられることは、しばしばだけれど、つくづく嫌だ……」。

「お父さんはお人好し」という番組は、NHKラジオ第一で、毎週月曜日に八時から八時半まで放送された、花菱アチャコと浪花千栄子主演のラジオドラマであった。週に一度の楽しみにしているドラマさえ聴かさないというのは、常識の域をはるかに超えている。これは電気代を惜しむとかなんとかよりも、八つ当たりの嫌味に違いなく、しかも、この程度の嫌がらせが日常茶飯事だったというのである。

三

子どもの頃は、毎年、年の暮れになると、大長島の叔母夫婦からは祖父母宛に木箱詰めの温州みかんが二箱も三箱も送られてきた。だから我が家は正月過ぎ頃までみかんに不自由をすることがなかった。けれども、私はみかんが届くたび、芦屋で奉公をしている姉のことが思い出されてせつなくなったのであった。姉が芦屋での過酷な奉公に耐え得たのは、人一倍生真面目で几帳面、忍耐力も責任感も強かったからで、それは同じく、かつて大長島の叔母の家で働いていたときも、同じであったにちがいない。仕事は甥っ子たちのお守や家事だけでなく、段々畑のみかんの仕事も一年中大変だったはずなのである。

その姉が、なぜ大長島の叔母の家から急に家に戻されたのかが、私は不思議でならなかったのだが、なぜかしらそのわけを、子どもである自分は聞いてはいけないことのようにも思われたので、だれにも尋ねることなく月日が経ったのであった。

そのわけを知ったのは、姉が亡くなってよほど年月が経ってからであった。そのあらましを教えてくれたのは、私より三歳上の次姉であった。次姉の話によると、幸子姉は、かげひなた無くよくはたらき、叔母夫婦によく仕え非の打ちどころがなかったそうである。甥っ子たちもさほど手がかからず、約束どおり、夜と日曜とには、和裁を習いに行かせてもらい、洋裁も習わせてもらったそうである。島には村祭り以外ほとんど娯楽がなかったが、笑顔で働く毎日で、盆・正月は、四、五日間、帰郷させてもらえた。すなおで機転が利いてはたらき者の姉は、叔母にも叔父にもよく可愛がられたそうである。そのようにして姉は十五歳から十八歳までを過ごした。すこやかな娘時代であったようである。姉は丸顔で美人でもなかったが、色白で瞳が黒く、すなおでまっすぐでやさしい人柄であった。姉の十五、六歳の頃は、なにごともなかったのだが、やがて十七、八の娘盛りとなって、それまでずっと親切でかわいがってくれていた叔父が、姉に対して姪っ子以上の気持ちを抱くようになった。ふだん無口でおとなしい性格の叔父の気持ちの変化を、勘の鋭い叔母が、逸速《いちはや》く察知するところとなって、このまま姉を家に置いてはおけないということになった、という話であった。叔父と姉がふたりきりになる時はほとんどなかったようであるし、事態は大事には至らなかったようである。事情をまったく知らない私としては、次姉の話を信じるしかないのだが、私なりに幸子姉の立場を思いやってみると、それは弁解してどうなるものでもなし、憤る叔母には、ただただ済まない申し訳ないの気持ちでいっぱいであっただろうし、また親切だった叔父を恨む気持ちもなかったのではなかったか、と思われる。が、結局のところは、謎のままである。そして私の脳裏には、あの時の姉の泣きじゃくる姿が、今も鮮明に残っている。

姉は、芦屋での女中奉公を三年勤めあげて、親戚の遠縁の人のところに嫁ぎ神戸の街のアパートで暮らすようになった。結婚後の姉のアパートを母と訪れた時、私もその夫なる人と会ったが、ほとんど無口でまったく愛想の悪い男であった。意地悪でもないのだが気遣いも思いやりもない自分本位の男であった。姉がその夫をどう思っているのか、私には分からなかったが、そんな夫に姉はじつに甲斐甲斐しく仕えていた。こんな妙な男のところになぜ嫁いだのか。好きでもない男とどうして結婚させられたのか。これも子どもの私には皆目分からないことであった。しかし、姉は、自身の結婚については、母にもだれにもいっさい不満を言うことはなかった。私も子どもながら、姉は辛抱強い人だなあ、と思うばかりであった。

結婚して、二年目の春、姉は男児を出産した。ところが、かかりつけのベテランの助産師が大失態をやらかしてしまった。その日に限って、何かとても大事な助産器具を持参するのを忘れてきていて、胎内で丈夫に育っていた胎児を、取り出し損なって窒息死させてしまったのである。産褥《さんじょく》の姉は、無事生まれたはずの赤ん坊の泣き声が聞こえないのが、どうしても承服できず、驚き、慄《おのの》き、狂わんばかりになってゆくのを、付き添いでいた母は、どうしてやることもできず哀れでならなかった、と、後になって教えてくれた。

耐えがたい悲しみを、耐えに耐えて健気に気丈に生きる姉であったが、その二年後の春、不幸の波は、ついに大津波となって姉に襲いかかったのである。

四

助産師の手落ちによる死産は、当然のことながら、姉をひどく悲しめ苦しめた。田舎から上神してずっと側について看護していた母から、のちに聞いたはなしでは、姉は、生まれ出たはずの赤ん坊の泣き声が「聞こえる、赤ちゃんの泣き声が聞こえる。どうしたの？　どうしたの？　どうしていないの？」と、一時は気が狂ったように、上ずった声で言い続けていたそうである。幻聴に悩まされ、喪失の事実を打ち消そうと必死だったのであろう。悲しみに打ちひしがれている姉を、母はひたすら慰め続け、介抱したそうである。ところが、肝心の姉の夫はというと、姉をいたわり慰める風でもなく、いつもどおりの無口・無表情で通勤する日々であったというから、母はおどろき呆れるばかりであった。

だが、しかし、姉の不幸不運はこれに終わらなかった。もっと大きな災いが降りかかってくるのである。それをここに記すのはとてもつらくやりきれない。と言ってここで話をやめてしまうと私の鬱屈はさらに増すであろう。だから、やっぱり記すことにしよう。

それにつけても、姉はなぜこんなつまらない男の人と結婚したのであろう。聡明なはずの姉なのに、と思うと私は悔しくてならなかった。のちになって母に尋ねたところ、その結婚は、本人同士の意思を後回しにして、神戸在住の叔父夫婦と実家の祖父母とによって強引に進められたというのである。本人同士の気持ちをたしかめるための、ほとんどかたちばかりの見合いが一、二度あって、すぐに婚儀が進められたというのである。もっとも昭和三十年代初期の頃の日本の結婚の風習は、だいたいそういうものであったとも聞いてはいた。ともかく、どうやら当人同士は良いも悪いもなく、周りの勧めるままにすぐに結婚となった。姉は、ほとんど無口で無表情なその男の人が物足りない人と思ったに違いないのであるが、さりとて、とりたてて反対する理由もなかったのであろうか。それにまた式を挙げて一緒に暮らせば、そのうちにしだいに情も通うようになるものだというのが、当時の大方の結婚観でもあったようである。

夫婦間のことは周囲の人には分かりにくいものとはいうけれど、しかし、当時、少年であった私の目には、その男の人の顔立ちは端整と言えば端整に近かったが、いつも喜怒哀楽の分からない無表情な感じの人柄で、周りの人への心遣いはまったくなさそうな人にしか見えなかった。静馬というその名のとおりの、ただただもの静かで弱気そうで、それでいて心をまったく開かないところは強情そうにも見えた。総じて何を感じているのか、何を思っているのかとんと分からない人であった。

私が中学一年のはじめ頃であったか、母が所用で私を連れて神戸の借家住まいの姉の家に行ったことがあった。姉たちはまだ新婚間もないころであったが、ある日曜日、その男の人は映画が好きだったようで、その日もひとりで行こうとした。すると、姉は、母と何か用があるらしく、私を「一緒に映画に連れて行ってやって」と夫の彼に頼んでくれた。その男は、うんともすんとも言わず、ただ黙ったまま、私を連れて三宮かどこかの映画館に向かった。私はあまり気乗りがしなかったが、姉の言うままに彼について行った。彼は迷惑そうな表情も見せなかったが、そのかわりに、行くあいだ中、まったくひと言も口を開かず、映画館も自分でかってに決めて、窓口で自分のと子ども券を買って私に手渡したかと思うと、とっとと先に入って行った。その時、どんな映画を観たのかはまったく思い出せないのだが、ただひとつ覚えているのは、彼は「のしいか」だったか「南京豆」だったかを、二袋買ってそのひと袋を「食べなよ」とも言わず、黙って私に手渡してくれたのであった。物を食べながら映画を観るというのは私ははじめてのことだったので、驚いたわけで、そして少しうれしかったので、そのことだけはよく覚えているのである。しかし、その帰りも、ひと言も私に話しかけることはなかった。嫌味は感じなかったが、その無口ぶりは、子どもの私でさえやはり異様に感じられた記憶がある。そのように寡黙過ぎる人であったが、仕事はきちんと定時に出勤し定時に帰ってくる夫であった。その夫に、姉が起床から出勤までの間、着せ替え・洗面・朝食、そして携帯のハンカチ・財布・時計など、一つ一つ手渡し、靴下を履かせ、磨いた靴を揃えてというふうに、なにからなにまで甲斐甲斐しく世話をし、玄関を出てゆくその背にお辞儀して見送るところまで、私はじっと見ていた。夕方帰宅してからも同様であったが、そのあいだも、夫婦の間にはまったく会話らしいものはなく、その人は姉からの世話を喜ぶでもなくいたわるでもなく、ただ無表情としか形容できない様子であった。彼は、神戸の三菱造船所の工員で、給料も安かったはずである。

十二、三歳の当時の私の目から見ても、世話甲斐の無い人だなあと思えた。母の思いも同様だったらしく、姉の結婚を不憫《ふびん》に思っていたが、しかし、姉はとても気丈で芯の強い人柄だったので、愚痴一つこぼすことがなかった、と母はいつも言っていた。母は、わが娘ながら、その気丈さと辛抱強さには、ほとほと感心していて、何か田舎の方で問題があれば、逆に姉を頼って相談したほどであったから、姉の境遇を可哀想と思いつつも、ただ姉を信じて見守っているしかなかったのであろう。そうした姉に、前回記したように、助産師のしくじりによる初産の失敗という悲劇が起きたのであったが、姉は、その悲しみにも耐え、また子宝に恵まれることを願いつつ、家事に精を出し、縫物の内職もはじめて、つつましく暮らす日々が続いた。

やがて、私自身は、中学三年に進級した。父親のいない家庭では、経済的な余裕はまったくなくて、私は中学入学の当初に、高校進学は無理だと言われてしまい、中学を了えれば、神戸の三菱造船所の養成工になるという道筋ができてしまっていた。否応もなく本人の知らないところでレールは敷かれてしまっていた。私は愕然《がくぜん》としたが、親にたてつくことは思いもよらないことで、嫌でも承服するしかないと、観念していた。が、やはり悔しさはつのるばかりで、貧の辛さを思い、父親の早世を恨む思いもしばし続いた。そうしているうちに三年になってしまって、もはや進学は諦めるしかなかったのであった。

五

ところが、昭和三十五年、中学三年の夏休みも終わり、二学期も半ばになった頃、突然、神戸の港の小さな鉄鋼造船所で働いていた、七歳年上の次兄から、私に上神するようにとの電話が入った。言われるままに、私は、翌日、島から船に乗って尾道へ。尾道から汽車に乗って、夕刻、神戸に着いた。次兄のアパートに連れられて行くと、すでに姉もそこに来ていた。私は、ふたりの前に座らされた。すると、いきなり兄が、私を睨みつけるような顔つきで「おまえはほんとうに高校に行きたいのか」と私に尋ねた。私は、その時、兄がどういう気持ちでそれを私に問うているのか、などということまでは、とても考えるだけの力も気持ちの余裕もなかった。頭の中はずっと、ただただ自分の暗い将来がいやだいやだと思うだけでいっぱいであった。だから、即座に私は頷《うなず》いて、「行きたいです」と答えた。

この次兄は、先も記したように私とは七歳年が離れていて、中学を卒業するとすぐ遠い姫路市の家島諸島《えじま》のとある島の造船所に船大工の見習い（当時は、「ぼんさん」・「坊主」と言った）として行かされたので、この兄とも、兄弟の遊びというのは、ほとんど私の記憶の中に残っていない。私は兄を敬慕していたが、兄にとって私はずいぶん年下の小さな弟ということであるにすぎなかった。

だが、兄は、私が高校に進学したがっていることを、以前から気にしていてくれたらしく、姉と相談し、兄が学資を出し、姉が衣類など身の回りのものを都合するということで、私を高校に行かせてやろうと決め、改めて私の気持ちを確認し、私を高校に行かせるわけを自覚させるために呼び寄せたのであった。私にしてみれば、いまさら自分自身に尋ねてみるまでもなく、重たく堅く閉じられていた鎧戸がいきなり開き、天から救いの綱が降りて来たかのような大きな喜びであった。なぜ急に、このような私にとっては願ってもない好機が到来したのかは、いまは語るときでもないので略するが、兄への感謝はもちろんのこと、嫁いでつつましく暮らしている姉までもが、私のことを気にかけて、手を差し伸べてくれていることがこの上なくうれしかった。

かくして、私はぎりぎり進学に間に合って県立尾道商業高校に入学し、尾道に下宿までさせてもらえることとなった。

ところが、その真逆に、姉の人生は、本人が懸命に頑張って生きているのに、どこまでも不運・不幸が続くのであった。

姉は、初めての子を失った悲しみからも、もって生まれた気丈さで、間もなく立ち直り、今までどおり夫の世話をする上に、裁縫の内職までするようになり、弟の私の進路のことまでも心配してくれるのであった。そして、その後、わりと早くに、姉は二人目の子をみごもることができたのであった。私が兄に呼ばれて上神した頃には、すでに身重だったのであろう。姉の喜びは大きかったにちがいない。「今度は間違いなく赤ん坊が授かる、絶対に授かる。二度とあのような禍々しいことは起こるはずがない」と信じ、希望に燃えたはずである。

だが、せっかく明るい光が見えたと思ったのもつかの間、思いもよらぬ事態に陥ってしまったのであった。姉は、いつも身の回りを清潔にして、なにごとも用心深く心配りを細やかにすることが身についていた人であったが、ふとした油断から、鼻風邪をひいたのだそうである。はじめはただの風邪と軽く考えていたのであるが、いっこうに良くならない。身重でもあるので、用心を取って神戸の市民病院で受診した。すると、医者は、「事態はきわめて深刻で、鼻腔に小さな腫瘍ができている。しかもそれが伝染性の悪質なものらしい」という診断であった。そこで、通院を重ねたのだが、医者は、「いろいろ処方をやってみているが、病原菌が不明だから、どの薬も手当も効果が出ない。しかしこのまま放置すればひどくなるばかり。切除の手術をしなければ命にかかわります」と言う。ただし、「手術のためには、せっかく授かった子どもさんであるけれど、堕ろさなければいけない。手術は出産までは延ばせない。延ばすと母体の保証はできない」と言うのであった。「子を堕ろすことは罪だけれど、健康でさえあれば、まだ若いのだし、また授かることもありますよ」と医者は説得したようであるし、良いも悪いもなく、悪くすれば親子ともども助からないのであるから、母も電話で何度も説得したようであった。ところが、初産で悲痛悲惨な思いをした姉は、せっかくの新しい命を「どうしても授かりたい」と言ってきかないのであった。この場合、姉の気丈さがまったくの頑固さに変わってしまい、誰がどう言っても、姉は「どうしても産みます。手術は赤ん坊を産んでから」と言い通した。医者も根負けしたらしく、「では様子を見ながら」ということで、姉の意思を尊重することとなった。

胎児は順調に育っていった。だが、姉の容態は日増しに悪くなり、だんだん鼻の腫瘍が大きくなり高熱にうかされるようになっていった。

私は三月末に尾道の下宿に移り、無事、入学の日を迎えた。そして、四月末、姉が女の子を産んだという知らせが入った。しかしその喜びもつかの間、五月早々のある日の午後の授業中に、私は事務の人に呼び出された。事務室に行くと、実家の次姉から電話がかかっており、「神戸の姉が重態だから、すぐに神戸に行くように」と言うのであった。

六

神戸駅には、次兄が迎えに来てくれていて、すぐに一緒に市民病院に向かった。病室の前に着くと、もうすでに田舎の長兄も次姉も来ていた。ふたりとも青ざめた顔つきをしていた。母は病臥の姉のそばにつきっきりでいるらしい。私が部屋に入ろうとすると、長兄がぐっと私の腕を摑んで引き寄せ、「泣くなよ。泣き顔も悲しげな顔も見せちゃだめだぞ」と小声で強くささやいた。私はこくんとうなずいて病室に入った。

病室にはいると、すぐ前にベッドのまわりをかこむ白い薄地のカーテンがあって、仰臥している姉のすがたがぼんやり透けて見えた。姉の顔つきまでは分からない。その一瞬、私はそのまま立ちどまってしまった。それは、気持ちを落ち着かせようとするためだったのか、気を引き締めようとしたためだったのか、あるいはなんとなくだったのか、判然としない。するとすぐに、カーテン越しの人影に気づいたらしい姉が、「だれ？だれが来たの？　あきら君？」と言った。呼ばれて私は、数歩進んで姉のベッドに近づいた。椅子に座っている母のすぐ横であった。私を見た姉は、いつものやさしい声で、「よく来たね」と言ってくれた。しかし、私は姉の顔をちらっと見ただけですぐ目を伏せてしまった。あまりにも変わり果ててしまった姉を直視することができなかったのである。

「よく来てくれたね。学校は？　学校の方は、休んでもいいの？」

「うん、だいじょうぶ。少しだけだから」

姉は、それで何かを察知したらしく、もうそれ以上、休んだ理由は聞かず、

「そう。学校、慣れた？　がんばってる？　楽しい？」

と言った。

私は、鸚鵡返しに、短くことばをつないで、

「うん。慣れた。がんばってる。楽しいよ……」けれど、それでもうそれ以上は言葉が続かなかった。あとに言うべき言葉を失っていた。そして、しばしの沈黙の気まずさをまぎらわそうと思った私は、また頭をもたげて姉の方を見ようとした。が、気持ちに余裕がなくて、胸がいっぱいになり、なにかが溢れ出そうになって、またうつむいてしまった。今うつむいてはいけないんだと思うのだが、どうしても顔があがらなかった。

姉は、生まれついての色白であったが、長い間の病臥と産後の疲れのために、顔色はいっそう透きとおるように白く、蒼白くさえあった。体は痩せ細っていたにちがいないのだが、その時の私はそれすらも思いやることができないほどうろたえていたようだ。手首の細さは痛々しいほどであったが、顔は全体にむくんでおり、殊更、鼻梁のあたりが異様に大きく腫れあがり爛れて無惨であった。おそらく姉はいつからか、もう長いこと鏡を手にすることはなかったはずで、病院の方でも物の映りそうなものはすべて姉の

身辺には置かないように配慮していたことであろう。

前にも述べたように、姉の病というのは、外見は鼻に腫れ物ができたというだけなのだが、その腫瘍が悪性のもので、この神戸市民病院のどの専門医も首をかしげてしまって、強い悪性の伝染性をもつということのほかには、まったく病因も病源もつきとめることができない難病なのであった。従って、悪化をくいとめるべき薬も手当てもなかった。その上、切除の手術は、姉のたっての願いで、出産後ということとなっており、わずかに対症療法をするだけなのであった。

このつい半月前に、姉は、衰弱しきった身にわずかに残る体力と気力とをふりしぼって、やっとすこやかな女児を授かることができた。しかし、その出産の日までの数か月の間に、病魔は増長し、病状は加速して悪化の一途をたどっていた。かねて担当の医師が心配したとおり、産後の姉の身は衰弱しきっていて、病状は末期的であり、もはや手術は不可能という最悪の事態に陥っていた。それでもなおなにかに縋《すが》る思いで、手術のための体力回復をねがう一日一日なのであった。

兄弟の中でもとりわけやさしくて思いやりがあり、しかも几帳面で生真面目な姉が、なぜ、こんなひどい病に罹らねばならないのか。律義で辛抱強くてしっかり者の姉が、なぜこんなむごい目に遭うのか。私の成長を我がことのように喜びながら、ずっと見守ってくれていた姉だった。「その姉が……」と思うと、今までじっと伏し目にして耐えていたものが一気に込みあげてきて、私は思わずその場にしゃがみこみそうになった。そのとたん、そばにいた兄たちの手で私は外に連れ出された。

ドアの外に出た私の耳に、「どうしたの？　どうしてあの子は泣いたの？」と母に問う姉の声が響いた。すぐ、「しばらくぶりだから嬉しかったんだろうね」とか、なんとか取り繕《つくろ》おうとしている母の声が重なって聞こえてきた。

私は、しばらく廊下の隅の長椅子に座って気持ちの鎮まるのを待った。そして、それから、もう一度、気を取り直して病室に入り、姉の側に立った。

「お姉ちゃん。もう帰るよ。がんばって、はやく元気になってね」と、やっと告げることができた。「そう、もう帰るの。学校、がんばってね」それが、姉の私への最後の言葉となった。

姉の手に触れることもできず、私は病室を出た。それから、少し間をおいて、もう一度、そっとドアを半開きにしてもらって、カーテン越しにぼんやり見える姉のすがたを目にした。

来た時のようにまた次兄に神戸駅まで見送ってもらったが、その後、どのようにして尾道の下宿まで帰ったのであったか、よくは覚えていない。

姉は、自分の命と引き換えに、念願のわが子をこの世で授かることができたのであったが、その最愛の嬰児を、病臥のベッドから、見させてもらうだけであったということ

を、私は後になって母から聞き、愕然とした。悪性の伝染性の病ゆえに、ただの一度も抱くことが許されなかったというのである

七

姉の逝去は、それから十日後のことであった。

その朝、下宿に電報が届いた。「サチコシス　イッショニ　カエル　ハハ」。

その電文を開いた途端、「まさか」と思い、「ああ、やっぱり」とも思った。そして、この一片の紙切れは、いきなり私を腑抜け状態にした。下宿の二階への階段途中にへたりと腰を落としたところまでは覚えているが、そのあとどれほどの時が経ったのか……。下宿の小母さんに声をかけられるまでうなだれて動けないでいた。

病床の姉の前に立ったあの時、姉のあまりの衰弱した容態と病状のむごさに、思わずたじろぎうろたえたのは、「姉さんはもう助からないのかもしれない」と直感したからであろうと思う。けれども、その時も姉は、病熱はずっと高かったのだろうが、意識はしっかりしていた。しっかりしていたという以上に、私を見てよろこび、私をはげますように声にも力があって、いつもの姉らしい気丈さであったのだった。別れぎわに、もう一度病室を覗いたとき、カーテン越しに見えた姉のすがたを、尾道に帰ってからも、私はくりかえし思い浮かべては、「もしかしたら、持ちこたえてくれるかも知れない。

このまま逝ってしまうはずがない。きっと治ってくれる。そうでなくては、姉さんはあまりにかわいそうだ。きっと持ちこたえ、治ってくれる。手術ができるように体力をとりもどせば、きっと治るんだ」そう願い続けていた。

学校の授業が終わって、私は尾道から島に帰った。

母からの電文に「イッショニ　カエル」とあったのは、姉の夫の生家が、同じ生口島であったからである。それは私の町から西に三つほど離れた町で、姉の遺骨はその夫の生家の菩提寺に葬られたのである。その時になって、私は、あらためて姉の夫が私の父方の祖母の親戚筋にあたる人であったことを思い出した。姉の夫は遠縁にあたる人だと母から聞いてはいたが、しかし、同じ島の出身であったことまでは知らなかった。そのくらい私は姉の夫に対して無関心になっていた。喜怒哀楽の情をまったく見せないその人のことは、私の意識の埒外だったのである。

葬儀は内々に行われて、我が家からは母と長兄だけが参列し、私は、葬儀の後日に母たちと墓参しただけであった。

臨終前の数日、姉は高熱に苦しみうなされ続けたということを母から聞いた。

高熱に苦しんでいる姉に、母が「なにか欲しいものは」と聞くと、「パイナップルのかたちのアイスが食べたい」とつぶやいたそうである。母とともに看護していた長兄は、すぐ病院を出て、商店街を探し回ったそうである。まだ五月になったばかりなので、氷菓を扱っている店すらほとんどなかったが、それでも、やっと見つけて、姉に食べさせることができたという。昨今は、円くて真ん中に穴があいているパイナップル味のするあの氷菓をほとんど見かけなくなったが、なぜそんな氷菓を欲しがったのか、単に喉の渇きと熱冷ましのために思いついただけなのだろうか。なぜか私はその話を聞いて、はじめて姉の幼なごころのようなものを感じる思いがしたことであった。

意識朦朧として徐々に混濁状態に陥ってゆくらしい姉であったが、ふっと「花が、花が」と声を発したそうである。高熱の苦悶の果てに、突如、花園の世界が開かれたのであろうか。そうであったと想いたかった。

姉は己が身を捨てて念願の子を授かった。けれどもその自分の命と引き換えのわが子を一度も抱くことなく逝ってしまったことは、前に記したとおり、母から聞いてはいた。

しかし、これは後になって考えたことであるが、はたして、姉は、母から聞いたように、伝染性の病気という理由で医者に止められたから、我が子を抱けなかったのであろうか。あるいは抱くことさえもできないほど衰弱しきって高熱にうかされていたのであろうか。私には、どうもそのようには思えないのである。姉の病がどんなに悪性であっても、抱こうと思えば、少しの間なら、いくらでも方法はあったはずである。どうしても抱きたいと姉が言えば、余命の無いことを知っている医者は、その願いを叶えたはずである。だとすると、考えられるのは、姉自身が抱くことを我慢したのであろうということになる。姉はなによりも無事に産まれたことがいちばんの喜びであり、健やかに育ってくれることを願ったであろう。それゆえに、医者から「手術前の体で抱くことは、感染のおそれがあるので好ましくない」と言われて、それならいまは我慢するしかないと、自分で潔く決心したのではなかったろうか。私にはそう思えてならない。ふだんから姉はそういう気丈で辛抱強いところのある人であった。

それにつけても、そうした必死さをそばで看取る母は、せっかく賜ったわが子を抱くことすらできない姉が耐えがたく哀れに思えたことであろう。

八

姉が亡くなった五月は、瀬戸内の島々にみかんの花が咲き、島じゅうが潮の香りと花の香りに満ち満ちるときである。私にとってみかんの花の香りは、二十五歳という若さで、産まれたばかりの嬰児を残して逝った姉への思い出そのものにつながっている。

姉の悲劇的な生涯には、まだ続きがある。というのは、姉が逝って一年も経たないうちに、暮らしていた借家が全焼してしまったのである。鰥夫《やもめ》となった夫のちょっとした火の不始末が原因らしい、とのことであった。当然、姉の思い出の物もすべて焼失してしまったのであった。それを聞いた時の私は、まるで姉の暮らしていた時空が一瞬にしてこの世から消えてしまったような喪失感を覚えたものであった。その火事があってしばらくして、姉の夫であった人は、育児のためにも独身ではいられず、やはり叔父夫婦の世話で、遠縁の人を後妻にもらったそうである。その男は、再婚してみて、はじめて亡き姉がどんなに細やかな心遣いのできた人間であったかに気がついた、と叔父に泣きごとを言ったそうである。やがて、その後妻に女の子が生まれると、二歳になったばかりの姉の子は、後妻から激しくいじめられたようであった。それは叔父夫婦がおりおり様子をうかがっていて気がついたのである。幼い体のそこいら中に折檻のあとらしい痣《あざ》があったという。結局、話し合いの上、叔父夫婦が姉の子を養女として引き取ることになった。叔父夫婦の家は十二歳の女の子が一人だけであったので、妹として可愛がられ、家じゅうの者から大事にされて育っていったそうである。ところが、その養女縁組が終わって間もなくの頃、男の人は、仕事場で不慮の事故に遭って亡くなったという。神戸造船所のドックの上で作業中に、ふいに横から重荷を運ぶ起重機が動いてきて、はねとばされ、ドックの底へまっ逆様に落ちた。即死であった。この話にもどきりとさせられた。情のまったく感じられない人で、私はついに一度も好感を持つことのできなかった人ではあったが、とりわけて不実とか悪質とかの男だったわけでもないので、その話を聞いたときは、やはり気の毒な一生だったと思った。

さて、実の父親も亡くなったので、叔父夫婦は、養女とした姉の子には、成人になるまで、ずうっと実の両親のことは一切知らせないことにした。いずれ戸籍謄本などで知るところとなるのではあるが、その歳になるまでは、徹底して本人に気づかせないように配慮した。そのために、その姉の子とは、私たち家族は会えなくなった。たまに会えたときも、どういう間柄かは知らせなかった。母だけは何度か会っていたようであるが、そのときもただ黙って抱きしめていただけであったそうである。

私自身は、ずっと後になって、たしか五十歳頃の夏であったと思うが、神戸で学会があった時に、どうしても一度は、その姉の子、つまり私の姪に会っておきたくなって、その叔父夫婦の家に電話をして会いに行った。叔父はすでに亡くなっていたので、叔母と娘二人の三人で食堂を続けて暮らしているとのことであった。この間、四十年近い時間が経っていたのである。

ところが、その家の玄関先で、その姪を見た途端、私は息を呑んだ。なんと姉そっくりの女性が立っているではないか。すこし細めの丸顔で、色白く漆黒の眼まで姉そっくりなのであった。彼女の方も驚いたはずである。どこか似た面影のある中年の男がいきなり現れたのであるから。私が見つめている間中、彼女の方はなんとも怪訝な表情をしていた。どうしたものかという戸惑いが見てとれたが、私の方は、ただただもう滂沱の涙。すぐにはことばも出ない。ひとりがってに泣きくれている中年の男は、彼女にはさぞかし異様に思えたにちがいない。

その後、横浜に帰ってから、私は、自分が持っている、今は亡き姉の写真と田舎の次姉が持っている写真などを、ファイルにして、彼女に送った。彼女は、その後まもなく明石の方に嫁いだそうで、幸せに暮らしていることをのちに知った。

姪との再会は、私にとっては大きな慰めであった。だが、それにつけても姉の一生の哀れさというものは、いつ思い出しても身につまされるのであった。けれど、いくら可哀想とはいっても、姉にまったく華やぎの時がなかったわけではあるまいとも思うのであった。それゆえ、ある時、私は、次姉にそのことを尋ねてみた。歳が七つ下であっても女同士だから、なにか私の知らないことを知っているだろうと思ったからである。私は次姉にむかって「幸子姉さんは一度も恋をしたことはなかったんだろうか」とストレートに尋ねた。すると次姉は「お母さんから聞いた話なんだけど、芦屋に奉公していた頃に、好きな人がいたそうよ」と言った。なんでも、姉が女中勤めをしていたお屋敷の、斜向かいの屋敷に、若い職人さんが出入りしていて、姉も、朝夕、掃除や用事などで門を出入りしているうちに、お互いに目があい、ちょっと話をするようになりして、やがて二人は、一緒になりたいという仲にまでなった、と言うのである。それはおそらく姉の生涯に一度の恋であったにちがいなかった。

ところが、その恋心はあっけなく微塵に砕かれてしまったというのである。それは、姉はお盆に帰省したときに「やさしく頼もしい人と出会えたので一緒になりたい」と母に告げ、それから同じことを祖父母に報告した。母は、喜び半分・不安半分であったらしいのだが、しかし、祖父母の態度はまったく予想外であったという。頑として駄目だと言うのであった。いつもだれにもやさしく人望もあるおとなしい祖父なのに、意外にも「許さん」の一点張りだったと言う。なぜか。そのわけというのは、相手の男の人が鹿児島の生まれだったから駄目だというのである。「旅の人間とは一緒にさせられん」というのである。つまり、よそ者（島の人間以外の人）は信用できない、ということなのであろう。明治初年生まれの人たちの閉鎖的な「家意識」・「村意識」は、ことほどさように堅牢で狭隘な一面があったようである。これは、どう思ってみても異常というほかない偏見だが、明治生まれの祖父母たちにおいては、強固な信念のようなものだったらしい。それにしても、人を差別したりさげすんだりなどしたことのないおとなしくやさしい祖父であるのに、それに、我が家はまだその祖父が初代のちっぽけな家で、家風もなにもない家柄に過ぎないというのに、この顚末《てんまつ》はいったいどういうことなのであろう。幕末、明治期の閉塞的な、しかし逆から言えば、きわめて手堅いこの家意識は、驚くべきものであったといえる。

祖父のその強硬な態度に、孝行者の姉は、「それほど反対されるのなら」ということで、結局、その姉の淡い恋は潰《つい》えてしまったというのである。

こういう話を聞いた私は、姉のあのまっすぐですなおで健気な性格が、歯痒くも怨めしくも思えた。そして、それを聞いて間もなく、私はすぐにはっと気がついた。姉の名ばかりの見合い結婚は、その直後のことであったことについてである。その理由《わけ》がこれだったのだ。姉の様子を案じた祖父母が、すぐに神戸の息子夫婦（私たちの叔父叔母にあたる人）に言って、その人たちの世話で、同じ生口島出身の遠縁にあたる男を相手に選んだのだ。なぜ、利口な姉があのような朴念仁と結婚したのか、いや、させられたのかが、その時、やっと分かったのであった。当人同士の気持ちはどうであれ、その家の当主が安心できることが一番というのが、当時の結婚というものであり、理想的な結婚観だったのである。子どもの頃の私には、まったくなんのことやら皆目分からなかったことが、よほど後になって、その奇妙というしかない当時の実情を知ったのである。なんとも迂闊《うかつ》なことだ。

だが、それにしても、この話は、私にはどうしても腑に落ちないところがあった。祖父の強硬な態度についてである。祖父の本家は農家であったが、三男坊の祖父は成人するかしないかのうちに家を出ており、裸一貫の丈夫な体だけが資本であった。いわば資産はおろか誇るべき家柄も何も無い身の祖父が、なぜ「家」というものにそれほどこだわったのかが分からないでいたのである。家族や近所はむろんのこと、村中の誰に対してもやさしくて思いやりのある祖父であったのに、せっかくの姉の願いになぜ反対したのか。「どうしてもその旅の男と一緒になるというなら義絶する」とまで言ったというのだが、あのやさしい祖父のどこにそんな頑迷さが潜んでいたのであろう。と、そのことが胸のどこかに引っかかっていたのである。ところが、おりおり反芻しているうちに、ああそうか、と気がついた。祖母だ。すべては祖母の考えだったのだ。祖父は、生涯、祖母に惚れぬいていた人である。祖母の言うことはどんなことでもすべて受け入れ、祖母のために生きたような人であった。その祖母という人は、島で有数の、代々続いた廻船問屋の長女で、娘盛りの頃は評判の美人だったそうである。そうした生まれの祖母が、無一文同然の祖父と一緒になったのも妙なことだが、むしろ、それゆえにこそ、祖母の「家意識」には烈しいものがあったのであろう、祖父は、祖母の烈しい怒りをそのまま姉にぶつけたものであろう。それに違いないと、私は今でも思っている。

姉の願いは無惨に砕かれ、姉はみずから恋心を散らしてしまった。私はあまりのことに、せつなさやるせなさをとおり越して、呆れかえったのであったけれど、しかしまたこうも考えた。姉の恋は悲恋に終わってしまったけれど、それでも、やはり恋は恋だ。そんな心ときめく時期が姉にもあったということは、せつないながらもせめてもの救いではなかったか、と姉のために思うのである。言っても甲斐のないことではあるが、少なくとも私の心の中の姉は、この私の考えに対して、かすかににっこりほほえんで肯いてくれるのではないか、そう思うのである。

ふるさとの日《ひ》色《いろ》月《つき》色《いろ》早《わ》生《せ》蜜柑　旭

青蜜柑

正岡子規のくだもの好きは有名な話だが、子規自身、明治三十四年（一九〇一）三月・四月刊の「ホトトギス」第四巻第六号・第七号に、「くだもの」という随筆を載せている。子規は、この「くだもの」の随筆のなかで、その字義・気候・大小・色・香・旨き部分・鑑定などの多方面から、自身の薀蓄を傾けているが、殊に「くだものの嗜好《しこう》」の項がとくにおもしろい。少し長くなるがその一部を引用してみよう。

「くだものの嗜好《しこう》」（部分）

菓物は淡泊なものであるから普通に嫌いという人は少ないが、日本人ではバナナのような熱帯臭いものは得食《え》わぬ人も沢山ある。また好きという内でも何が最も好きかというと、それは人によって一々違う。柿が一番旨いという人もあれば、柿には酸味がないから菓物の味がせぬというて嫌う人もある。梨が一番いいという人もあれば、菓物は何でもくうが梨だけは厭やだという人もある。あるいは覆盆子《いちご》を好む人もあり葡萄をほめる人もある。桃が上品でいいという人もあれば、林檎ほど旨いものはないという人もある。それらは十人十色であるが、誰れも嫌わぬもので最も普通なものは蜜柑である。かつ蜜柑は最も長く貯え得るものであるから、食う人も自《おのずか》ら多いわけである。

〔『ホトトギス』第四巻第六号　明治34・3・20〕

子規は周知のように、とくに柿が好きだった。明治三十年（一八九七）の作に、「我死にし後は」という前書きつきで「柿喰ヒの俳句好みしと伝ふべし」という句があるほどである。しかし、この随筆では、自己の偏向は抑えて、極力客観的に書いている。そして、「自分には殆ど嫌いじゃという果物はない。バナナも旨い。パインアップルも旨い。桑の実も旨い。槇の実も旨い。くうた事のないのは杉の実と万年青の実位である」とか「椰子の実も大きいが真物《ほんもの》を見た事がないから知らん」と、いたって正直な筆致である。そういう中で、「誰れも嫌わぬもので最も普通なものは蜜柑である。かつ蜜柑は最も長く貯え得るものであるから、食う人も自《おのずか》ら多いわけである」と、蜜柑に軍配を上げている。そこのところが、私にとっては、まさに我が意を得たりなのである。

さて、前回までは「温州みかん」の話のつもりが、ついつい姉への思い出の方に筆が傾いてしまった。じつは「みかん」の話は、もう一つある。それはたった一箇の「青蜜柑」の思い出である。町では、初冬の頃、ほんのわずかな期間だけ、極早生《ごくわせ》の青蜜柑が店頭に出る。まだ酸味があってさほど甘くはないが、野趣があるので、蜜柑好きは、珍重して食べる。

前にも述べたように、幼い頃は、我が家には大長島《おおちょうじま》の叔母の家から、毎冬たくさん蜜柑を送ってもらっていたお蔭で、私の子どもの頃は、蜜柑を買って食べるという経験はなかった。

この話は、たぶん小学三年生の頃だったと思う。私は、冬休みに母に連れられて、四、五日の間、神戸の親戚の家に行った。その親戚の家は大通りに面していて、叔母が近所の子ども相手に小さな駄菓子屋をやっていた。母と私がその家に着いた翌日の午後であったかと思う。私はそこの家の従弟たちと店先で遊んでいた。すると、大通りの向こうから、道端を一組の男女がこちらに歩いて来るのが見えた。そのふたりを、見るともなく見ていると、女の人は男の腕に自分の腕を絡ませており、やや男の肩に頭を持たせかけるように身を傾けて、どことなくうきうきした感じで歩いてくる。子どもの目には、ふたりともわりと長身に見えた。男は赤い縞柄の女物の半纏のようなのを羽織っており、足はこれも女物のサンダルのようなものを履いている。見るからに街のあんちゃん風で、肩を張ってちゃらちゃらと足音をたて、ちょっと不機嫌そうでいながらどこか得意げな風で、足早に歩いてきた。ふたりが私の目の前を通り過ぎようとしたとき、男は前を向いたままだったが、女の人はちらっとこちらを見たように思えた。ちりちりのパーマ頭に長めの髪。スカーフのようなものを帯状にしてくるりと髪の根元を巻いていて、素顔に真赤な口紅が目立った。よくは分からないが、酒場の女の人らしいようすに見えた。

女の人は、男から腕をはずすと、ちょっと後返りした。そして店頭にあった五、六箇ばかり積んだ青蜜柑の山から、一箇だけつまむと「これ、なんぼ?」と聞いた。すぐに店の奥から叔母が出てきた。女の人は代金を払うと急ぎ足で男に追いついた。蜜柑の値はいくらだったか覚えていないが、私が驚いたのは、女の人が、さほど高くもない駄菓子屋の青蜜柑を、たった一箇だけ買ったという事実であった。大のおとなが駄菓子屋の蜜柑を一箇だけ買うということがとても奇異に感じられたのである。女の人はいったいその一箇の蜜柑をどうするのかと不思議に思い、目で後を追った。女の人は、男に追いつくと、蜜柑の皮を大雑把にむいたらしく、その実を丸ごと男に手渡したようであった。男は黙って受け取ると、それをさも無造作に二三回に割って食べた。それから前を向いたまま緑の皮をぽいっと道端に投げ捨てて、ちゃらちゃら履物の音をさせながら何事もなかったかのように去って行った。女の人は、さっきと同じように、男と腕を組んだまま頭を男の肩に傾げ、歩幅を合わせるようにしていそいそ歩き去って行く。女の人の後ろ姿は、なにか良いことをしたような、うきうきとうれしそうな風に見えた。私は、あっけにとられ、ふたりの姿が小さくなるまでぼんやり見送った。思い出話というのはそれだけである。

高くもない蜜柑なのに、女の人はなぜ一箇しか買わなかったのだろう。せめて二つ買ってふたりで食べればもっと楽しいだろうに、と思う私には、その女の人の行動が、なんとなくわびしくもあり不思議でもあった。どうということもないありきたりの情景なのだが、その後も、青蜜柑が出る季節になると、ときどきこの時のことを思い出すのであった。

その女の人の行動が、じつはとても幸せな恋心からのものであったことに気づいたのは、よほど後になってからである。あれは私が学生だった頃なので、もう半世紀近くも前のことだ。ある女流作家の私小説風な短篇を読んだ時のことである。たしか「鯛の骨」という題であったかと思う。そのあらすじは、主人公の女性は、まだ未練はあったが不実な男だったので、結局は男と別れてしまった。別れる以前、男は魚が好きでことに鯛が好きだったので、女は、金の工面のつく時は、いつも小さいながら鯛を買ってきて男に食べさせていた。女は、男と別れてしばらくして、ある日、男が好きだった鯛を買ってきてひとり料理して食べてみようと思った。大きめのりっぱな鯛であった。だが、二タ箸三箸口に運んでみたが、すこしもうまくはないのであった。かつて男に食べさせていた時は、買える鯛は小さかったので、男がほとんどを平らげ、女はいつも男の食べ残したわずかな身を寄せて食べ、骨はお茶をかけて啜るのが常であった。その時の鯛の味はとてもうまかったことをしみじみ思い返す、というものであった。鯛の味も好きな人と食べてこそうまいのだ。いや、自分は食べなくても好きな男に食べさせることが幸せだったわけで、男が食べた後の鯛だからおいしく思えたのであった。ひとりとなってみれば、せっかくの鯛の味も、別れと同じく、味気ないものになったのであろう。

　してみれば、あの青蜜柑を男に食べさせた女の人は、あの時、じつは幸せの絶頂にいたのかもしれない、という気がしてきたのであった。女の人は、自分が食べる以上に、好きな男に食べさせることがうれしく、それも一箇だけ買うところに、その女の人のせつないまでの恋心があり、幸福感いっぱいの時だったのではなかったろうか。いずれにしろ、あの時、そういうことに気づくには、私はあまりにも幼なすぎたのである。

沖は眼の高さに澄みて蜜柑山　　旭

木いちご

前回引用した子規の随筆「くだもの」は、果物にたいする子規の異常なまでの健啖ぶりがうかがえるもので、さらに「ホトトギス」第四巻第七号では、木いちご・桑の実・苗代茱萸・御所柿などをふんだんに食べた思い出を写生文風に書いている。そのなかでもとりわけ「木いちご」の話がすごい。明治二十六年の夏から秋へかけて奥羽を行脚したおりに、秋田の大曲《おおまがり》から横手にかけての路傍の谷底で木いちごの林に出くわし、「食うても食うても尽きる事ではない。時々後ろの方から牛が襲うて来やしまいかと恐れて後振り向いて見てはまた一散に食い入った」とあり、「嬉しさはいうまでもないので、餓鬼のように食うた。もとより厭く事を知らぬ余であるけれども、日の暮れかかったのに驚いていちご林を見棄てた」というのだから、なんともすさまじい。

子規ほどのことではないが、私も子どもの頃は、島の野山のいたるところに草の実、木の実が自生していて好きなだけ食べたものであった。ことに木いちご・茱萸・ゆすらうめ・柘榴・枇杷などはよく食べた。島山の麓の林に行けば、山ぶどうやあけびもあった。昭和三十年代のころは、島のいたるところ、空気もよくて農薬の心配もまったくなかった時代である。木いちごはいくら食べても、それだけでは喉の渇きは取れないが、渇ききった喉にしみとおる熟れた甘さはかくべつである。

私の木いちごの思い出は、いたって他愛ない話だ。

七月の中ばの夏休みももうすぐという頃になると、路傍の低い崖などの草むらに、小さなつぶつぶのかたまりの、だいだい色をしたつややかな実が連なり生《な》った。

木いちごというのは、バラ科キイチゴ属の落葉低木の総称である。茎は叢生《そうせい》し、ふつうその茎や葉柄には棘《とげ》があり、葉の縁《ふち》には鋸歯《きょし》があって触るとちくっと痛い。五月ごろ五弁の小さな白い花を開き、その実は、一、二ミリの赤色（黄色・橙色のものもある）の小粒《つぶ》が七、八顆《か》集まって一箇をなし、それが群生する。小粒の実のかたまりは、熟れきると、ちょっと触っただけで、ほろほろこぼれ落ちてしまう。ほのかに酸味があるが、ぷりっと歯触りがあり、甘みが舌の先にとろりと残る。赤い実なのだが草むらの中ではさほど目立たない。それでも一つ二つ実が見つかると、すぐにその近くに点々と見えてくる。けれども、小粒の実で、しかもあちこち探しながらのことなので、ふつうの苺とはちがって、いくら食べてもさして空腹の足しにはならなかった。下校時などには、崖下に木いちごを見つけると、友だちと競って食べた。

あれは、たしか小学二年生の頃だったと思う。その頃、いつも下校時に一緒に帰る男の子がいた。彼はとてもすなおで心のやさしい子であったが、ちょっと気が弱くて泣き虫であった。しかし、絵を描くのが好きで上手であった。

その日もいつものように何か話しながらとぼとぼ歩いていたのだが、どちらかがすこし悪ふざけが過ぎて、なにか言い争いになりかけた。が、その時、ちょうど崖下に木いちごがあるのを見つけたので、ふたりでしばし道草となった。はじめはふたりの間は離れていたのだが、実を摘んでいるうちにだんだん距離がつまっていったらしい。夢中でつまんでいるうちに、いつしか競り合いになった。両方からほとんど同時に、紅い実の五、六箇のかたまりに手が伸びた。どちらも譲る気はない。自分が先に見つけた。いやオレの方が先だ。で、取り合いになった。やわらかな紅い粒はみんな潰れてしまった。二人の手が紅く濡れた。「お前が悪い」「いや、悪いのはお前だ」「お前はずるい」「ずるいのはそっちだ」と口争いになった。いつもはおとなしい彼が、その日はなぜか強気であった。おそらく私の方がすこしずるかったのかもしれない。たぶんそうだったのだろう。きっと彼の方が一瞬はやく見つけたのだ。彼はその確信があるから、言い張ったのであろう。ところが、私は私で、彼よりも一瞬早く木いちごの実をつまんでいたので、自分のものだと思いこんでいて、負けたくなかった。ふたりとも意地になっていた。

私は、ケンカも相撲も得意ではなく、ほとんどケンカはしたことがない。人をいじめることはしないし、また人からいじめられることもなかった。相撲は、その後、首投げと足かけの同時技を自分で工夫して覚えてからはあまり負けなくなったけれど、ケンカの方はダメであった。体力のない私はやれば負けるだろうと分かっていたから、人一倍負けず嫌いの性分ながら、極力やらないようにしていた。口論なら負けないけれど、取っ組み合いのケンカはからっきしだめだったのである。

　しかし、この時は、彼にはぜったい負けないだろうという自信があった。それと言うのも、彼は、ふだん、なにかと級友にいじめられてはよく泣いていたのである。ちょっと小突かれてもすぐに泣いていた。おそらく彼がクラスでいちばん弱虫だったと思う。

　ふたりの言い争いはだんだん昂じて、ついに彼は私にむしゃぶりついてきた。そうしてむちゃくちゃに私の顔を引っ掻いた。ふいを喰らった私はまったく応戦できない。必死になって泣きながらむしゃぶりつく彼の顔を、びっくりして見守るだけで、仕返しができない。私は、引っ掻かれながら、痛い痛いと感じながらも、その一方で、「弱虫の彼がこんなに怒っている。いったいどんなくやしさなんだろう。どのくらい怒ってるんだろう」と思い、彼を見つめるもうひとりの自分がいて、手が出ないのである。まったく戦意喪失してしまい、やられっぱなしのまま、たじろぎ、後ろへ後ろへ退《ひ》くばかりとなった。どうしても彼のように我を忘れて殴りかかることができない。こんなはずはない、負けるはずはないのにと思いながらも、そう思うばかりで、結局、逃げるしかなかった。

あまりのありさまに、私は愕然とした。いちばん弱虫だと思っていた彼に私は負けたのだ。我と我が身を疑い、呆れ返った。けれど、その時、なぜか悔しさも悲しさも湧いてこなかった。むしろわずかながら清々しさを覚えていた。そして、私は、はたと納得するものがあった。「よそう、殴り合いのケンカは、やっぱりよそう。あんな弱虫にさえ負けるのだから。だれとやっても負けるにきまっている。負けるケンカはしないに限る」と、悟った。これからは取っ組み合いや殴り合いのケンカはしないと決めたのである。自分の弱さを肯定し認めることは意気地がないとも思えたが、ケンカに強くなろうという考えはどこからも湧いてこなかった。殴られながら相手の心持ちを想いやっているようでは勝てっこないのだ。今思えばこれは強い弱いの問題以前のことであるが、その時の私は、自分はケンカに弱いという事実を認めるしかなかったのである。人一倍負けず嫌いの私だったが、この時ばかりは、すなおに自分の弱さを認め、以後は殴り合いのケンカはしないと決めたのであった。

取っ組み合いのケンカについては、これ以前に、もっと強烈な経験があった。忘れもしない五歳の時である。近所に小さな造船所があって、そこの家は子だくさんだった。私は私より二つ年上の男の子と時々遊ぶことがあった。昭和二十五年頃といえば、三輪車は高嶺の花であったが、彼は買ってもらったばかりの新車に得意になって乗っていた。ある時、私も乗ってみたくなって「ちょっと貸して」と頼んだところ、彼は「いやだ」

と断った。「ちょっとだけだよ」とまた頼むと、「じゃあ、あの坂を登るから後ろを押せよ」と言った。背格好はたいして違わないけれど、彼はわたしより二歳年上だからいばっている。彼が言う坂道は、すぐ近くにあって、タバコ屋の前の道をカーブして五、六mほどのところが、またカーブして段差一mほどのゆるやかな坂道となって浜沿いの道に連なっている。その坂道を下から登りきるまでを押せというのである。斜面の距離は三mほどである。下りは勢いがついて気持ちがいいが、三輪車に座ったままでは登れない急坂である。後ろから押してもらえばたしかに快適であろう。「押したら乗せてくれるかい」「ああ、三べん押したらな」「三べんだね。三べん押したらいいんだね」「ああ、いいよ」私は、痩せた小さな体をまげて、小さな三輪車の後ろ両輪の付け根の金属部を両手で押した。彼のお尻あたりに顔がゆくので屈辱的な不格好さであったが、乗せてもらいたさに懸命に押した。当時の私は、偏食がちでニンジンもホウレンソウもネギもダメで虚弱であった。非力な私にはかなりきつい。それでもがんばった。やっと登り切った。すると、すぐに彼はくるりとハンドルを返して、さあーっと坂道を下った。坂道の下の数m先まで三輪車は転がって止まった。私は走ってその後を追った。彼は満足げであった。またハンドルを切って「押せ」と言った。坂道近くから、私はまた頑張った。もう屈辱でもなんでもなかった。あと二回やれば乗れると思うと心が勇んだ。二度目も彼はうれしそうであった。あと一回だ、と力を込めて押した。押し方がすこし悪かったたか、三輪車がわずかに傾いた。が、倒れることはなく、ふつうに登り切れた。ほっとした私は「じゃあ、貸して」と言った。すると「だめだ。まだだめだ」と言う。「どうして」と訊《き》くと、「今のは倒れそうになったからダメだ。もう一回押せ」と言う。「だって、上まで上がったじゃないか」「だめだ。もう一回やれよ」と言って貸してくれない。私は、いんちきだと思ったが、乗りたい一心で我慢して、彼の言うように押してやった。こんどは貸してくれると思った。しかし、彼は押させる快感にずっと浸っていたかったようで、「もっと押せ」と言う。「三回って言ったじゃないか」と言い返すと、「だめだ、貸さない、もっと押せ。もっと押したら貸してやる」と言ってきかない。「あと何回押せばいいんだ」と尋ねると、「あと三回」と答えた。「あと、三回だね。三回できっと貸してくれるね」。彼は「あ、、うん」とあいまいな返事をした。私は彼のずるさに気がつかなかった。どうしても乗りたかったので、また、がんばった。もう夕暮れ時であったようだ。三回押し上げた後、「貸して」というと、やっぱり「いやだ」と言う。「うそつき」と彼の肩を衝いた。すると彼は、立ちあがって「なんだよ」と言ったかと思うと、私をぽかぽか殴りだした。彼の方がすこし私より背が高く私よりは力がありそうだった。それでも私は殴ってくるすき間をうかがっていた。四、五発殴った後で彼はちょっと手を休めた。すぐさま私は彼に殴りかかった。一発目が彼のおでこの辺に当たった。そのとたん、「こらっ、うちの子になにをする」とどなり声がした。見ると、彼の家の玄関先にねんねこを着た小さな小母さんがいた。彼の母親であった。近づいてきて「なにをしてんだよ、この子は」と私を一方的に叱った。その剣幕に私はなにも言い返せなかった。悪いのは私じゃないと思っても、げんに殴っているのを見られたし、おとなの剣幕に、おじけづいて言い返せなかった。小母さんは、おそらくケンカのいきさつは知らず、たまたま玄関先に出たところ、我が子が殴られていたので慌てて私を叱ったのであろう。が、私はケンカに負けたことも悔しかったが、それ以上に、叱られたことが悔しかった。言い返せないことが悔しかった。私は、叱られたままそのまま黙って家に帰った。もう夕飯時であった。席について箸をもってもご飯が喉を通らない。悪いのは彼なのだ。私は悪くない。それなのに自分だけが叱られた。言い返すことができなかった。悔しくてたまらなかった。ただ叱られただけということが、このうえない屈辱であった。悔しくて悔しくて涙も出ない。私は、うつむいたまま茶碗を置いて、「気持ちが悪い」とだけ言って、蒲団を敷いてもらって横になった。それからしばらく経って、私は魘《うな》されていた。真赤になってうんうん唸り声を出したようである。高熱が出たのであった。ただ事でないと思った祖父が、私の耳元で「なにがあったんだ」とくりかえし訊いた。私は、言いたくはなかった。幼いながら屈辱的な事実を知られたくなかったのである。が、祖父はなにかわけがあると思ったらしく、しつこく訊いた。私は、やっとか細い声で、ケンカのいきさつと一方的に叱られたこととを話した。もう夜の十時頃であったかも知れないのだが、祖父はすぐさまその家に行って、掛け合い、小母さんと彼とを家に連れて来て、寝ている私の前で謝らせた。おわびのことばを聞くと、私の気持ちはすっととけて、熱がみるみる下がった。この時の体験は強烈で、以後、私は、言いたいことを言わないで我慢するというのは絶対にしないと決めた。言いたいことを言わないのは間違った我慢で、それは体に障《さわ》るんだということを、この時はっきり知ったからである。

　このように、幼い頃から、「間違った我慢は体に悪い」と知っていた私だが、今度は、木いちごの取り合いのケンカによって、殴り合いのケンカは自分は絶対的に弱い人間だと悟ったのであった。

　と、そう言えば、格好がいいが、それもこれもほろにがくひとりよがりの幼時の思い出に過ぎない。

　木いちごの実は、甘いがつぶつぶの先にはこまかいイガがある。いつもそのまま食べてしまうのだが、このイガイガに野趣がある。そのイガイガのように、木いちごの実を見かける季節になると、彼のこと、あのときのケンカのことを、思い出すのである。気のやさしい彼は名前を「優《まさる》」といった。

城隍《じやうくわう》の木いちごは禽《とり》たちのもの　旭

祖父のこと

一

生口島《いくちじま》は瀬戸内海のほぼ中央に位置している。広島県尾道市からはじまる「しまなみ海道」の尾道から数えて三つほど大橋を渡った島である。私はこの生口島に生まれた。島の周囲には、因島《いんのしま》や大三島《おおみしま》をはじめ大小いくつもの島々が隣り合っている。島の前の海域は広島県と愛媛県との県境にあたり、真向かいにある島は岩城島《いわぎじま》といって愛媛県に属する。

「生口島」という島の名の由来は、一説には、「いくち」は「いつくし」の音転換〈音訛り〉であって、本来は「厳《いつく》しき島」、すなわち「荘厳で美しい島」の意味であろうといわれている。つまり「安芸の宮島」と称される、かの「厳島《いつくしま》」と同義なのであろう。「生口」という漢字は、その音を「いくち」の和語にあてたものにすぎないと思われる。

生口島は、瀬戸内海の島々の中では、わりと大きく、徒歩で島を一めぐりしようとすれば、大人の足でも十四、五時間はかかる。隣の因島には戦前から日立造船所があったので、戦後も大いに栄えた。昭和二十七年には、生口島の一部と併せて人口三万を超えたので、島としては全国で最初に市制がしかれたほどである。

瀬戸内の海はしずかで、島の新民謡「因島小唄《いんのしまこうた》」にも「瀬戸の内海　鏡にかえてよ花で化粧する　花で化粧する　因島」と歌われるとおり、一年を通して波おだやかである。潮の香をふくんだ微風は、午前は北の島山の方からの陸風、夕は海からの浜風が吹く。ただし夏季には、朝な夕なに小一時間ほど、凪《なぎ》の時があって、この時ばかりはむっとする蒸し暑さがある。が、そのほかは、雨も少なく好天の日々がほとんどであって、気候にも地形にも恵まれている。

私の生家は、稲や麦を主とする小さな農家で、海辺の土手から徒歩十分ほど離れた地にあった。それゆえ私の原風景は、いつも島の浜風とともにあるのである。

父は、私の生後一年半ほど経った昭和二十一年十二月の末に病歿した。四十二歳であった。私は五人兄弟の末っ子であったが、私が五、六歳の頃には、すでに長兄も長女も次兄も島を離れて神戸などに出て働いていたので、生家は、祖父母と母と三歳上の次姉そして私との五人暮らしであった。

ほとんど自作自給に近い農家であったが、私自身は、幼時には、貧しいという自覚はなく、つましい暮らしながらも、家族のみんなから可愛がられて育った。けれども、たった五人の一見平和そうな家庭ではあったが、子どもの目には、いくつもいくつも理解しがたい事があった。子どもはだれもがそうであったであろうが、私も、物ごころついた頃から、計り知ることのできない大人の世界があることに気づいていた。

幼時、私が家庭内でもっとも不思議に思ったのは、強欲な祖母の存在であった。昔はどの家にもあったことらしいが、寡婦となった母への祖母の嫁いびりはすさまじいもので、見るに堪えないものであった。暴力を奮うことはいっさいなかったが、その容赦なく理詰めに詰め寄り、叱りつけ、言葉荒くののしる時の祖母は、私の目には、まるで鬼のように思えた。子どもの目にも、むかしは美人だったのだろうなと思えるほど色白でいわゆるうりざね顔であったが、それだけに老いた憤怒の形相はすさまじいものがあった。五人の子どものために耐えしのんで働いた母は、生来、すなおで明るく自分のためには万事控えめで、なにごとにも懸命で健気であった。つまり、勝気で強欲で頭が切れて理詰めに強い祖母とは真逆の性格であった。おとなしく堪《こら》え症《しょう》の強い母であったがために、却《かえ》って祖母の嫁いびりは長く続いた。当時の祖母と母とは、たとえてみれば猫とねずみであった。母は、ねずみもねずみ、まるでこまねずみのように身を粉にして働きつづけた辛抱の一生であった。それに引き換え、強欲なボス猫ともいうべき祖母は、ほとんど野良仕事などはいっさいせず、祖父と母とを働かせて、結局、九十一歳まで自我を貫いて大往生をとげたのである。祖母の強欲は、村中の知るところで、祖母を良く言う人はほとんどいなかった。ところが、その祖母もなぜか私だけは割り合い可愛がってくれた。しかし、いじめられ続ける母が気の毒でならず、当然、私は祖母のことが心から好きにはなれなかった。それどころか、幾度もほんとに恐い人だと思ったものである。祖母の人間性と、母の人間性、そしてその異様な組み合せは少年期の私には容易に解くことのできない謎であった。

さらに少年の私にとって不思議であったのは、祖父と祖母のことである。祖父という人は、祖母とは性格も気立ても真反対であった。鍛え上げたがっしりとした頑丈な体つきで、働き者で正直者であった。人のために尽くすのが大好きで、そのため、村中評判のやさしい正直爺さんで通っていた。

そういう柔和な祖父が、強欲な祖母を、生涯、大事に思い愛しつづけた。祖父という人は、人のため、家族のため、そしてとりわけ祖母のためによく働いた。祖母を愛し思いやり、祖母の言うまま望むままに骨身を惜しまずはたらき、いつも祖母の心を気遣っていた。ついでに言えば、私に対しては「儂《わし》がこの子の父親代わりになる」と言って可愛がってくれた。そのゆえか、父の記憶のない私は、幼時、父親がいないことをなんとも思わずに育った。父親がいないということの悲しさや恨みを覚えたのは、中学に入学した頃からである。それほど私にとって祖父の存在は大きかった。

祖父は、祖母のつぎに私を愛してくれた。たとえば、飴玉などめったに手に入らない頃であったが、祖父がどこかで飴を貰うと、自分は食べず仕事着のどんぶりという前のポケットに入れておき、まず祖母にあげた。二つあるときは一つを私にくれた。自分がなめていた時などは、私が通りかかると、口から出して私の口に放り込んでくれた。そんなことまでも鮮明に記憶している。

毎夜、二合の自家製の酸っぱいどぶろくでほろ酔ったあとは、決まっておでこをふたりでくっつけ合って押し合う牛相撲をして、私を楽しませてくれた。

祖父の祖母への尽くし様は、子供心にも眩しく映った。ところが、これを受ける祖母の心が私にはもっと不可解であった。祖母は、祖父の献身的な行為にほとんど無表情・無感動であり、なにほども応えてやるところがなかった。祖父がなにをどう尽くしても喜びを見せず表情ひとつ和らげるでもなく、「ふん」といったふうで無愛想であった。そもそもこの祖母はなにごとにも動ずることがなく、滅多に笑顔を見せることがなかった。祖父に対してはもちろん誰に対してもめったに礼を言うことがなく、やさしい言葉をかけることもなかった。強欲一点張りで無愛想な祖母は、村の三悪婆のひとりとも噂されていた。逆に祖父は、村一番の正直者で誰にもやさしかった。欲張り婆さんと正直爺さんという組み合せは、日本昔話の世界でのひとつの典型であるが、我が祖父母もまさにその通りの夫婦であった。これひとつをとってもつくづく日本昔話の世界はすごいと思う。

それにしても、どういういきさつでこんな夫婦ができたのだろうか、幼い頃の私は、それが不思議でならなかった。

中学一年生の時、ある夏の夕べ、たまたま祖父とふたりきりの時があったので、単刀直入に尋ねてみた。すると祖父は、なんらためらうこともなく、にこにこ笑みを浮かべながら、まるで昨日の出来事のようにいきいきとした表情で話してくれた。それは祖父の恋物語であった。顎のがっしり張った正直と勤勉だけが取り柄の武骨な祖父の唯一の艶福というものだったであろうか。祖父の話を聞き終わった私は、祖父の祖母を大事に思う気持ちがかなり明確に分かったような気がした。

二

祖父と祖母が結ばれる話に入る前に、祖父の家系についてあらましを記しておきたい。生口島にはずっと昔から十か村ほどの村があった。祖父は、そのうちの東生口村の農家に、明治十三年、三男坊として生まれた。ちなみに「波戸岡」という名字は島の地名に拠る。島の浜辺（波戸《はと》）からすこし上った小高いところ（岡）という意味である。

昔は、家屋も田畑もすべて長男が相続するならわしであったから、次男以下は、おそくとも十五、六歳にはみな家を出なければならなかった。しかし、島にはさしたる働き口がなかった。それというのも、島人でありながら、昔からこの島は漁を生業《なりわい》とすることを忌む風習があり、わずかでも土地をもつ者は農業をするを良しとしていたのである。この風習はおよそ昭和四十年頃まではあったように思う。

明治の末期、三男坊で土地も家ももたぬ裸一貫の祖父がなったのは、浜子《はまこ》というものであった。浜子というのは、朝夕塩田で塩作りをする男たちのことである。

瀬戸内海の島々は、源平合戦よりもっと古くから塩田が盛んであったようで、私の生まれた生口島も同様であった。ちなみに塩田は、私の中学生時代（昭和三十三、四年の頃）の頃までは、我が家の前も（畑が二反ばかり広がった先に）広々とした入浜式の塩田が続いていたのである。朝な夕なに広い塩田のそこここに、上半身はだかの赤銅色の男たちが、それぞれに長柄の杓をもって潮水を汲んでは撒き、汲んでは撒き、それからまた、熊手のようなもので塩をふくんだ砂を掻き寄せたり均したりを何時間もくりかえしていた。男たちの肌の艶光りは浴びた潮の所為ではなくて、汗の滴りであった。浜子の労働はきびしく、その暮らしは貧しかったようだ。だが幼い私にそんなことは分かろうはずもなく、朝凪、夕凪のしんとした塩田で黙々とはたらく男たちのすがたは、遠目には、影絵のようなしずかでのどかななつかしい風景であった。（ちなみに、この入浜式塩田は千年以上も続いた製塩法であったが、昭和三十年代になって製塩法が入浜式から流下式へと激変し、浜子は消え、塩害の騒ぎが起こり、やがて海外から岩塩を輸入するようになって、昭和四十年代には瀬戸内海の塩田は終焉を遂げたのである）。

祖父は、文字どおり裸一貫、家も持たず土地もなく、浜子として塩田の竈場《かまば》というところに寝泊まりしていたようである。当時の日当がいくらであったか今となってはまったく知るよしもないが、元来、祖父という人は、ばくちも酒も好まず、真面目で生一本の働き者で、ただひたすら力任せの日雇い仕事に明け暮れる若者だったようだ。島の楽しみといえば、盆踊りとか村祭りくらいなもので、ほかにはなんの遊び事も遊び場もなかった。祖父はただただ真面目に働いたようである。その頃祖父はどんな夢を持っていたのか、とは今にして知りたいと思うけれど、十三歳の私にはそこまで祖父の心を思い計る能力はなかった。

さて、その生真面目で生一本な祖父が、ある日、ひとりのうら若い娘を見染めた。それは「天神丸」という名の廻船問屋のひとり娘であった。村には五つの廻船問屋があったが、その家もなかなか景気はよかったらしい。見染めたとは言っても、むろん、自分からは口もきけず、ただ遠くからながめるだけの片思いであったが、祖父にとってははじめての忘れられない人となった。どうすれば彼女を嫁にすることができるだろうかと、なんども親しい仲間に相談したりしたそうである。当時のこととて、結婚となればまずなによりも親の許しが肝腎である。そこで、祖父は友人らにも励まされ、「そうだ、将を射んと欲せばまず馬を射よの譬えがあるぞ。娘を得んと欲せば親の心を摑めだ」と決めこんで、祖父は一生懸命買い集めたり手に入れたりした物品や金銭を、その娘御の父親にせっせと貢いだそうである。祖父からみやげものを受け取るたびに、その親父は、いつものらりくらりと話をかわして、あいまいな返事であったらしく、「ぜひにたのむ」と言うと、「うんうん、考えとく考えとく」と言う風であったそうだ。けれどもまた、一度だって「いやだめだ、むりだ」とは言わなかったそうなのである。そうして、ある日ある時、祖父は「天神丸の娘が婿を取るらしい。婚礼の日取りは何々日だぞ」という噂を耳にした。そもそも土地も財産ももたない浜子にとって、廻船問屋のひとり娘なんて、所詮高嶺の花であって、叶えられるはずのないことであろう。だが、生真面目で生一本の祖父は、思いつめるあまりの激しさで、どこまでも自分の夢を追い続け、膨らませ続けていったのであろうと思われる。かならず自分の願いは叶えられると信じきっていた祖父にとって、その噂話は、晴天の霹靂で、「まさかそんなことがあるはずがない」と、血相を変えて娘の親のところに飛んで行き、「話が違うじゃないか」と詰め寄った。すると、その親父は「まあまあ、そう怒るな。お前には済まないが、これはしかたがないことなんだ」と言い訳にもならないことを言う。なおも「約束が違う」と詰め寄る祖父に、親父はついに「そうは言うが、儂《わし》は、お前に娘をやるとは一度も言ってはおらんぞ」と逆に居直られてしまった。「それじゃあ、今まで貢いだのを受け取ったのはなぜなんだ」と祖父が言うと、「いや、儂も困っていたんだ。あんまりお前が勧めるので断り切れなかったんだ。どうしていいか困っていたんだ」と迷惑顔で言いだす始末。祖父は、やっとのことで、すべては自分の思い過ごしだったのか、一人相撲をとっていたのかと気が付き、悔いてもみた。が、しかし、どうにも腹の虫はおさまらない。自分の純な気持ちが、いとも簡単に踏みにじられたことが悔しくてたまらなかった。「あの親父のぬけぬけとした口ぶり、シレっとした顔つきも気に食わない。娘も娘だ、こっちの気持ちをすこしぐらい察してくれてもよかったではないか」。悔しさの余り、祖父の心は恋しささえも憎しみに変わった。なんとか仕返しをせねば気が済まない。どうしても我慢が出来ない。さてどの手でやっつけようか。そこは若気の至り、燃え上がる憤怒の情は抑えられない。どの手を使って懲らしめるか、気の合う友達と夜な夜な相談をした。そうして思いついたのが、浜子らしいやり口だった。婚礼当日の夜、その婚礼の座敷中に塩浜の砂をぶちまけて、その場をむちゃくちゃにしてやろうというものであった。単純で粗暴なやり口だが、そうでもしなければ悔しくてやり切れない。なんとか少しでも憂さを晴らさねば、とそう決めたのであった。どうせ娘のことは諦めねばならないが、せめて晴れの式を台無しにしてやれば、すこしは怒りが鎮まるかもしれぬと、短慮の計をたてたのであった。それは面白いぞとばかりに浜子仲間で協力を買って出る者もいたらしい。

さて、その婚礼の夜。当時は、婚礼はどこの家でも少なくとも三日三晩続いた。長い家は一週間も続いた。これは、島では昭和の三十年頃まで続いた風習である。天神丸の本家では、いよいよ花婿花嫁が着座して婚礼が始まった。その家の裏側には、ゆるやかな下り坂があった。その坂の下に家とのすき間があって二、三人は優に隠れることができた。祖父と仲間は、闇に紛れて砂袋をしこたま運び込んできていた。そして、息を殺して、その婚礼の座敷に飛び込んで砂をぶちまけるための頃合いを計った。宴がもっとも盛り上がったときを見計らって躍り込み、わあわあ座敷じゅうをかき回して逃げてこようというのだ。だが、いざとなるとさすがに胸が鳴った。飛び込むきっかけをはかりかね、しばし動悸のおさまるのを待った。いまさらに戸惑っていた。すると、その時、坂の上から、からんころんとゆっくり下りてくる女の下駄の音がした。祖父をはじめ連中は、見つかってはまずいのでさらに身を低くして息を呑んだ。

ところが、四、五人の若い男が潜んでいれば、どんなに息を殺していても、独特の熱気はおのずと漂い出して、闇になにかが潜んでいる気配は、その女にもすぐ知れた。「どうしとんの?」と声をかける。隠れきれないと思った祖父は、そっとその女の方に行って、ちょっと、隠れていた所からすこし離れたところに連れて行き、手短かに腹いせをする話をして聞かせた。薄闇の中でぼんやりと浮かんで見えるまっ白い顔はうりざね顔で、絵から抜け出たような美人。祖父はその美しさに驚いたが、しかしまだ復讐の炎は燃え上がっている。すると、その女人が、さも呆れたような口ぶりでひと言、「世間に女はいくらもおる。女はひとりじゃあるまいに」とつぶやいた。

時も時、祖父にとって、このひと言は、頭から冷水をぶっかけられたほどの衝撃だったらしい。まるで瘧《おこり》が落ちたように、その粗暴な復讐劇を思いとどまったという。その時、怒りにまかせて事をしでかしていたならば、祖父は島にはいられなくなっていたであろう。祖父にとってその女人は時の氏神であった。しかも、村中で評判の美人の娘に諭されたのである。後で、私が祖母にその時の気持ちを尋ねたところ、祖母の言うには「べつにどうということもない。ただ、若い者は勢いに任せて馬鹿げたことをしでかすものだと呆れて、ちょっと諌めてやったただけだよ」とのことであった。

ところが、祖父の方は、もうその時から、この美人の祖母に、胸の炎が燃え上がり燃え盛ってしまった。自分を過ちの淵に落ちないように救ってくれた人。しかも先の天神丸の娘などとは比べようもない美人である。迂闊なことだが、私は、その後、祖父が、どのように祖母に求愛をしていったのかまでは聞きそびれてしまった。

ところで、当時、祖母の方は、まるで祖父に関心はなく、一緒になるなど思ってもいなかったらしいのである。祖母という人は、村の五つの廻船問屋の中でも羽振りのいい、「小金丸《こがねまる》」の廻船問屋の長女であった。祖母にとって、唯一、不都合なことは、二十歳が過ぎようとして婚期を逃しかけている女という世間の目であった。狭い村でいつまでも嫁がないでいるとなにかと悪い噂しか立たないのであった。祖父は、ひたすら、自分が一生懸命に働いて裕福に暮らせるようにするからと、誠意の限りを尽くしてくどいたのであろうか。祖母は、おそらくその熱意に根負けして、妹たちの暮らしに比べれば、うんと底辺の暮らしをしなければならないことに覚悟を決めて、いつか周りを見返してやるぞとばかりの思いで、それほど願うのなら、仕方がない一緒になってやろうか、ということであったか、ともかくそういうことで祖父との結婚に踏み切ったのであろう。とは言え、祖母の方は無一文のはずはなく、小金丸の実家からそれ相応の嫁入り支度金などは出させたはずである。

こんなわけで、祖父は願ってもいなかった縁によって、しかもおそらく何度も何度も拝み倒すように懇願して嫁になってもらったのであったから、一生、祖母には頭が上がらず、また上げようともせず、何事によらず、祖母を一番に大事にし通したのであった。

それにしても、私は、祖父からこの思い出話を聞くまで、若い頃の祖父が、農業でなく、あの苛酷な労働の浜子をしていたとは、まったく知らなかった。祖父の話を聞いてから後の日々は、塩田の浜子の人々の中に、若き日の祖父の姿を想像するようになり、せつないながらも、親近感を抱くようになった。

三

祖母の生家は、島の山麓にある薬師寺という寺の境内から東南に下ったあたりの、大きな屋敷構えの家であった。前に記したように、村に五つあった廻船問屋のうちの、「小金丸」という船をもつ海産物を扱う廻船問屋を代々営んできており、村ではそれなりに由緒ある家柄であった。名字を「小金《こがね》」といった。幼い頃、この祖母の生家に行ったとき、屋敷の奥の大広間を覗くと、高く薄暗い鴨居のところに、軍服を着た人たちの遺影がずらりと何人も並んで架かっていて驚いたことがあった。どの遺影も胸になにか勲章のようなものをつけていたようだったが詳しくは覚えていない。子どもの目にも昔は大きくて立派な屋敷だったのだろうと思えたが、太平洋戦争で世帯主である夫を亡くした小母さんとひとり娘とだけの暮らしになっていたから、その大きな家がかえって淋しく見えたことであった。

祖母は、その家業の廻船問屋が栄えていた頃に、六人兄弟の長女として生まれた。明治十三年、祖父と同じ年の生まれである。名をトラといった。むかしは、強く丈夫に育つことを願い縁起をかついで、女の子でも「クマ」「トラ」「タケ」「マツ」「ウメ」などと名づけたものである。(後に、祖母は、この名を嫌って自身で「初《ハツ》」と戸籍の名を改めた)。

祖母を筆頭に妹たちが四人、末っ子に男の子が生まれたので、その人が家の跡を継いだ。祖母は評判の美人だったようであるが、学問は無いが才覚があって気が強く、家族内をすべて差配していたそうである。祖母が選り好みをしたのか、村の男たちの方が高嶺の花と敬遠したのか、あるいはその手ごわさに男たちが畏れをなしたのか、理由は不明だが、祖母は、妹たちを次々と良家に嫁がせたものの、自分自身はいつしか婚期を逸してしまったようであった。妹たちも祖母同様に色白で美しく、しかも祖母とは違って、どの人もみな穏やかでやさしく思いやりのある人柄だったから、次々と由緒ある大家や豪農の家、また町役場の公務員などに嫁いで幸せに暮らしたようである。そうしている間に、祖母自身は二十歳を越してしまったらしい。明治の時代の片田舎であるから、二十歳といえばもう婚期を逸したに等しい年齢であったようだ。それでも、負けん気が強く気位の高い祖母は、内心はともかく、うわべは平然と女主人然と暮らしていたらしい。私は、若い頃の祖母についてはほとんど知らない。祖父には、折に触れ、祖父が若い頃は何をしていたか聞いているのだが、今思い返してみても、祖母の口から祖母自身の身の上を聞いた覚えがない。つまり、私は若い頃の祖母のことはまったく知らないのである。いっしょに暮らした年月は、二十年ほどもあったというのに迂闊といえば迂闊、不思議といえば不思議なことだ。私が祖母への関心が薄かったからであろうか、祖母が語りたがらなかったからだろうか、おそらくその両方だったであろう。

　祖母との思い出は、おいおいまた述べることになるであろうから、祖父と祖母との出会いのことに話を戻そう。

　むかしの結婚というものは、おおかたは親同士が決めるものだったということを知っていたので、中学生の私には、祖父の話はとても新鮮なおどろきであった。この朴訥で温和な祖父が、気位高く愛嬌に乏しい祖母に身を焦がすほど恋し、そして結ばれたというロマンスは、ちょっと信じがたくも思われた。なにしろ、この話を聞いたとき、祖父母は七十歳をとうに過ぎていた。今と違ってそのころの七十代はすっかり老けた容貌をしていたから、なおさら想像しにくく思われた。けれども、それは紛《まご》う方なき事実であった。祖父はいつもつねに祖母の言うがままに行動し、祖母に尽くしきった生涯であったのである。

ところが、そういう祖父の愛に対して祖母は、私の知るかぎり、まったく無表情に思えた。尽くされて満更でもなさそうな風に見える時も、たまさかあったような気はするが、私の記憶の中での祖母は、いつも祖父から尽くされて当たり前という奢《おご》りのような表情ばかりなのである。

少年の私には、結局、祖父は、結婚はできたけれど、ずっと片想いということなのではないかと思えてならなかった。ひたすら愛し続ける祖父と、愛されながらも愛そうとはしなかった祖母。少年の私は、祖父の人生がつまらなく思えたし気の毒でならないように考えてきた。そして、あんなに愛され大事にされた祖母はとても幸せな人だとばかり思っていたのである。

ところが、私自身が青年期に入り、やがて人を恋し、恋のせつなさを知るようになってからかなりの月日が経ったある時、ふとその私の思いは全く逆だったことに気づいた。幸せな人だと思った祖母こそ不幸であり、気の毒に思った祖父の方こそ幸福者だったのだ。愛していない人からどんなに愛されたところで心の空洞は埋められはすまい。祖母の人生は、ただその孤独と寂寥に耐えて生きるしかなかったのかも知れない、とも思い返してみたりしたのである。がしかし、所詮、人の一生の幸不幸は当事者にしか分からないことではあるのだが、一生を、愛する人の側にいて愛し続け、尽くし続けることができた祖父こそ、果報者と言えるのかも知れない。

なんとでもなる瓢簞の転げやう　旭

芋の子の煮つころがしの摑まらず　〃

祖母のこと

祖父為三《ためぞう》は、ハツと所帯をもって、なお懸命に働いた。ふたりはまず小さな家と畑を買い、祖父は浜子を辞めて農夫となった。とは言え浜子時代の祖父の貯えは、当時の安い日当から推して微々たるものであったと思われるので、小さいながらも家を建てることができたのは、おそらく祖母ハツの持参金がかなりのものだったからであろう。祖母ハツは、畑仕事などはほとんどしなかったかわりに、頭の切れる人で、やりくり算段も巧みであったらしい。その後、だんだんに家を増築し、田畑を買い足していった。島の土地の値段というものは、海辺に近い耕作地ほど高かった。島山の麓よりも海辺の方が土壌が肥えているからである。井戸も山辺は水脈が乏しく、また深く掘らないといけないが、海辺は水脈をしっかり選べば、深く掘らなくても上質の真水の井戸が造れた。それに海辺は、平坦でなにかと暮らしやすいからであった。

我が家の所有する耕作地は、私が生まれた（昭和二十年）頃には、浜の土手から数百メートル離れた平地に、二反ほどの田畑。家の前に一反弱の菜園場。家の横に田畑が一反。そして山のお寺の横に一反ほどの畑があった。田畑の主な作物は、米と麦と薩摩芋のほかは、黍・粟・豆類・野菜類などで、二毛作であった。それは、島ではまずまず人並みの農家なのであった。

その我が家のことについては、幼時、些細なことながら、私にはちょっとほろ苦い嫌な思い出がある。

幼い時分は、たいていの子どもは、遊び友だちどうし、お互いの家によく遊びに行ったり来たりするものだが、私がたまに家に友だちを連れて来ると、祖母はすぐ「家の中で遊ぶな、外へ出て遊べ」と叱るのであった。せっかく楽しく遊んでいるのに、なぜそんなにきつく叱るようにして追い出すのか不思議だったが、ともかく祖母はよその子を家にあげることが嫌いなんだと思ったから、私はふだんできるだけ友だちを家に呼ぶことをしないようにしていた。たまに誰か遊びに来た時も、祖母が外から帰ってくれば、叱られる前に、庭に出て遊ぶようにしていた。いつも「自分は良い子なんだ」と自負していた私（この自負心が後々自分を苦しめることになるのだが）であったから、祖母に限らず、人に叱られそうなことはつとめてしないようにしていたのである。

ところが、ある日、同い歳の女の子が我が家の近くに、なにかの用事のお手伝いがてら畑に遊びに来ていたので、私はいっしょに遊びたくて、誘って家に上がってもらった。しばらく本を読んだり話をしたりしていたら、いくらも経たないうちに、外出していた祖母が帰ってきた。あっと思ったが、もう遅かった。祖母は帰ってくるなり、私たちを見て鬼のような顔をして「外に出ていけ。外で遊べ」と怒鳴った。悪ふざけをしたり、ばたばた撥ねたりしていたわけではなく、おとなしく本を読んでいただけなのに、祖母は、いきなり恐い顔をしてきつい声で叱った。私は、たぶん、顔が真赤になっていた。その声は、私だけでなく彼女までをも叱りつけたように響いた。彼女は全く悪くないのだ。私が頼んで上がってもらったのだ。それなのに、その子にとても嫌な思いをさせてしまった。その子は、可愛くてかしこくておとなしくて、ひそかにすてきだと思っていた人だったので、私はとてもきまりが悪く、みじめだった。家の外に出てから、やっと小さい声で「ごめんね」と彼女にあやまった。おとなしくて聡明なその子は、こくんとうなずいて黙って帰って行った。私は恥ずかしいやら悔しいやらで、どうしてよいか分からなくて、しばしその場に立ちすくんだ。だが、だんだん気持ちが悪くなってきて、同時に無性に腹が立ってきた。この恥ずかしさ悔しさみじめさは、祖母の所為なのである。祖母はなぜあんなに叱るのか。家の中で遊ぶことがそんなに悪いことなのか。日ごろは、おとなしく口答えなどめったにしない私だったが、我慢できなくなって、自分の箪笥の前でなにかごそごそしていた祖母のところに足早に行き、精一杯の大声で怒鳴った。「どうして家の中で遊んじゃあいかんのけえ。おとなしくしているんじゃけえ、ええじゃあないか」と詰め寄った。すると、祖母は即座に「家の中が汚れるけえいかん」

と言った。「汚れるようなことはしちょらん」と言い返したが、「いいや、きたない。汚れる。いかん言うたらいかん。この家は儂が建てたもんじゃ。ほじゃけえ、お前らの勝手にはさせん」と声を荒らげる。私は一瞬自分の耳を疑った。「儂が建てた家」とはどういうことか。意外な言い分に驚いた。とっさに私は「おばあさんが建てたと言うけんど、そうじゃあなかろう。おじいさんが働いたから建てられたんじゃろう。おばあさんだけの家じゃあ無かろうよ」と言い返した。すると祖母は、「なにをぬかすか。じいさんなんかが建てられるもんか。儂がひとりで建てたんじゃ。儂の力で建てたんじゃ。ほじゃけえ、儂の家だ。文句があるなら出て行け」といっそう声を荒らげた。

「おばあさんが建てたと言うけど、どうやって建てたん。おばあさんひとりで建てられるもんか」

「なにをぬかすか。儂が建てたんじゃあ。儂のひとりの力で建てたんじゃあ」と私を睨《にら》んだ。

「そんなことがあるもんか。うそじゃあ。うそに決まっとる」

「うるさい。文句を言うなら出ていけ」と怒鳴った。

祖母は、頑として言い張り、それから、そばに立っている私をまったく無視して、なにかまたごそごそ片づけをしていた。私は、もう唖然としてしまい、それ以上言い返すことばもなく、気力も萎《な》えてしまった。しかし、逆に、絶対そんなはずはない、という確信が沸々と湧いた。

その夜、母にそのことを質《ただ》した。すると母は、「あのばあさんの言いそうなことじゃあね」と、祖母の言い方に呆れた風であった。が、私が「絶対違うよね」と言っても、祖母の「儂が建てた家」ということについては、すぐには否定しなかった。そこで私はしつこく「違うよね。絶対違うよね。おじいさんが働いたから建ったんじゃよね」と母に迫った。母は、ちょっとなにか思いごとをしていた風であったが、ふと我に返ったかのような間をおいてから、「そうじゃね。おじいさんが働いたからじゃよね」と私の言うことを認めてくれた。その母の同意のことばを聞いて、やっと私の憤懣はすこしだけやわらいだのであった。

しかし、私は、あの時、母がすぐに私の言うことに同意せず、なにか思いごとをしていたようであったことを、のちのちも、「あれはなんだったのだろう」と思い出すことがあった。あの時、おそらく母は、家に対する祖母自身の深い業《ごう》のようなどろどろした思いにたじろいでいたのではなかったか、とは、いまにして思うことなのである。

小さな農家に過ぎないこの家に、祖母の矜持《きょうじ》はあまりに不釣り合いに思えるが、家というものへの祖母の我執《がしゅう》は、おそらく祖母自身の人生の根幹に関わることだったに違いなく、要するにそれは「自分の才覚無くして家は建たなかった」ということだったのであろう。いずれにしても、我が家の家屋と田畑の基いは、祖父と祖母とで築いたことはたしかなのである。

祖父も祖母も読み書きはできなかった。しかし、祖母は、思考の回転が速く、何事も勝気で弁が達者であった。無駄口や冗談はいっさい言わず、自説を曲げず、相手がだれであろうと、理詰めにぴしゃりと言い負かしてしまう人だった。不思議に思ったのは、文字が読めないはずなのに、日めくりの暦は自分で毎日めくって間違えることがなかった。ある時、「どうして分かるん」とたずねたら、「干支《えと》の絵があるじゃろう。あれを見りゃ何日か分かるんじゃけえ」と教えてくれた。

私が小学校に入る頃には、兄弟五人のうちの上の三人は、働くために島を出ていたので、我が家は、祖父・祖母・母・三つ年上の姉と私の五人暮らしであった。私はみんなに可愛がられて育ったが、ことに祖父の愛情が格別であったことは前に記したとおりだが、恐い祖母も私にだけはやさしくしてくれることが多かった。母につらくあたる祖母はとても憎いと思ったが、それでも祖母の洞察力や男勝りの決断力にはすなおに「すごいなあ」と認める気持が私にはあったようである。気の強い祖母も、私のすなおでおとなしいところが、多少気にいっていたようで、村に地方まわりの芝居や浪曲がくると、決まって私だけを誘って出かけた。私も見たかったからよろこんでふたりで出かけたものである。浪曲師が顔を真っ赤にして唸るのは、聴きはじめは何を言っているか分からないのだが、すこし聴き入っていると、大体の話の筋は子どもにも分かるもので、面白いと思い、自分にも分かるということがすこし得意でもあった。だが、一緒に見たり聞いたりした芝居や浪曲について、後で祖母から感想らしいことを聞くということは一度もなかった。私も母に話したりすることはあっても、祖母と語り合うということはなかった。おそらく幼い子どもにさえも心を開いて話しかけるということのできない人であったのであろう。

祖母は、我欲の強い人で、人に弱みを見せることがなかったが、祖母なりに強い信仰心はもっていた。朝、井戸端で顔を洗うと、かならず朝日に向かって手を合わせて、「お天道様、どうぞ今日も云々」と、なにか祈りごとをしていた。おそらく我が身の安全を願っていたのであろうが、我欲の強い祖母のこのすなおな信仰心は、いったい祖母の心の中でどう繋がっているのか、私にはとても不思議なことに思えた。村には、天満宮・八幡宮・住吉神社・荒神様などの神社の他に、薬師寺（真言宗）・光明坊《こうみょうぼう》（浄土宗）、その他天台宗・曹洞宗・臨済宗の寺院。それにキリスト教の小さな集会所まであった。我が家は真言宗の宗派に帰属していた。

これらの寺社のほかに、天理教の教会が、家の近くに二つもあった。信者はそのどちらか一つに帰属して月並祭にお参りしていたが、祖母は両方の教会にお参りしていた。小さい方の教会は、我が家と遠縁にあたる小母さんの家だったので、祖母はことに熱心にお参りしていた。また、山の地蔵の世話係もしていて、年に一度の縁日には祖父とふたりで、毎年、子どもたちにお菓子を配ったりしていた。祖母は、神仏を拝むことにはすなおであった。狂信的なところはなく、ただ手を合わせて祈るだけだが、その時は側で見ていて、とても心静かでやさしく善人そうに見えた。ところが、その信心は自分にだけ向けているらしく、人に対する慈悲の心とか親切心はほとんど見たためしがなかった。祖母はどこから見ても、吝嗇《けち》で強欲な人にしか見えなかった。ところが、その祖母も、時々、門先に物乞いに来る遍路や乞食《ほいと》には、一合枡《ます》にいっぱいほどの穀物のほどこしは必ずするのであった。昔からの弘法伝説がしっかり生きていて、さすがの祖母も崇《たた》りということが恐かったのであろう。

思ひ出にふたり祖母ゐる灸花《やいとばな》　　旭

父のこと

父は、昭和二十一年（一九四六）十二月に肺病で亡くなった。享年四十二。私が生まれて約一年半後である。若い時から心臓が弱く弁膜症を患っていたので徴兵検査に落ちた。父の弟二人は出征したが、父は村に残った。村の世話役でかなり体を酷使したらしく、終戦真近になって床に臥せるようになった。病床についてからも、父は赤ん坊の私を抱いて「かならず一緒に風呂に入っていたんよ」と、母からよく聞かされていた。幼い私に父が示した情愛をすこしでも伝えておきたかったのであろう。また、父の通夜のとき、父のそばで寝ている男の人たちの枕元を、私が這い這いしながらひとりずつ蒲団を覗いていたそうで、それがまるで父親を捜しているかのように見えて哀れでならなかったとも聞かされた。だが、いかんせん当時一歳半ではまったくなんの記憶もあるはずがない。あれはたしか私が四歳のときだったと思うが、仏壇の上に掛かっていた遺影を見上げて、母に「あのおじちゃんは、だれなん？」と尋ねて、母をがっかりさせ嘆かせたことがあった。「まあこの子は！」とひどく驚いた声を出した。私にしてみれば、その国民服を着て昂然と遠くを見つめて立つ男の人が自分の父親であるとはそれまでだれからも聞かされていなかったから、いつも不思議に思っていたのでちょっと聞いてみただけなのである。だから、母の「まあこの子は！」と絶句して私を見つめていたあの驚きの表情は、今も忘れられない。母が驚いたのは、（後に母から聞いたところ）もしかしてこの子は自分の親の顔も分からないほど頭の弱い子なのではないかという心配が一瞬胸をよぎったからだそうである。しかし、父は私がものごころつく以前からすでにいなかったのであるし、やさしい母がいて、その上、祖父が父親のようによく可愛がってくれたから、ありがたいことに、私の幼児期は、父親というものの喪失感も欠落感もほとんどなかったのである。

そのように父を知らない私だったが、父の命日が十二月二十九日であることは、物ごころついた頃から知らされて覚えていた。というのは、毎月二十九日の晩には、母が父の位牌に灯明をあげ一時間ほど読経をしていたからである。仏壇の前の母の後ろに私も姉もきちんと正座し、母の読経の終わるまでおとなしくかしこまっていた。とくに祥月命日の十二月二十九日には、帰省した兄や姉そして祖父母も並んで拝んだ。この晩の母の読経は特に二時間近くも続くのであった（母は、亡夫の後を継いで村の真言宗の寺の子安講とか大師講などの先達をしていたから、いくつものお経を暗誦できた）。それで父の命日だけは覚えていたのである。

父の名は、廣三郎《ひろさぶろう》。長男であるのに三の数字があるのは、祖父（父の父）の名が為三《ためぞう》だったからであろう。父は妹二人と弟二人の五人兄弟であった。父は小学校を出ると、すぐに家を出て、兵庫県内の家島《えじま》諸島にある造船所に、船大工見習いとして行かされた。そこで十年近く働いて一人前になって島に帰った。島の地元で船大工の腕を活かしてさらに諸々の木工細工の腕を磨き、二十三歳の時、母と結婚。その後、何年か経って誰かの伝手《つて》で名古屋に出て行き、名古屋のとある職場で信用を得て、工事現場の長となり大工の棟梁のような仕事をしていたと母から聞いている。それは三十代半ばのことで、母の思い出話の一つに、ある年に名古屋の庄内川に架かる橋の修築工事を任され、多くの職人を束ねて竣功したことがあったという。名古屋ではかなり裕福な暮らしができて、一時は、祖父母も名古屋に呼び寄せて一緒に暮らしたこともあったそうである。がそれも長くは続かなかったようで、だんだん世の中がきなくさくなるとともに、仕事も減って住みにくくなり、一家はまた島に帰った。島に帰って、祖父は元通り農業を続け、父は家具類の製造とガラス屋を開業した。昭和十年代当時、村ではガラスは重宝なものであり、商い先は素封家の他には役場や学校くらいであったが、父はそれらを一手に引き受けていたようである。私より十三歳年上の長兄は、小学生の時に、「親父は、しょっちゅう、学校の窓ガラスの修理に来ては、ガラスを嵌めながら、授業中の儂をちらちら見ていて、家に帰ると、なにかと小言を言われ、とても恐かった」と言った。父自身強い向学心があったにもかかわらず勉学を断念せざるを得ない境遇であったであろうから、その分、息子への期待は大きかったようで、教育熱心であったらしいのである（長兄は、それがかなり負担であったらしいが）。

そういえば、後年、こんなことがあった。父の尋常高等小学校の卒業写真についてのことである。それは平成十年（一九九八）のこと、私が五十三歳の時の夏であった。その年は島の小学校が開校百周年ということで、記念式典があり創立百周年記念誌が発刊された。たまたま帰郷していた私はこの記念誌を手にした。記念誌には第一回卒業生から第百回卒業生までの名簿と集合写真も掲載されていた。父は第十八回生で大正六年三月の卒業、母は第二十三回生で大正十年三月の卒業である。明治大正期には、集合写真が掲載されていない期もあったが、幸いに父の時と母の時のは集合写真が掲載されていた。私は、この時に、はじめて十二歳の父と母の写真を見たのであった。父の集合写真は生徒数が五十一人（男子二十三人・女子二十八人）。横に十人ずつほど並び、それが縦に五列並んでいる。男子はみな学帽を被っている。その中のどれが父であるか、兄も姉も皆目分からないと言った。だが、私は、五十一人の顔を順にじっと見ていくうちに、突然、直感がはたらいて「これが父だ」と声を発していた。それは、最前列の中央であった。最前列には男子が十一人並び、みんな絣の着物に袴を穿き、それぞれ腕を組み胡坐の格好である。二列目は教師たちが椅子に座って並び、女性教師三人と男性教師五人とであった。女性教師は着物姿できちんと正面を見ているが、男性教師は腕を組んだり、真横を向いてポーズをとったりしている。中央の男性教師は、正面を向き、大らかな風格がうかがえる。校長先生らしく思われた。そして、十二歳の父は、その校長先生の真ん前に坐して、豪然と両手を両ひざに置き、顔を右上方に向けて遠くをながめやる姿勢をとっているのであった。体格もさして大きくはなく、顔つきは真面目そうで、少年らしいあどけない輪郭ながら、全体からはどことなく昂然たる気概がただよっている印象を受けた。最前列の中央の、しかも校長の前に坐しているのは、偶然ではあるまいと思われる。そう言えば、かつて納戸の奥から、小学生時代の父の手習いが数枚出てきたことがあったが、幼い手ながらも堂々とした立派な文字であった。また私が小学生の頃のことだが、母に通信簿を見てもらっているときに、私は母と父の通信簿について尋ねたことがある。その時、母は「そうだねえ。お父さんは全部甲だったね」と即座に答えた。「お母さんは」と聞くと「私《うち》は、あひるさんばかりだったんよ」と照れ笑い気味に答えた。つまり「乙」ばっかりだったということである。

十二歳の時の父の心を推し量る術《すべ》はないが、そこで学問の道が途切れた父の無念と新たな道をめざす決意とを、小さな写真の顔の表情から探しあてようと、しばし見つめ続けたことであった。

それにつけても、四十二歳という若さで病死した父の生涯は無念というよりほかない。

しかしとはいうものの、子として、その不運不遇ばかりを気の毒がり悲しむのみでは、父は浮かばれないにちがいない。短い人生であったにしてもその生ききった一生のうちには、幸せいっぱいの時もあったに違いないのである。私の知る限りでは、おそらくは三十代の名古屋時代が父の人生の絶頂期だったと思われるのだが、あるいは他にもいくつも良い時期があったと思いたい。いや、きっとそうであったに違いないのである。

ちちははの島山つなぎ流燈会　旭

母のこと

　母の実家は、私の生家から徒歩十分のところに在った。むかしは何か商いをしていた家らしいが、よほどむかしのことで詳しくは分からない。母の両親、すなわち私の母方の祖父母は、物静かな夫婦で、私が幼時遊びに行くと、祖父は寡黙ながらにこにこと迎えてくれて優しく、祖母もなにかとこまやかな気遣いをしてくれ可愛がってくれた。祖父は思慮深そうな細面でやや痩せ気味の長身。祖母は背丈は低くて小太り、まん丸顔のまん中は見事に可愛いだんご鼻であった。母の背丈が小柄なのはこの祖母譲りで、鼻も祖母ほどではないが幾分だんご鼻であった。母は明治四十三年の生まれである。『東生口小学校創立百年記念誌』の大正十年三月の卒業集合写真には、十二歳の時の母が写っているが、最前列の右端にぺちゃんと小さく正座しているのが母だとすぐに分かった。

　母は色白だったが容姿は十人並みであった。すなおでやさしくておとなしい性格だったので周りの人々から可愛がられて育ったようである。五人兄弟の四番目で、双子であった。母の方は無事に育ったが、もうひとりの女の子は十歳の時に病死した。とても仲良しだったそうであるが、母にとって生まれてはじめての辛い肉親との死別であった。母たちの兄弟愛が厚かったことは、母の話ぶりから、子どもの私にもよく分かった。歳の離れた長姉は、母と違って才色兼備で上品、その上やさしい人柄だったそうで、神戸の山の手のさる家に嫁いで幸せな暮らしをしており、母のことを何かと気にかけてくれていたらしく、母は「山の姉さん」と言って敬愛していた。長兄は、生家の後を継いだが、この人も神戸に出て商社を興してそれなりに成功していた。しかし両親の世話のために妻と幼い子どもたちを島の生家に残しているのでときどき帰郷し、その都度、母のことも気にかけてくれていたようであった。母自身は、兄弟の中でいちばん次兄が好きだったというが、その人は若くして戦死した。折々、母は、夢見るようにその兄の聡明で凛々しくやさしく頼もしかった人柄を私に語ってくれた。母の弟も神戸に出て、会社勤めをしていたが、この人の顔立ちは男ながら小さくやさしくて、母そっくりであった。母もなにかと世話を焼き仲が良かった。そのように母は、両親はじめ兄姉たちみんなから可愛がられ、質素な暮らしながらもそこそこに不自由なく育ち、年頃の娘となった。その当時の世の中は、日露戦争後で、おおむね平穏無事という時代であった。

ところで、昔の結婚はなによりも家を中心に考えるものだったが、嫁取りにしても婿取りにしても、極力、他国者を避ける傾向があった。他国者というのは、生口島に生まれた人以外の者のことである。たとえすぐ隣りの島であっても、ことば遣いも風俗も生活習慣も異なるところがあって、なにかと信用できないというふうに思われがちであったのである。いわゆる島国根性というものの一つであるが、実際、それぞれの島ごとに異なる「島気質」というものがあった。それに加えて、島人が他の島々とたがいに行き交うということもめったになかったのである。島に生まれた者は、島内で暮らして一生を終るのがあたりまえであった。若い男女の出会いも、島の中の他の町村に及ぶことはほとんどなく、村の内に限られていたそうなのである。

私は、五、六歳の頃のある夜、母はいったいどうしてこんな恐いお婆さんがいる家になんかお嫁に来たのか、と尋ねた。村一番強欲で強情な人がいる家に嫁いできて、子どもの私の目にも痛々しいほどいじめられる母を見るにつけ、私は、「こんな恐い所に嫁いで来なくてもよかったのに」と母を哀れむような、いくぶんさげすむような思いで尋ねたのであった。嫁いだ後になって祖母が急変してつらくあたるようになったのなら、しかたがないとも思うけれど、ずっと前から恐いという評判の人の家に嫁ぐことはなかったではないか、と、私はずっと不思議に思っていたのである。

母はこの問いにどう答えるのか。私は母が口を切るまで、皆目、見当がつかなかった。母はすこし照れたような笑い顔を見せて、「それはね、お前の父ちゃんがやさしかったからよ」と言った。父を知らない私には、まったく意外な答えだった。

「やさしかったって、どんなにやさしかったん?」

「それは口では言えん。とにかくやさしかったんよ。だからお嫁に来たんよ」

「恐いお婆さんが居《お》るのに？」

「お父ちゃんがいつも守ってくれたんよ。お父ちゃんは、自分の母親でも強欲なところが大嫌いで、よく衝突していた。親を叱りつけて私《うち》をかばってくれたよ」

「ほうでも、父ちゃんは早くに死んでしまったじゃん」

「そうじゃあねえ」

「死んだら守れんけえ」

「そうじゃあね。守ってくれんねえ」と言って、母は黙った。

別の日のある夜、私はまた母に続きを尋ねた。

「お父ちゃんのどこがよかったん？」

「身体《からだ》はあまり丈夫ではなかったけれど、強くてやさしくて賢くていい人だったんよ」

「どんなふうにやさしかったん？　なにか呉《く》れたの？」

「いいや、なにも呉《く》れんかった。でも、いつでも親切でやさしくて、私《うち》のことを、一度も呼び捨てにしたことはなかったんよ。『マサエちゃん』とか『マサエさん』とか言ってくれてね。それがうれしかった」

幼い私には、分かるような分からない話であった。正直「へえ、そんなことでうれしいのか」と思った。私は、何気なく、「お父ちゃんの他には、なにか言ってくる人は居《お》らんかったん？」と聞いた。すると、母はすぐに「居《お》らん。居《お》らん」と言って笑った。私は「うそじゃ。うそじゃ」と言い返した。私がなおも聞くので、母はしかたなくこんなことを話してくれた。

娘盛りになると、母のところにも、近在の若者たちがなにかと僅かながら贈り物をもって近づいてきたそうである。けれど母はそんな時は「いつも急いで家に逃げ帰ったんよ」と言った。そういう人たちの中で、母にもっとも強引に近づいて言い寄ったのは、母の母親の本家の長男、つまり母にとっての従兄であった。母より六歳年上のこの若者は、いつもかならず母の喜びそうな髪飾りだとか半襟だとかを持って「儂の嫁になれ」と言い寄ったという。けれども母は、自分のことを「マサエ、マサエ」と呼び捨てにして、いつも居丈高な物言いをするこの男が大嫌いだったという。しかし男は冷たくされても諦めず、しつこく母に言い寄り続けたという。ある時は、逃げる母を追ってどこか草むらに追い詰め、あやうく母は手籠めにされそうになったこともあったという。が、その時は必死になって声を絞り出して「ちょっとでもなんかしたら、親に言いつけてやるから」とすごんだら、案外、すぐに諦めて去って行ったので、ほっとしたという。

小さな娘がすごんでみても大した効果はなさそうに思われもするが、本家と分家とのいとこ同士の幼時からの知り合いであるし、狭い村では悪い噂はすぐに広がって、この地に住めなくなるであろうから、たとえ本家といえども悪さはできなかったのであろう。

かつては小さな村内での幼時からの遊び友だちは、近所か親戚の子どもたちに限られていた。母も同様で、若者といえばみんな幼なじみの者たちばかりであった。そんな中で、母がひそかに慕っていたのが父なのであった。母にとって父は分家筋の従兄であったが、どうやら母は小さい頃から、五歳年上の父（廣三郎）のことを兄のように慕っていたらしく、父もまた母が好きだったのである。

母の両親や兄弟たちは結婚に反対したのだったが、ふたりの強い気持ちに根負けして、結局、同意したのであった。

島の母起くる時刻の冬の星　旭

誕生

私は昭和二十年五月五日早暁に生まれた。終戦の三か月前、まだ戦時下である。物資窮乏の極貧の時代、島の農家の暮らしも例外ではなかった。米も麦も甘藷もすべて供出させられ、来年の植え付けのための穀物と一家が飢えを免れる程度の作物だけ許されてのかつがつの生活であった。

私を妊《みごも》った母はひどい栄養不良と過労とにより重度の黄疸に罹《かか》り、いち時は母体もろとも危険な状態が続いたという。

母を酷使する祖母は、臨月が来てもなお畑仕事を休ませなかった。それどころか作業が鈍《のろ》いと見てとると、すぐさま側に来てきつい口調で嫌味を言った。病んで臥せりがちであった父の分まで働かせようとしたのであろう。いよいよ出産が近づいたある日の朝。母が肩で息をしながら重い体を伸ばしてやっと物干竿に洗濯物を掛けようとしたとき、そばにすうっと寄って来た祖母が、いきなり母の耳元に「ふん！　それだけのもんをのろのろしくさって！　益体《やくたい》も無い。やんがてガキをしるんじゃろうが」と小声ながら憎々しげに口汚く罵《ののし》ったと言う。「益体も無い」とは、役に立たず、しまりがない、という意味。「ガキをしる」の「しる」というのは「ひる（放）」の訛りで、「ガキをひる」とは、子を産むという意味の悪口卑俗の侮蔑表現である。古い『名語記』という本に「子をばひりすてたる心地也」というのがあるが、祖母はこんな非道卑猥な言葉をどこでどうして知っていたのか。祖母は古浄瑠璃とか浪花節とか説教節とかが好きであったが、そのどれかの悪婆のにくたれ口を覚えていたのでであろうか。出産という一大事を、まるで排泄行為以下のように罵った祖母に母は震えあがった。あまりの悪態に、全身の血が引き心が凍りついた。手から洗濯物がこぼれ落ちた。その場にいたたまれなくなって、身重の体を我と我が手で庇いつつ転がるようにして喘ぎ喘ぎ必死で実家（道のりは一㎞ほどだが）に帰り、母親にすがりついて膝に顔を埋めて泣きじゃくった。母にすれば懸命に働いて何の落ち度もないはずなのに、いくら嫁が憎いからといって、これから生まれてくる子をまで罵倒して憚《はばか》らない祖母の仕打ちは、そら恐ろしくもあり、悔しく悲しくやりきれなかった。この時の思いを母は、のちに「その時、私《うち》は、心底、このひとは鬼だと思った」と言った。

　昔は貧富を問わず程度の差こそあれ嫁いびりはどこの家にもあったというが、祖母の母への仕打ちは度を超えていた。勝気で気性が激しくしかも冷徹なまでに目端の利く祖母からすれば、ただ人がいいだけの気の弱い嫁は、そのすることなすことすべてがまどろこしくて気に入らず苛立ったのであろう。だが、祖母が母を憎み嫌った原因はそれだけではなかった。それは母自身のことよりも前に、祖母と父との仲が悪く、確執があったことに因るのであった。祖母と父は、むろん実の血を分けた母子なのであるが、母が嫁ぐ以前から、祖母と父とはそりが合わない母子だった。祖母には祖母なりの正義があり信念があったであろうが、誰に対しても冷酷で底意地が悪く、非常な吝嗇《りんしょく》でなにかにつけて利害損得を第一に考える祖母の処世が、父には我慢できず、事あるごとに対立して口論が絶えなかったらしい。祖母は自分に楯突く息子を度しがたく思ったが、父も父で強情で気短かで道義を通す一本気なところがあったらしい。らしいと言うのは、私は祖父からも祖母からも父の人となりについてはほとんど聞かされていないからである。おそらく祖父は、なまじ父の話をして私を悲しませたくなかったのであろう。

私が四歳の頃、夏の夕べ、庭の床机で祖父と話をしていて、「人が死んだらどこに行くん?」と聞いた。祖父は「人が死んだら星になるんじゃ」と答えた。「そんじゃあ、父ちゃんはどこにおるん?」すると祖父は決まって、一番明るく光っている星を指さして「あれじゃ、あれじゃ、あの強う光っているのがお前の父ちゃんじゃけえのう」と教えてくれた。島の夜空は満天の星で、真上には大きな天の川が南北に広く輝いていた。私は、祖父の言うことをしばらくの間は信じることができたが、そのうち祖父が指さす星がその度に違うことに気づいてから、その星の話はやめたのだった。父について祖父から聞かされたことといえばこれくらいしか思い出せない。祖母からは竟《つい》に一度も父の話は聞いていないのである。

母の両親たちは温厚で思慮深い人だったが、母が泣きながら帰った時は、哀れでならず、祖母のあまりにも酷《ひど》い仕打ちに我慢ならず、母の父親が出かけて行って祖母に直談判《じかだんぱん》をした。その時はじめて事態を知った病床の父は、烈火のごとく怒って祖母を叱りつけ、しつこく迫って謝らせ、そして自身も母の父親に平謝りに謝ったそうである。祖母は、父の激しい剣幕に、しぶしぶ言い訳じみたことを言い、それでも一応は謝ったのであろう。が、忌々《いまいま》しく思いこそすれ、心改める人ではなかった。母は、数日間、実家に寝て気を鎮め、父が迎えに来て家に戻り、そして私が生まれた。

この年、父は、四十一歳。当時は数え歳で数えたから四十二歳の大厄であった。父親が大厄の時に男児が生まれると、父か子かどちらかが死ぬという俗信は昔からかなりつよく信じられていたことである。また、もう一つ、五月五日生まれの男児にも同じ俗信があった（こちらの俗信は、中国をはじめひろく東アジア圏内にあったものである）。つまり私は凶の俗信がふたつ重なるなかで生を享けたことになる。

病が重くなるばかりの父。十三歳の子を頭《かしら》にすでに四人の幼児がおり、鬼のような祖母のもとでの苦しい暮らし。この上、また赤ん坊を産んで、それで、体の弱い子とか頭の弱い子だったらどうしよう。そして、もしも父に先立たれたらどうしよう。母はほとほと途方に暮れたという。

　これは、私が社会人になってから後の、ある夜の母の思い出話であるが、「私《うち》は、あの時ほど困ったことはなかったん。本気であんたを堕《おろ》そうと思ったんよ。ほんとうに、寒い夜、そっとひとりで家を出て、海に行って海水に身を浸して堕《おろ》そうとしたんよ。何日もしたんよ。けれど堕《お》りんかった」はじめは、母は冗談を言っているのかと思ったが、冗談にしては真実味がありすぎる内容であり口ぶりであった。

　これも日本の古くから伝わる俗信の一つで、この凶事を裏返しにするための呪《まじな》いで「捨て子」という呪《まじな》いがあった。それは、生後、数日してから、母の生家のすぐ側の小小さな水無川の河原に、人の居ないのを見計らって、ねんねこにくるんだ私を母がそっと置くのである。そして、母はすぐその場を離れる。すると入れ替えに、物蔭に隠れていた伯母（母の兄嫁）が私を抱いて伯母の家に連れて帰る。翌日、母が伯母の家（母の生家でもある）に迎えに来て連れ帰る、という儀式めいたことをしたと聞いている。

　私が無事に生まれた時、家中みんなほっとしたことではあったろうが、とりわけ祖父が「男の子だ。男の子がうまれた」と声を上げて喜んでくれたと、後に母から聞いた。

　俗信にはそれなりの「曰因縁《いわくいんねん》」が付随しているものらしく、あながち一笑に付すことのできないところがあるもので、民俗学的には非常に興味深い問題なのである。が、それはいまは措くとして、私の場合、結局、捨て子の呪《まじな》いの甲斐もなく、私の誕生と入れ替わるようにして、翌年の冬、父は早世したのであった。

春星や嬰《こ》ははじめてのなみだ溜め　旭

生い立ち

一

　戦争が終わった昭和二十年八月以降、生口島《いくちじま》も復員や疎開で人口が急増した。父の弟（叔父）ふたりは無事に復員した。のちになって従兄（私より十歳年上）から聞いた話だが、父は、復員した弟たちと一緒にすぐにでも事業を興したかったらしい。しかし復員したばかりの弟（叔父）たちは、まだ心が荒れていて休養が必要であった。父は聡明な人だったが気短かなところがあって、傷心して心荒《すさ》んでいる弟たちの立ち直りが待てず、焦り逸《はや》って急《せ》きたてたために兄弟喧嘩が絶えなかったという。戦場で戦火を潜り生死の境を彷徨《さまよ》った人とそうでない人とでは、兄弟といえども、そう簡単には通じ合えないものがあったのは当然であろう。気概は人一倍あって、身体の方が日増しに病に蝕《むしば》まれ弱ってゆく父。その焦燥はいかばかりであったろう。母から聞いたところによると、父はいよいよ病が重くなっても、なお床から起き出して、友人から頼まれていたらしい村の選挙の手伝いのため、何日も雨の中を歩き回っていたという。それがいっそう死期を早めたらしく思われる。

父の死後、年が改まった昭和二十二年。十四歳の長男を頭《かしら》にして乳飲み子の私までの五人の子どもを抱え、途方に暮れていた母に急に縁談の話が持ち上がった。母は、自分を守りかばってくれる夫がいなくなった身で、このまったく反りの合わない、鬼のような恐い義母の家で暮らしていく自信はなかった。が、五人の子を抱えて出て行くこともできない。手に職のない母が家を出れば、路頭に迷うしかないのであった。その母にもちかけられた縁談というのは、父の末弟と一緒になってはどうかというものであった。「家」というものを第一に重んじた当時は、こうした事例はさほど珍しいことではなかったらしく、まして戦後の物資窮乏の混乱期においては、得策と考えるむきが多かったようである。父の末弟は、母よりも四、五歳年下であったが、親の勧めに従ってというよりも、当人が、母の事を兄嫁としてずっと好意をもっていたので、この縁談にとても乗り気だったのであった。親の勧めというのは、とくに母親（祖母）の考えに違いなかった。祖母はおとなしく働き者の末っ子を手元に置いておきたかったのであろうと思われるが、祖母の考えはよくは分からない。母は、この縁談にずいぶん迷ったという。それは、夫の末弟のことが好きとか嫌いとかの問題ではなくて、母子六人の死活問題だったからである。その縁談を承諾すれば義母も機嫌よくなり、これまでどおり、いやひとまずはこれまで以上に、五人の子と一緒に安心してこの家で暮らしていくことができるであろう。嫌でもそうしなければ、手に職の無い女手一つでは五人の子を育てることはできないではないか。だがしかし、子どもたちの気持ちはどうであろう。はたして新しい父親を受け入れてくれるであろうか。やはりそれがなによりの問題であった。子どもたちの心が心配であった。子どもたちは納得するだろうか。子どもたちを説得できるかどうか。いやいや説得するべきことなのかどうか。いろいろ迷いに迷った末に、母は、考えれば考えるほど、分からなくなる難問であった。いろいろ迷いに迷った末に、母は、十四歳になっていた長男に率直に相談したのだと言う。すると、長兄は、言下に「いやだ。ほかの父ちゃんはいらない。いやだ」と首を横に振ったという。母は、そのことばで即座に腹を決めて、義母（祖母）に言って縁談を断った。

その後、末弟（叔父）は別の良縁があって結婚し島を出て神戸に行った。が、これ以降、ますます祖母の母いじめがひどくなっていったのは言うまでもない。しかし、もしも義母の勧めるままに事が運ばれていたら、当然、すぐに継子問題などが生じてたいへんな事態に陥っていったに違いない。長兄のひと言のお蔭で、幸いにもその悲惨はまぬがれることができたのであった。

先にも記したが、母は過労と酷い栄養不良とで黄疸に罹り、それでも無事に私を産んでくれた。が、母乳はほとんど出なかった。私は主に麦の研ぎ汁で育てられたらしい。

痩せ細った虚弱児で、やたら頭が目立ったという。ことに前頭部が広く前に出ていて後頭部も突出していたらしい。長兄の言うところでは、頭の形から「弁当箱」とあだ名をつけられていたのだそうである。なんのことはない、頭でっかちのひょろひょろなのであった。しかし、その長兄は、私が二、三歳の頃には、すでに神戸に就職していてほとんど帰省しなかったので、兄弟とはいいながら、十三歳も年が違い、しかも私の十歳以前の記憶の中に長兄はいないのであったから、正直、お互いあまり兄弟という感じがもてないところがあった。

私は虚弱体質のためであろうか、物ごころついた頃から、色の濃い野菜は、気持ちが悪くなってまったく食べられなかった。体が受けつけないのである。人参・牛蒡・ほうれん草・茄子・葱などは、とくにだめだった。茸《きのこ》類も嫌いで、好きなものは藷類と豆類くらいという偏食であった。だから、余計に体力がつかず、すぐに風邪をひいたり下痢をしたりした。歳の暮れの餅搗《つ》きの時など、搗きたての餅をちょっと食べただけで、ひどく下痢をしたり、もどしたりした。それを祖母は「食い意地が悪い」と言い、さも私が大食いしたかのように叱るのであった。叱られても言い返せないほど下痢で憔悴しきってしまっていた。ほんの少ししか食べていないのになぜそうなるのか皆目分からなかった。

ところで、幼時の記憶というのは何歳くらいまでさかのぼれるものであろうか。むろん、個人差があろうが、私の場合、もっとも遠くぼんやりと浮かんでくる陰影の記憶が、どうやら三歳の終りの頃のものらしいのだが、そういう記憶が三つほどある。

まずその一つの陰影というのは、広く長ーい廊下がどこまでも薄暗く続いている情景で、しかもその廊下を母のすぐ後について私も歩いているのである。不思議なことにその長い廊下の真ん中のところどころに細長いガラスの板状の鏡が嵌めこまれていた。周辺の淡い光を集めてきらっと光る鏡が点々と続いている暗く長い廊下。それからしばらくすると、階下の方が明るくなって、濛々と白い湯気が湧きあがってくるところにさしかかった。なにかしら容器のようなものがぶつかり合っている大きな音がしていた。それが何かは分からないまま、私はなおも母の後を追って薄暗く長い廊下をとことこ歩いていくのであった。この場所がどこであったのかは分からなかった。とりとめのない記憶だが、この陰影が脳裡から消え去らなかったのは、あまりにも長い廊下であったことと、その廊下にガラスが嵌めこまれていることが不思議だったからであろう。後年、この記憶について母に話したところ、それはたぶん香川県のある札所寺の廊下のことだろうと教えてくれた。母が私を連れてその寺に行ったのは、私が三歳の終りの頃だったのである。

それから、次に古い記憶というと、母が、夜、帰ってくると、信玄袋から、細かい銭やら小片のお札を机の上に広げて、一心に数えている情景である。ある時「なにをしよるん」と尋ねると、母は「これはお賽銭なんよ。これをちゃんと数えて、あした、お寺さんに届けるんよ」と教えてくれた。

そしてもう一つの記憶は、前にも記したが、毎月二十九日の夕べ、食事が終わると、お経をあげる母の横に座って、ぼんやり蠟燭の灯りを見つめていたという記憶である。

最も古い記憶の主なものはこれくらいのものだが、今、顧みてもやはりどれも三歳の終りの頃のことであったと思われるのである。そして、この三つの記憶は、すべて父にまつわる事がらなのでもあった。

話は少しさかのぼる。これは母からも詳しく聞いていないのが悔やまれるが、父は、徴兵検査に不合格となって後、自身の身体の不具合もさることながら、どんな迷いがあったか不明だが、昵懇《じっこん》にしていた菩提寺の和尚の伝手《つて》を得て、香川県のある名刹に、在家の身のまま、一年ほどの間、短期修行をしたのだそうである。勤めを終えて、島に帰ると、菩提寺（真言宗・寺名は薬師寺）の依頼を受けて、村人の信仰のまとめ役として、お講の先達《せんだつ》を務めた。毎月、子安講・大師講・金毘羅講など、それぞれ決まった夜に、当番家に集まってお経を読誦した。どのお講も、常時、七、八十人は集まっていたそうで、当番家は持ち回りだった。これは、父がいよいよ病床から起き上がれなくなった時まで続いたのだそうである。そして、父亡き後は、これらのお講は終わるはずであった。ところが、講中の人たちは、どうしても続けたいから、先達を母に継いでもらいたいと言ってきた。母は、父のように修行もしておらず、念仏も般若心経さえ碌《ろく》に覚えていなかったので、とても引き受けられないと断った。ところが、講中の人は引き下がらない。「廣三郎さんが始めたんだから、あんたがひきうけてくれんとうちらは困ってしまう」「せっかくはじめた信心じゃけえ。続けんといけん」。母は断るに窮してお寺にも相談したが、逆にお寺からも説得されて、結局、引き受けざるを得なくなった。それからというもの、母は畑仕事をしながら、朝夕の田圃の井戸水を汲み出しながら、朝起きてから眠るまで経文を暗誦し続けたそうである。むろん経文の意味はとんと理解できないままに、母は安来節だとか稗搗き節とかの民謡が好きだったので、もったいないこと畏れ多いことと思いながら、それら民謡の節回しで経文を覚えたのだという。そのようにして、通して読みあげると三時間近くかかるお経をすべて暗誦しきってから母は先達になった。

つまり、私のかすかな記憶にある長い廊下というのは、父の代りを務めさせてもらう手続きのために出かけた香川県の名刹の廊下だったのであった。濛々《もうもう》と上がる湯けむりは、大厨での朝食の支度の湯けむりだったのであろう。幼い私を家に置いては行けず連れて行ったのである。

記憶の二つ目のお賽銭の光景というのも、これらのお講の勤めの夜のことだったのである。それらのお賽銭はもうふだん使わなくなっていた一銭・五銭・十銭硬貨とか十銭紙幣などであった。それでも、これらを足すと幾十円かにはなった。母はその都度、翌朝早くにお寺に納めに行っていた。

この、月に数度のお講に、母は夕食を急いで済ませると、袈裟・数珠・鈴《りん》などを入れた布袋を抱えて早足に出かけて行った。朝早くに畑に出かけたまんま、夕方になってやっと帰ってきたかと思うと、田んぼに出て水汲みを小一時間もして、とっぷり日が暮れてから夕飯の支度にかかる。その間、幼い私は、母のそばにいることさえままならない。それなのに、また夜出て行かれるのはたまらなくさみしいことであった。ぐずる私を不憫に思った母は、お講に連れて行ってくれるようになった。が、「連れて行くのは五歳までよ」という条件を付けられていた。私は五歳になるのが嫌であった。というよりも、いつまでも母に連れて行って欲しかった。だから五歳になってもなんだかんだと言って付いて言った。躾けのためであろうが、母は「いい子だから家にいなさい」と言い聞かそうとするが、母と一緒にいたかったから、「いやだ、付いて行く」と駄々をこねた。持て余した母は「あきらちゃんはいくつになったん？」と詰問した。私は即座に「四つ」と答えて母を見上げた。その時、私を叱りつけようとしていた母のきつい表情が、とたんに呆れ顔に変わり、そしてすぐに何かに怯《おび》えるかのような暗い顔つきになった。それからしばし唖然としていたが、恐る恐るというふうに「どうして、四つなん？」と尋ねた。「だって、そう言わんと連れて行ってくれんけえ」と答えた。とたんに母の顔が安堵《あんど》の色に変わった。他愛ないことだが、私は母がその時何に驚き怯《おび》えたのかが分からなかったから、この時の事はずっと覚えていた。後に母にその時の母の気持ちを確かめると、「この子は五歳にもなって、自分の歳も言えないほど頭の弱い子なんかしら」と一瞬、本気で心配したのだそうである。この母の心配には、わけがあった。ぼんやりとおとなしくて、卑弱《ひじゃく》な体質そのままに病気がちな私は、それだけで充分心配の対象だったが、それ以上に、血縁の濃い従兄妹同士の結婚には、極端な劣性遺伝をもった子が生まれることがあるということを怖れていたのである。そうした実例は、島のうちだけでもいくつかあった。母は、これまでの子はみんな無事だったが、もしや末っ子のこの子がそうだったらどうしよう、という恐怖感が拭《ぬぐ》えなかったのである。

三つ目の記憶は、毎月、父の月命日の二十九日の宵に、お経をあげる母の横に座って、蠟燭の灯りを見つめていたことである。これは毎月の事だから、自然と記憶に強く残ったのであるが、見つめている蠟燭がときおり、ぼっぼっと炎が大きくなって揺らぐのが不思議だったからである。おそらく微風のせいか、蠟燭自体の問題なのであろうが、どうして炎がそうなるのかと母に尋ねると、「炎がぽっぽっとなっているときは、お父さんがよろこんでいるときなんよ。目には見えんけれど、お父さんが降りて来てよろこんでいるしるしなんよ」と教えてくれたが、幼い私はそれを本気で信じて感動していたのであった。

二

幼時の頃は、祖父・祖母・母・三歳年上の姉と私の五人暮らしであった。十三歳年上の長兄は、香川県のとある寺院が経営する私立の子安中学（現在の県立小松高校の前身）に進学したが、父の歿後、経済的な理由で中退し、私が二歳の頃、神戸の叔父を頼って大工見習いのため島を出た。十歳年上の長姉は、私が五歳の時に、大崎下島《おおさきしもじま》（大長島）の叔母の家（温州みかんの生産）に行った。昼間は、家事・子守をして、夜は、和裁師・洋裁師の所に通って縫い物を習わせて貰えるという条件であった。七歳年上の次兄は、私が八歳の時に、兵庫県の家島《えじま》諸島の島に船大工見習いとして出て行った。

五人家族の我が家の暮らしは、当時のほとんどの家と同じく貧しかった。どこの農家も自給自足があたりまえで、漬物や味噌漬けはむろんのこと味噌や醤油も自家で造った。どれもこれもただ塩辛いばっかりで、うまくなかった。さすがに野菜は四季を通じていろいろ豊富であったが、主食はごくごく僅かな米を混ぜただけの麦飯であった。米はその大方を供出米として農協に納めさせられていたのである。供出米の量は強制的に家ごとに決められており、毎年、低価で買い上げられた。農家にとっては年に一度のこのわずかな収入が金銭収入のほとんどであった。だから、ふだんは、滅多にお金を使うことはなく、たまさか砂糖や塩などの必需品を近くの万屋《よろずや》で買う時は、「通い帳」を持たされ、それに日付と品名と値段を記入してもらった。その借りは、盆と暮れの半年ごとに支払うことになっていたのである。

戦後の不況時は、都会では「首切り」という語が流行っており、巷に失業者が溢れているらしいということが島でも噂されていた。だが、島人は黙々とよく働いた。貧しさにめげず、百姓の誇りをもってよく働いていた。どこの家でも、米のほかに麦・甘藷・黍・粟・豆などとの二毛作をしていて一年中田畑を休ませることはなかったのである。耕せる土地はすべて耕した。まさに「耕して天に至る」という俚諺《ことわざ》通りの光景であった。たとえば、島山の天辺にまで続く段々畑は、五月の末の頃になると、殊にからりとした晴天の日など、除虫菊畑の純白と熟れた黄金色の麦畑とが縞《しま》のだんだら模様をなしたさまは、さながら一幅の名画であった。そしてそれらの島々の間を縫うように航行する巡航船から見る景色もまた目を見張る美しさで、幻想の世界を進むがごとくであった。

ところで、島の人たちは島の海辺で暮らしながら、ふだん魚類はほとんど食卓に上らなかった。島はほとんどが農家であって、釣り船などを持つ家はなかった。魚釣りは殺生だから生業《なりわい》とはしないという風習が根強くあったのである。我が家も同様で、食卓にめったに魚が出ることがなかった。ただ週に一度ほど、鰯を一尾だけ買うことがあった。長さ十五㎝余りの鰯一尾は十円であった。ちょっと信じてもらえないような話だが、ほんとうに、この一尾が家族五人の夕食のおかずになったのである。むろん、そのまま焼いただけでは、ひとり分にしかならない。五人で食べるためには、鰯を細かにほぐして醢《ひしお》という鹹《しおから》い味噌に混ぜるのである。これに分葱《わけぎ》を刻んでさらに混ぜる。黒焦げ茶色をした醢は、とても鹹いが、幼時、私はこれが大好きだった。これがないと食欲が出ないほど好きであった。ふだんは、刻んだ煮干し（いりこ）を混ぜるのだが、それに焼いた鰯のかけらが混ざるといっそううまかったわけである。私はこの鰯一尾がとても楽しみだった。家の近くまで帰ってきて、七輪で鰯を焼いているらしい匂いがすると、心が勇んだ。ところが、帰ってみると大嫌いな茄子を焼いていたりすることもあった。一つの網で焼くから、前に焼いた鰯の匂いがしていたのである。幼い頃は、ほんとうに魚も肉もめったに食べられなかった。少年期になっても友達はよく釣りをしたが私は苦手で、たまに誘われても行かなかった。ただ小学生の頃は、春は潮干狩りをしたし、夏休みには、磯遊びとして、干潮の時、手製の三角網を用いて小魚や小エビや小さな渡り蟹などを掬《すく》い、家に持ち帰って大鍋で塩茹でにして食べることがあった。

　ちなみに、島の人たちが、漁をすることを忌《い》んだというのは、仏教の殺生戒を守るということで、それだけ島人に仏教の教えが深く浸透していたからであり、島人の温和で善良な心の表われだというふうにも解釈できる。だが、その一方で、隣の島のひと所には漁師町があり、農業をする人々は、この漁師町の人たちをひどく差別していた。このことからすると、漁を忌むという風習は、今にして思えば、ただ殺生戒を守るという美徳ということだけではなく、そこには、過酷な労働と貧困に耐える農民たちに誇りをもたせるべく、さらに卑賤の庶民層があることを認識させ、彼らよりも上だという優越心をもたせることによって労働意欲を高めさせようとした、そんな陰湿な為政者の目論見《もくろみ》があったように思われてならない。古来、様々な農民対策が施行されてきたようだが、ここにもその影がうかがえるように思えるのである。

田植えの時期が来ると、近所中の人たちが総出で家々の田を植えて回った。田植えの昼飯は決まってどこも筍飯（真竹の筍）と煮〆《にしめ》であった。田植えが済んで苗が育ってくると蛙がうるさく鳴いた。我が家の周りもぐるりと田んぼに囲まれていたから、ことに夕べから夜の十時過ぎ頃までは大合唱であった。あまりうるさいので田んぼに小石を投げると、ピタッと鳴き止む。が、その数分後には、一、二匹が鳴き出す。するととたんにまた大合唱になるのであった。

夏になると、青田の中いちめんに蛍が舞った。稲の緑の葉を黄色く透かして点滅する蛍火は、綺麗であったが、もの哀しくもあった。ある夕べ、私はなにかちょっとしたことがもとで、拗《す》ねて泣いたことがあった。田んぼの畦道までとぼとぼ歩いて行って泣き続けている目に、蛍火は明るくにじんだ。いつしか泣くこともやめてじっと蛍を見つめていた。やがて母がやってきたので、私はまたすこししくしく泣いた。母になだめられて私はすなおに連れられて家に帰った。母の苦労が分かっているつもりの私は、いつも良い子になろうと努め、母を困らせるようなことはしないと決めていたから、母を困らせたその夕べのことは、妙に忘れられないのである。蛍を見ると、今もその時に帰ってゆくような気分になることがある。

私がものごころついた昭和二十三、四年頃はまだ、電灯は一家にひとつだけで、白い小さな磁器の笠に四十ワットくらいの明るさの電球が居間の天井の真ん中にあった。玄関の間も広座敷も納戸の間も夜は真っ暗であった。電灯のある居間の、その真下に長方形の食台があった。働き者の祖父は、何を食べても不味いということを言ったことがない。なにを食べても見るからに実にうまそうに食べる。実際、祖父はうまかったにちがいないのだろうが、こんな不味い物をなぜあんなにうまそうに食べられるのか、不思議な思いがしたものだった。祖父は、酒が好きであった。わずかな酒量ですぐに真赤になって酔うので、強くはないのだが、毎晩、家で仕込んだ酸っぱいどぶろくを二合飲んだ。これもまたうまそうに飲むのであったが、ためしに私が舐めてみたところ、ただただ酸っぱいだけでしかもとても不味かった。が、祖父にとっては、これこそが日々の楽しみだったようであった。二合のどぶろくを呑み、麦飯の食事を済ませると、真赤になった祖父は、「あきら、さあやるか」とくる。待ってましたとばかり、私は四つん這いになって、祖父を待つ。禿げあがった真赤な祖父のおでこに、青い丸坊主の小さなおでこをごつんと当てる。この牛相撲は、引いた方が負けである。私は負けたくなくて、痛いのを我慢してぐいぐい押すのだが、祖父は簡単には引いてくれない。見かけによらず意地を張って押してくる孫の力を、楽しみながら加減をしていたのであろう。母も祖母も姉も見ている。ここはどうしても負けられないところだ。祖父はなかなか負けてはくれない。「うん？　どうした」「おや？　どうした」とからかってくる。こちらは必死の上にも必死になる。思うほどに力は出ていないらしいが、気持ちだけは負けていない。が、勝負はつかない。畳に映る自分の影が変に黒く不気味に見える。「ううーん!!」と根限りの力で押した。祖父がつっと引いた。私は「ふう。勝ったあ」と、へたりこんだ。毎夕、四、五回したが、私を勝たしてくれたのは、そのうちの一、二回であった。祖父が手加減していると分かったら、やる気はすぐに失せたであろう。だが、この牛相撲は、四、五歳の頃、毎夕のごとくずいぶん続いた。今にして、祖父の手加減の巧みさ真のやさしさが身に沁みることである。「この子は、父親を知らない。だから、儂《わし》が父親代わりになる」と言った祖父であるが、この牛相撲もその大事なスキンシップの一つだったのである。

その頃、遊び相手というと、姉のほかには近所の子たちであったが、なかでもすぐ隣の家に同い年の女の子がいて、よく一緒に遊んだ。丸顔のまん丸い目をした可愛い子であるが、生まれて間もなく、囲炉裏で両足を大火傷《おおやけど》をして、手術で両足の指を切断し、左手首も曲がったままという不自由があった。両親のちょっとした不注意が原因だった。

けれども、この女の子の性格は、すこしわがままなところもあったが、芯が強くて明るく、わりとすなおであった。「あの子がだれかにいじめられたりしないように、あきらちゃんが庇ってあげるのよ」と母からはいつも言われていた。彼女の母親からも「頼むね」と言われていた。幼な心にも、私はしっかり受けとめたつもりになった。するとなんだか自分が頼もしく思えた。むろん、それは女の子の知るところではなかった。私もふだんはなんのこだわりもなく、その子ともよく遊んだ。ただ、たまに、二、三人固まった意地悪な子らが、遠くから「やあい、テンボ、テンボ」と大声でからかうことがあった。女の子は唇を噛んで悔しそうに彼らを睨《にら》んだ。私はすかさず「バカヤロー!!」と叫んで、あたりの小石を拾って投げた。彼らに届くほどの勢いはなかったが、それでも腹立たしくてまた拾って駆けだすようにして投げた。そして、「帰ろう、帰ろう」とその子の手を取り急いで家に帰るのであった。

子が泣いて鶏頭の空焦げくさし　旭

小学時代

一

私は生来左利きである。悪童たちに小石を投げたのも、むろん左手であった。右手ではいくらも飛ばない。左利きの人にはすぐれた運動神経をもつ人が少なくないようだが、私はいたって不器用な性質《たち》で、運動能力もどうにかこうにか人並み程度でしかない。走るのも跳ぶのも投げるのも、そして泳ぐこともなんとか人並みにはできるが、それ以上ではない。幼い時はなにをするにも左手であった。小刀でものを切るのも、金槌で釘を打つのも左手でしかできない。しかも不器用だから、物を切り損ねて右手の指先を傷つけてしまったり、金槌を垂直に降り降ろせなくてすぐに釘は曲がってしまうのであった。父は、指物師《さしものし》（木材をさしあわせ組み立てて家具や器具を作る職人）の腕もあったようで、家の横の納屋には大工道具がぎっしりあった。いたずらで、しばしばのこぎりや鉋《かんな》を持ち出して工作をしてみるのだが、何をどう使ってみてもどれもこれもうまくいかない。

自分の不器用さ加減にほとほとうんざりしたものである。利き手の左手を使ってへたくそなのであるから、右手はもっとダメなのである。

ところが、箸と筆だけは左手ではなく右手である。箸は、三歳の頃から祖母の厳しい躾《しつけ》によって右手に持たされた。左手でなんとか箸が使えるようになっていたのに、右手で持たないと祖母の叱声が飛んで、右手に持ちかえさせられるのであった。すると指に力が入らなくて物を抓むどころか箸を動かすこともできない。人差し指と中指の間で一本、中指と薬指の間で一本を支えるようにと言われるのだが、どうにも二本の箸を操ることができない。箸と指との関係がバラバラになって悪戦苦闘する。毎朝、毎夕、祖母は、私の右手を監視し続けて口うるさく注意した。正座するのはなんでもなかったが、箸を持つことの苦痛は長く続いた。むろん、ご飯つぶを残してもこぼしてもきつく叱られた。

それから、鉛筆は、小学校入学の半年前頃から、母が仕事の合間に付きっきりで右手で書くように繰り返し練習させられた。ＨＢの鉛筆で書くのだが、これも力加減が分からなくて、いつもノートは真っ黒くべたべたになってしまい、自分でも読めないくらいであった。母は呆れながらも根気よくそばにいてくれた。こうして祖母と母とのお蔭で箸と筆だけは右利きになれたが、母は亡くなるまで、幼児の頃の私の文字の汚なさが頭から離れなかったらしく、「この子は字がへただ、字がへただ」と言っていた。実は、そういう母こそかなくぎ流であったのだが。

判読しがたいべたべたの文字ながら、入学式までには、右手でなんとか「あいうえお」の五十音と1から100までの数字が書けるようになった。

昭和二十七年（一九五二）四月一日、小学校入学。その一、二か月前のある春の夜、私宛にいきなりランドセルが届いた。蓋の部分一面に、空色の服を着てバットを構えた野球少年の絵が浮き出ていて、うれしい絵だった。上等な皮製の物でないことは子どもの目にも分かったが、思ってもいなかった突然の贈り物によろこんだ。それは夕飯が終わった頃に、知り合いの小父さんが持って来てくれ「神戸に居るお前の兄さんが送ってくれたんだよ」と言った。夕方の船で港にこの小荷物が着いたので、届けてくれたのであった。神戸の兄というのは、私と十三歳違う長兄のことであるが、私が二歳の頃には神戸に行っていてほとんど帰郷しておらず、したがって私はまったく記憶になく、そう言われてもだれのことか皆目見当がつかなかった。長兄が私の入学を覚えていて贈ってくれたのか、おそらくそれとなく母が手紙に書いて頼んだのであろうと思われるが、ともかく新しいランドセルを手にして、「いよいよ学校だ」という実感が湧いたことだけはしっかり記憶の中にある。

入学式当日は、朝から雨であった。なぜその日の天気を覚えているかというと、じつはこの日、私は、その雨の所為《せい》で、とても愚かしく恥ずかしいことをしでかしてしまったからなのである。

入学式は、母と一緒に行くことになっていた。ふだん、昼間は母は畑仕事なので一緒にどこかへ出かけるということがなかった。だから、この日、一緒に学校に行ってもらえることがとてもうれしかった。母はいつもの野良着ではなく、麻の葉模様かなにかの、私も好みだった柄の着物を着ているのもうれしかった。あいにくの雨であるが、当時は長靴などはなくて、子ども用の高下駄であった。番傘をさして出かけようとしたとき、ちょうど隣の女の子が来た。小柄な女の子は母親におぶってもらっていた。雨の中、不自由な足でまだ慣れない登校の道を歩かせるのが可哀想なので、おんぶして行くことにしたのであった。

おんぶされた女の子を見た途端、私は急に甘え心が湧いてしまって、「儂《わし》もおぶって!!」と母に言った。「この子はなにを言うのか」と母は呆れて、私をたしなめた。私も「やはり、だめかな」とちょっとは諦めかけたが、「○○ちゃんもおんぶしてもらってるんだから、儂《わし》もおんぶしてよ!!」とせがんだ。母は私をさらになだめにかかったが、私は母の言うことを聞かなかった。母はどうしたものかとしばし思案気味だったが、意外とあっさり承知をしてくれた。外はどしゃぶりの雨。男の子とはいえ、ひょろりと蒼く痩せた我が子を見ているうちに、「しかたがない」と思ったのであろうか。それに、まさか女の子の前で「この子は足が不自由なのでおんぶしてもらっているんだから」とは言えなかったことであろう。私も、当然、女の子がおんぶしてもらっているわけを知らないではなかったが、それでもなぜか甘え心を抑えられなかった。ふだん女の子は絵本やおもちゃをたくさん買ってもらっており、いつも両親に甘え放題であった。その時の私はおそらくそのことが心に少し燻《くす》ぶっていて、おんぶくらい自分だってしてもらえるんだ、というところを女の子に見せつけたかったのであろうか、と思うが、我がことながらよくは分からない。母は、家の奥から帯紐を出してきて、六歳の私をおぶった。小さな体ながら母はふだん男並みの力仕事もしていて、荷を担ぐのも男たちに引けを取らないくらい力があった。女の子の母親である小母さんと母はいつも大の仲良しであった。背格好は小母さんの方が大きかったが、力仕事は母の方が勝っていた。だから私を背負って行くくらいは、それほど大したことでもあるまいと思ったのであろう。

雨はいっこうに止む気配はなかった。登校は子どもの足だと片道三十分はかかる道程《みちのり》であった。二十分ほども過ぎたであろうか。やはり痩せてはいても男の子は女の子よりも重たい。流石の母もだんだん足どりが鈍くなり、女の子の母親には「先に行っててちょうだい」と言った。とうとう重たさに耐えられなくなって、道のほとりの崖の下にあった石の上に私を降ろして、「ちょっと休もうね」と言った。隣の女の子の姿はもう見えなかった。私を降ろしてほっとした母。だがそれもつかの間、母はあっと声を出しておどろいた。私の履物を持って来なかったことに気づいたのである。そこから後は私を歩かせようと思ったらしいのだが、いくらなんでも裸足《はだし》では歩かせられない。しかたなく母はまた私をおぶって、とうとう学校まで背負い続けたのであった。

私の記憶はそこでふっつり途切れている。その日の入学式がどんなであったかもほとんど思い出せない。なんだかいろんな大人が壇上でしゃべり、立ったり座ったりさせられ、何度か歌を歌っていたような断片がうっすら浮かぶが、それはその日のことだったのかどうかさえ曖昧なのである。そして、その時の帰りはどうしたのであったか。おそらく歩いたはずなのだが、それも思い出せないままである。

あの時、母におぶってもらった瞬間は、たしかにうれしかった。だが、自分のわがままにもすでに気づいていて、「しまった」とも思ったことも覚えている。第一、小さな母の背中は思いのほかに心地よくはなかったのである。けれども「もう降《お》りたい」とも言えなくて、すこし身を固くしながらじっと母の背におぶわれていた。黙々と私をおぶって行く母。だが、しばらくすると、だんだんと私の重さが応《こた》えてきたらしく、みるみる汗ばむ様子がじかに伝わってきた。私はもはや快適さなどはすっ飛んでしまい、心地悪くさえなった。母を困らせ、疲れさせたことが悔やまれた。自分の甘え心をこの上なく恥ずかしく思ったことであった。当時、母は四十二歳。いくぶん病弱でもあった末っ子の私を無事に育て上げるため、母は母なりにつねに必死だったのであろうと思う。とは言え、この思い出の中には、私の生来の愚鈍さ、甘さ加減がよくよく透けて見えるのである。

二

入学式の二、三日後であったか、校庭の正門の満開の桜の下でクラスの集合写真を撮った。昭和二十年四月二日生まれから二十一年四月一日生まれまでの子どもの人口は、当時、全国的に最も少なかった。他の学年はみな六、七十名を超えていて二クラスであったが、私の学年は四十五人だったので六年間通して一クラスであった。教員は全部合わせて十三人、他に事務員ふたりと用務員さんがひとりいた。担任の先生は若い女の人で、格別どうという癖のないおとなしい先生であったが、田舎は田舎なりに相応の貧富の差はあるもので、撮影の際一番前の真ん中の席には、小ざっぱりと垢ぬけた服を着た可愛らしい男の子と女の子とが座っていたのは偶然とは思えなかった。頭でっかちのぼんやり顔の私は後ろの方の席であったが、そういう子たちを見ても、別段、うらやましくもなかったし、彼らが先生に贔屓目《ひいきめ》に見られていることも気にはならなかったように思う。一年生の前半は、ほんとうにぼんやりしていたらしく記憶がほとんど残っていない。

ところが、あれは夏休み間近のある日の昼休みの時であった。校庭の高台に建つ二宮金次郎の石像の側に、いつものようにぼんやり私が佇んでいると、クラスの男の子が近づいてきて「ぼく、二学期から大阪に転校することになっちゃった」と小さな声で私に言った。その子は、村の天満神社の神主の子で、いかにも育ちがよくしっかりした性格で、勉強がよくできた子であった。ぼんやり者の私だったが、ほかのどの子に対してもとくに何も感じることはなかったのに、なぜかこの男の子にだけは、いつの頃からか「すごいな、とても敵わないなあ」と思うようになっていた。彼は態度には表わさないが、日々、家では、どうも授業よりもずっと先の方を勉強しているらしい様子もうかがえたのである。そういう彼が、突然、私に向かって「転校する」と言ったのである。なぜ私に向かって言ったのか、それはよく分からなかった。おそらく、たまたま側に私がぼんやり立っていたから告げたまでであって、クラスのほかのだれでもよかったのかもしれない。その時の彼の表情には、せっかく慣れた学校を離れるといういささかの不安と、大阪という都会で学ぶという期待感とか憧れとかが入り混じった思いを抱いているらしい感じがした。彼にしてみれば、「転校」という目前に迫った事実をクラスの誰かに口に出して言うことによって、そのもやもやした思いを幾分なりとも晴らしたかったくらいのことかも知れなかった。と言うのも、この時まで、私は、彼に対して淡い畏敬のような思いを抱いてはいたが、格別、彼とふたりだけで親しく話し合ったことはなかったように思うからである。私の方にしてみれば、いきなり話しかけられた内容が、思いもよらなかったことだったので、「ふうーん、そうなん」としか答えられず、しばし沈黙するしかなかった。おそらく彼の親たちはよく勉強の出来る彼の将来を考え、教育環境をより良くするために転校させるのであろうと思われた。しかし彼とはあまりにも境遇がかけ離れているので、その時の私の気持ちは、うらやましいというよりも、ただ眩しいというような感じがしたことを覚えている。

ところで、子どもの心理というものは、時に、理解しがたく、突拍子もなく衝動的な反応を起こすことがあるものらしい。それというのも、この時、私は、彼を眩しく思うと同時に、「あれ、彼が転校してしまったら、一番がいなくなる。とすると、俺だって一番になれるかも知れない。そうだ、なれるんだ！」という思いがふっと胸の中から湧いたのであった。その思いはしだいに抑えがたくどんどんふくらんでいった。それはじつに狭隘《きょうあい》で排他的かつ利己的な自意識であったが、自分で自分という存在をはっきり自覚した瞬間であったようだ。あるいは、それまで学校では、なんとなく眠っていた生来の負けず嫌いの性分が急に表面に噴き出してきたのであったろうか。

二学期が始まると、彼はいなかった。転校していたのである。子どもながら畏敬にも似た気持ちで好もしく思っていた級友がいなくなったのは、やはり、つまらなくさみしかった。彼がいなくなってみて、いまさらに彼の存在の大きかったことに気づかされた。そういえば、かつて一、二度は彼の家に遊びに行ったこともあったのであった。町の高台にあった彼の家の庭先には、いきなり大きな蘇鉄と白く巨大なしゃこ貝があって、生活ぶりの違いはそれだけでもよく分かった。その時、どんな話をしたのかは、むろん記憶にないが、おとなしくて物知りな彼とは、もっともっと仲良しになれたはずであった。

彼がいなくなったクラスは、ちょっと物足りなかったが、しかし、勉強はだんだん面白くなっていった。二年生になると、俄然、読み方・書き取り・計算などのテストが増えてきた。私は満点を取るのが楽しくて夢中になった。二年生の担任も女の先生で、やはり愛らしい子たちを贔屓する癖があった。この先生は、私の家とは遠縁にあたる人であったが、しかし私が贔屓されることはなかった。

この年の春、すなわち昭和二十八年（一九五三）。生口島の中の我が東生口村は、向かいの因島《いんのしま》と行政上、合併して因島市となり、小学校も因島市立となった。島が単独で「市」になったのは、全国で初めてのことであった。むろん、因島の日立造船所の繁栄に因るものであった。造船所に通う工員はいわゆるサラリーマン生活で、わりと暮らしにゆとりがあったようであるが、農家にまではほとんど余慶は及ばなかった。それでも、この年の春は、町を挙げての祝いぶりで、小学生は全員、半日かけて、町内を旗行列して回った。主婦連中は、記念に新しく作られた「因島《いんのしま》小唄《こうた》」を拡声器で大きく流して、揃いの着物を着て踊りながら町内を練って祝った。そのお祭り騒ぎはすぐに終わったが、因島の造船所では、しばしば何万トン級の巨船の進水式が執行された。ある時は六万トンの巨船の進水式があって、小学校を挙げて見学に行ったこともあった。しかし、島での珍しい事といえばそのくらいで、農家の暮らしぶりは、一向に変わるところはなかった。

二年生の三学期。学芸会にクラスで『一寸法師』の劇をすることになった。一寸法師とお姫さまとは、あっという間に、先生がお気に入りの二人を名指しで決めてしまったが、みんなもそれで良いと思ったらしく、反対する人はいなかった。私もそんなものだろうと思った。次に、「鬼の役はだれがいいですか」と先生が尋ねた。だれも手を挙げない。声も出ない。「だれかやる人はいませんか」と重ねて訊いた。だが、だれも返事はしない。憎まれ者の悪役をやりたがる者はいないに決まっているのだ。ところが、しばし時が経つうちに、私はふと「鬼の役は嫌な役だが、しかし、この役以外には、もう目立つ役はないではないか。自分はいつもあまりクラスで目立つ方ではないのだから、ここで目立ってみてやろうか」という思いが湧いた。その思いが脳裏を掠めた途端、すでに私の手は挙がっていて、立ちあがり、「僕がやります」と言ってしまっていた。かなり自虐的な自己顕示欲というものであったろうか。鬼の役は私に決まった。セリフを覚えるのはなんでもなかったが、しかし、当日、真赤なセーターを着せられたのは、流石に恥ずかしかった。三歳上の姉のセーターを借りたのである。私は、鬼の面よりもセーターよりももっと赤い顔になっていたはずであるが、清水寺の場で「こらあ、待てえー」と大声で跳び出したのであった。健気と言えば健気であるが、恥ずかしさも一通りではなかった。しかも、これには、悪いおまけがついた。それは、肝腎の「打ち出の小槌」という小道具についてのことである。これがないと話の大団円にならないのだが、さてだれがこれを作るかが問題であった。担任の先生がどこかで工面してくるか、あるいは主役の一寸法師役の家で用意するのが妥当だったであろうが、この時、先生は、「この小槌は、鬼が持って出てくるのだから、鬼の役の波戸岡くんが、用意してください。お兄さんに頼んでね」と言った。遠縁の先生は、私の長兄が指物大工であることを知っていたのである。兄はちょうど神戸から帰省していた時で、家に帰って頼むと「よしきた」とばかり、あっという間に、と言っても二、三日かかったようだったが、絵本にあるとおりの色彩豊かな小ぶりの見事な「鬼の面」と「打ち出の小槌」を作ってくれた。その出来栄えに担任の先生もクラスの子どもたちも大いに喜んだ。そこまではよかった。ところが、当日、兄も観に来てくれていたのだが、肝腎の小槌を、私はただ持って出ただけであって、すぐに一寸法師に奪われてしまい、あとはずっと一寸法師の持ち物となってしまったのである。作った兄は、愕然《がくぜん》としたらしい。当然、弟の私がその小槌を持ってなにか演技をするのだろうと思ったからこそ作ってやったのに、私はなんの為《し》所《どころ》もないままにすぐに奪われ追い払われてしまって、結局、小槌は、万事、一寸法師のためだけの小道具だったのである。これを目の前で観て、気の短い兄は、家に帰るや私を前に座らせてたいそう怒った。前もっての私の説明が足りなかったことが原因だったわけで、その夜は、さんざん兄に叱られ、その後もしばらくの間、兄は不機嫌であった。それでも、私は、恥ずかしいながらも自分で買って出た鬼の役をやり遂げたことについてはすこしの悔いもなかった。兄には済まなかったが、私の気分は悪くなかった。

三

三年生になると、今度も担任は女の先生であったが、この先生は師範学校出の先生であった。校内での評判は、厳しく怖いけれど、教え方はきちんとていねいで、またどの子にも公平に接してくれる先生とのことであった。実際クラスの中でも先生は依怙贔屓《えこひいき》をすることはまったくなかった。きびしいけれど熱心に教えてくれるので、なんだか自分も上級生になった気分がしてうれしかった。私は、授業中、熱心であるだけでなく、家に帰ってからも、宿題はむろんのこと、復習も予習もどんどんするようになった。まだ学校で習っていない所を先々に予習するのが楽しかった。だが、夜、予習をしていると、どうしても解けない問題にぶつかったり、あるいは次々に知りたいことが出てきたりした。明日、学校で先生に聞けば良いとも思うけれど、待ち切れない気がした。それに先生はいつも忙しそうでゆっくり教えてもらえそうにない気もした。それでもある日、思い切って休憩時間に先生の教壇の席まで行って質問をした。先生はすぐに一つ二つの質問には答えてくれたが、私の質問はまだ多くあった。すると先生は、すぐに「じゃあ、後は、今夜、私の家にいらっしゃい。夜ならゆっくり教えてあげられるから」と小声で言ってくれた。一瞬、わが耳を疑ったが、先生は確かに「家にいらっしゃい」と言ってくれたのだった。私は、先生に迷惑をかけるなどという頭はまったく働かなくて、とにかくうれしかった。けれど、夜になると、気おくれがして、ひとりで行く勇気が出なかった。そこで母に頼んで一緒に行ってもらおうと思った。母は「それは先生に迷惑だから、よしなさい」。「でも先生は、来てもいいと言ったんだから、行ってもいいんだよ」と私。「先生はそう言ってくれても、やっぱり夜にお邪魔するのはよくないよ」と母は私をなだめる。だが私はねばり続けた。母は根負けして「しかたないねえ」と言い、しぶしぶ夜道を一緒に、ひとり暮らしの担任の女の先生の家まで着いて来てくれた。そして先生に「夜分、ほんとうにすみません。この子がどうしてもとせがむもんで。ほんとにすみません」と頼んでくれた。先生は、まったく嫌な顔をせず、それどころか、昼間の澄ましたおっかないような顔つきとはうって変わって、にこにこ顔で「よく来たわね。感心ねえ。さあ、上がりなさい」と迎えてくれた。小一時間も経ったであろうか、いろいろと教えていただき、私がすべて納得がゆき「ありがとうございました」と言って出て来ると、母が玄関で待っていた。先生に「さようなら」とおじぎをして帰ろうとすると、私を引きとめて、「またいつでも来なさいね。遠慮しなくていいのよ」と言ってくれ、「あきらくんは、よくがんばっているね」とまたほめられた。そして「これはご褒美」と言って新しい学習ノートを持たせてくれた。思いがけない贈り物にびっくりするやらうれしいやらで、心が躍った。勉強というのはこんなに楽しくうれしいものなのか。私は心うきうきと勇んで母の前を小走りに、暗い夜道を家に帰った。それから後も、何度か先生の家を訪ねて、いろいろと教えてもらうことがあった。とくに算数の質問が多かった。先生は、いつもよろこんで教えてくれ、帰りには、また鉛筆だとかノートだとかを下さった。

けれども、学校ではいっさい私を特別扱いすることはなく、いつも冷静でみんなに平等に接し、そして厳しい先生であった。私が、先生というものに、あこがれのような気持ちを抱いたのはこの時がはじめてであった。「先生っていうのはすてきだなあ」と思ったのである。ふつう、男の子は綺麗な女の先生にあこがれたりするものであろうが、この女の先生の場合は、無愛想なくらいに真面目さの目立つ先生であったから、それとは違っている。言うなれば人間としてすばらしい先生だと思ったわけである。「自分もこんなすてきな先生になれたらいいなあ」と淡いあこがれを抱いた。それはほんとうに淡い淡い気持ちであって、自分のような貧しい家では、夢のようなものだということも、子どもなりに分かっていての思いであった。そんな淡い夢はともかく、私の勉学心はますますつのった。テストはどれもやさしくて毎回百点を取るのはあたり前になっていた。

ところで、この頃まで、私は、ふだん母から小遣いというものを貰うことがなかった。

だが、そろそろ自分も決まった小遣いが貰えたらいいなと思うようになった。友だちとの遊びの時、お互いに貰っている小遣いを言い合ったりすることもあって、みんな毎日か毎週かに何十円という決まったお金を貰っていた。私はたぶん無理だろうと思いながらも母に頼んでみたことがあったが、やはりだめだと断られていた。そこで、私は一計を案じた。「毎週の小遣いのことはあきらめるから、そのかわり、テストで百点とったら、十円おくれ」と頼んでみた。この計略は、思いの外、母の心を動かす効果があって、母は「ああ、それならいいよ」と言った。勉強の励みになるならと思ったのであろうか、あるいはそうやすやすといつも百点を取ることはあるまいと甘く見たのであったろうか。気を良くした私が、勉強にさらに拍車がかかったことは言うまでもない。テストの度に得意になって、母に答案を見せては、その都度、十円をもらった。だが、ひと月経たないうちに、母はこれは大変だと気がついて、「一回十円はやめて、五円にして」と言ってきた。承知して続行したが、テスト回数が多過ぎたためもあって、とうとう母は、「もう勘弁して。そんなにはとても無理だよ」と音を上げてしまった。母の懐の窮状は子どもながらに知悉していたので、これははじめからやるべきではなかったのだ。そこで、私も無理は言わないことにした。母は「そのかわり、必要な参考書とか問題集などでどうしても欲しいものがあったら、その時はお金を出してあげるから」と言ってくれた。

とはいえ、なにしろ、その頃、つまり昭和二十九、三十年のころの母の現金収入と言えば、ふだんの家の農事の合間に、たまに近所や知り合いの農家の畑仕事を頼まれた時だけしかないのである。そんな日は朝早くから日暮れまでその家の畑仕事をした。懸命に働いて、日が暮れてから帰ってくる。後年になって、私は、その頃の日当がいくらであったか母に尋ねたことがあるが、なんと、およそ十時間ほどの労賃が、当時は、わずか九十円だったとのことであった。丸一日働いた賃金が九十円。半年ほど経ってからは「百三十円になったんだよ」と教えてくれた。アンパン一個が十円、玉子が二十円、うどん屋の素うどんが二十五円の頃のことである。しかも、その安い労賃から、祖母は、「家の仕事をしないで、よそで稼いだんだから、自分にも分け前をよこせ」と言って、祖母は、母の僅かな稼ぎのうわまえをはねようとしたという。だから、母の手元には、いつもなにほどの持ちあわせもなかったようである。しかも、この程度のことは母にとっては苦労の内には入らないことだったようである。

一方、私は、勉強が面白くなってきたのはよかったが、しかし、そうなるにつれて、知らず知らずのうちに、幼いながら虚栄心のようなものが首をもたげてきていたらしい。自分では気がつくこともないまま、次第に慢心し驕《おご》りが増長していたにちがいない。運動神経は人並みで、喧嘩は強くないので絶対しないと決めているから、ガキ大将になる気はなく、またなれるはずもなかったが、しかし、生真面目のあまり、理屈っぽくなっていて、勉強ならクラスのだれにも負けないぞという思い上がりもあり、相手が誰であろうと言い負かしてしまう口達者だったから、かなり鼻持ちならない子になってしまっていたのであった。どうやら、いつのまにか私は、自分が嫌いなはずのあの傲慢な祖母に似てきていたらしいのである。なにかと理屈っぽくなっていて、家ではそうでもないのだが、クラスのみんなといる時は、子どもらしいすなおさも無邪気さも薄らいでいたようであった。この性癖は、この後さらに強まってゆき、それが私の心を暗く暗くしていくことになっていったのである。

それでも、相変わらず私は勉強が面白かった。読み方・漢字の書き取り・計算など、先生はなにかと競争させた。正確に早く仕上げさせる訓練のつもりだったのであろう。たとえば読み方の場合は、まず誰かひとりを指名して立たせて読ませる。そして、その読み手が、すこしでもつっかえたり、読み間違えたりすると、それに最初に気づいた人がすぐに立って、その後を読みつづける。その人が間違えると、また誰か気づいた者が立って読みつづけるのである。読んでいる人が間違えると私は誰よりも早くそれに気づいて立ちあがり、読みだすと間違えないから、結局最後まで私が読むことになる。漢字の書き取りも計算も、早くできた人から提出というふうに競争させるのであったが、私はいつもだれよりも早く提出し正確であった。それが至極当然のことと思っていたのである。

ところが、ある日の算数の時間に、物差しを使って、教科書に書いてある横線の長さを正確に計り、それと同じ長さの横線をノートに書き写す作業が課せられたことがあった。いとも簡単な作業であった。私はさっさと書き写し、しっかりと確認して、一番に提出した。「さあ済んだぞ」と得意になっていた。すると先生は、私のノートのその答えの線に物差しを当てて調べ、気難しい顔つきで「ダメ。これじゃあダメ。やりなおし」と言った。私は急いでいたとは言え、正確に正確に計ったのだから、間違っているはずがないのだ。だが、先生が「ダメだ」と言うのだから仕方がない。また席に戻って、細心の注意をはらって書き写して、ノートを持参した。先生は、先生の物差しで計りなおして、「違う。ダメ。やりなおし」と言い、突き返す。どうしてだめなのか、まったく分からない。唖然とする私に先生は何も言わない。私が「きちんと計りました」と言っても、「ダメダメ」としか言ってくれない。しかたなくまた自分の席に戻って、ノートを睨んだ。だが、どこがダメなのか分からない。周りを見ると、私と同じ目に遭っている男の子がひとりいた。彼も何度も返されてはやり直しをさせられている。くりかえし提出しているうちに、他の子たちはどんどん合格して教室を出て行った。これができた人から帰宅できるのであった。ところが、私は何度計って写して提出しても、合格にならない。まったくわけが分からなくていらいらしてきた。そのうち、もうひとりのくりかえし提出していた男の子もやっと合格になった。ついに私ひとりになってしまった。たまりかねて、「どこがダメなんですか」と尋ねた。すると先生は、私のノートをくるりと私の方に向けて、「ほら、この横線の両端の仕切りのしるしが太過ぎてしかも斜めに曲がっているでしょ。だから、正確ではないのよ。きちんと計らなくてはダメでしょ」ときつく言われた。これは叱られたのだと思った。私は内心とても憤慨した。なんだ、そんなことだったのか。それは私の鉛筆の使い方がもともとぶきっちょな所為《せい》なのであって、もとはといえば、左利きなのに右手に持ち替えたから、いまだに筆圧が異常に強くて、しかもHBの鉛筆の芯を細く削れないから、せっかく自分としては注意深く横線を写し取ったつもりでも、縦のトメの線が太過ぎて、その上まっすぐに引けていないので、結果的に計測間違いとされたのである。しかし、自分としては一生懸命計ったのだ。決していい加減にはやらなかった。ダメだったのは、生来の不器用さの所為であって、自分は一生懸命やったんだ。正確にやったんだ。先生は、どうして、ひと言教えてくれなかったんだろう。「縦の線がキチンとなっていないからよ」とそれだけ言ってくれたら、すぐにできたのに。どうして言ってくれなかったんだろう。先生のお家ではあんなにやさしく教えてくれるのに、どうしてなんだろう。何が気に入らなくて、意地悪するんだろう、とまで思えてきて、しだいに胸がむかむかしてきた。おそらく、その時の先生の気持ちとしては、私の慢心を諌めるつもりもあったであろうし、また、わずかな不注意をわずかであるがゆえに、なおさらみずからの力で気づかせようとされたためであったのであろう。だが、それは後々になって気づいたことであって、その時は、とんだ意地悪をされたような、馬鹿にされたような気がして、ただ胸がむかむかした。日ごろ尊敬していた先生だっただけに、とても悔しい思いであった。

やっと解放されて、帰り支度をして下駄箱まで来ると、私の少し前に解放された男の子がいたので、一緒に帰路に就いた。だが、わずかなミスのわけをわざと教えてくれなかったと思っている私は、歩くに連れてだんだんむらむら怒りが込み上げてきた。「あんなの変だよなあ。ちゃんとやったのに、先生はケチをつけちゃって。面白くないよ」と私が言うと、彼もすぐ同意した。そこで私は歩きながら「○○先生のばかやろう」と言ってみた。するともっと気持ちが高ぶってきたので、さらに大きな声で言ってみた。下校時の道は、小さな湾曲した海岸を通り、やがて友だちの家々の側を通りぬけるのであったが、だんだん私も彼も大声を出して、「○○先生のばかやろう、○○の大ばか」「○○先生のいんちき、○○の大いじわる」と大声で罵りながら帰った。それで気分はすこしおさまったようであった。

翌日、登校した時は、もう昨日のことはほとんど忘れかけていた。腹が立った分だけ、大声で悪口を言ったから、平気な顔で登校した。

教室に入ると、先生はすでに教壇に座っていた。「旭君と□□君、ちょっといらっしゃい」とすぐに前に呼ばれた。なんだろうと前に出て行くと「君たちは昨日帰り道、なにを大声で言いながら帰ったの」と聞かれた。昨日の下校の途中、私たちは、海に向かって叫んだのだし、途中、友だちの誰とも会わなかった。けれど、きっとだれかが聞いていて、もう先生に告げたやつがいるにちがいない。隠すつもりもなかったが、こうあっさり呼びだされるとは予想していなかったので、ぎくりとした。でも、大声で悪口を言ったのは事実だし、すっかりばれてしまっているので、私は、観念して、「僕は、きのう腹を立てて先生の悪口を大声で叫びながら帰りました。だけど、それは僕が間違っていました。すみませんでした。先生ごめんなさい」とすなおに謝った。友だちの彼も同様に謝った。先生は、「悪かったと気がついたのなら、よろしい。席に戻りなさい」と低く重々しい声であったが、そう言っただけであった。昨日の悔しさはすっかり消えているし、それにもっとうんと叱られると思っていたのに、あっさり終わってしまって拍子抜けがした。だが、それが却《かえ》って胸に応えて、自分のしたことがとても恥ずかしいことだったと気づかされたことであった。

そんな引っ込みのつかない失敗をしたこともあったけれど、勉強は相変わらず楽しかった。

四

私の本好きは、四、五歳の頃から始まっていた。縁日などがあるたびに、「何か買っても良いのなら、お菓子やおもちゃはいらんから、本を買って」とねだった。貧しい農家の我が家にはほとんど書物がなかったのである。しかも、昭和二十四、五年の頃というと、本はやたらと高価であった。縁日の出店には、粗悪な紙に青インキで刷った漫画本などが並んでいたが、どれもとても高くて、自分の貯めた小遣いで買えるような値段ではなかった。今も覚えているのは、たしか小学二年の春の縁日で見た『神州天馬俠』という漫画本である。島には、四季折々に寺社の祭りやさまざまな縁日に市がたった。その度に近隣の島々からも船で参詣に来る人々で賑わった。ことに隣町には光明坊《こうみょうぼう》という名刹があって、毎年、四月二十日前後、浄土宗開祖法然上人の忌日には大法要が行われ、通称「ねはんさん」といって大きな市がたった。京都の本山や近隣の島々の僧侶らが来島して、華麗な法衣をまとって御練供養をし、その前列にはきらびやかな衣装にキラキラの金歩揺の髪飾りをつけた稚児たちの稚児行道があってなかなかの見ものであった。長い参道の両脇には、ぎっしりと出店や怪しげな見世物小屋が並んだ。大勢の参詣者はその中をぎゅうぎゅう押されながら本堂まで進むのである。なにしろ近隣の島々からも、小さな貨物船に大勢の人を乗せて、つぎつぎに島の港の桟橋に乗りつけて来るので大層な賑わいであった。しかし、その賑わいは昭和三十三、四年の頃、すなわち私の中学一、二年の頃までで、次第に下火になっていった。

『神州天馬俠』という漫画本は、カタカナでルビが振ってあったので、私は自分でも読めると思い、手にしてみた。しかしペラペラめくってみたぐらいでは、中身はほとんんど分からない。それでも不思議な本の名前に惹かれるものがあった。七十円ほどであったろうか。パンやキャラメルが五円か十円の頃である。ともかく高くて買えなかったことを覚えている。バツが悪かったが、またそっともとの位置に戻した。その出店の香具師の男が、そんな私に、終始、目もくれなかったのがせめてもの救いであった。『神州天馬俠』は、のちに吉川英治の原作と分かったが、その漫画はその似非本であったのであろう。

それはともかく、私は本に飢えていた。例の隣の女の子の家には、昔話の本や絵本がたくさんあったから、私は彼女の家でいっしょに遊ぶとみせかけて、遊びもそこそこに夢中で読んだ。彼女は、すでに読んでしまっていたのか、あまり関心がなかったのか、ともかく自由に読ませてくれたのがうれしかった。

三年生になると、私は自分から望んで図書委員になった。図書室の本の貸し出し係である。ところがほとんど本を借りに来る子はいない。たまにひやかしのように二、三人閲覧に来るくらいであった。私は、貸し出し係であることも忘れて書棚の本をつぎつぎ読んだ。お決まりの信長・秀吉・家康などの伝記、ジョン万次郎・十五少年漂流記などの探検物などをわくわくしながら読みふけった。どれもドラマチックで胸躍った。だが、しだいに私はそれらの本が所詮は文字で書かれた漫画の世界のようにしか思えなくなっていった。とはいえ、野口英世や二宮金次郎（自筆では金治郎）などの伝記は熱く胸に迫るところがあった。ことに彼らの幼少期の貧しい暮らしとそれにめげない姿に熱く共鳴した。とりわけ二宮金次郎の伝記は繰り返し読んだ。その読書感想文は四百字詰原稿用紙三十枚ほどになった。私はそれを前編・後編の二冊にまとめて担任の先生に提出した。すると、後日、全校児童総会の時にみんなの前で朗読させられた。そのこと自体は面映ゆいながらもうれしくて少々得意でもあった。けれども、英世や金次郎のような不屈の闘志、そして逆境を逆手にとっての逞しい創意工夫の能力は、しんじつ凄いと感動し、彼らのようになりたいとは思ったけれど、しかし、正直、彼らのような優れた能力が自分にあるとは到底思えなかった。どうやら、この頃から、私は漠然とながら、自分のもって生まれた知能は、自分が望み描くものとはかなり大きく食い違っているのではないか、と疑いはじめるようになっていたらしいのである。

四年生になると、ますます読み書き算盤をはじめどの教科も好きになった。音楽も歌唱が好きで、笛や木琴、そしてハーモニカも大好きであった。ただ体育だけは苦手で、努力してみても結果は人並み程度でしかなかった。国語は作文も得意であった。とくに「母の日」の作文は、ふだんから母の苦労を目の当たりにしているので、書きたいことがいくらもあって、その仔細を語る文章にはおのずと力が入っていたはずなのである。そのせいか参観日には、毎年必ずみんなの前で作文を読まされた。

ところが、これにもまたちょっとした気まずい思い出がある。

それは四年生の時の母の日が近づいた頃であった。私はほとほと困り果てたのである。というのは、この年も参観日には、私は作文をクラスのみんなの前で読みあげることが決まっていた。私は母のことを力いっぱい書いたので、参観日にはぜひとも母親に来てもらい、聞いて欲しかったのであった。その日も近づいたある日の夕餉の後、母はいつものように居間で針仕事をしていた。今度の父兄参観日にはぜひ来てほしいと頼むと、母は、ちょっと顔をあげて私を見た。そして気の毒そうな表情で、その日は兼ねて約束していた他家の畑仕事に行かねばならないから無理だと言うのであった。私は「今度の参観日は母の日じゃけえ、母ちゃんが来んといけんのよ」と重ねて頼んだ。母は「ほいでもねえ、前から約束しておることじゃけん、日を延ばすことはできんのよ」と言う。私は残念でならなかった。なんとかならないものかと諦めきれなくて、母のそばでいつまでもぐずぐずしていた。すると、これを隣の部屋にいた祖母が耳にしたらしく、ひょいと顔を出して「ほんじゃあ儂《わし》が替わりに行こう」と言ったのである。母にはいつも辛くあたっているが、ふだんから私にはわりとやさしい祖母である。厚意で言ってくれているのである。そう言えば、前にも二、三度、祖母が母の替わりに参観に来てくれたことがあった。ただし、そのわけは、参観日くらいのことで働き手の母を休ませたくないという祖母の損得勘定に因るものであった。母を休ませるくらいなら自分が替わりに行こう、ということだったのである。けれど、この時の祖母は、そんな損得勘定も多少はあったかも知れないが、私が困っている様子だから、「それじゃあ自分が行ってやろう」という善意なのであって、見れば、祖母にしては珍しく柔和な笑みまで浮かべて私を見つめているではないか。私は、予想だにしなかったその一言に、逆に大いに慌てた。それは、じっさい困るのである。作文には、格別祖母の悪口を書いたつもりはないけれど、母の苦労の仔細を書いた文章からはおのずと祖母の意地悪さが透けて見えるわけで、しかも祖母のことを褒めるようなくだりはまったくないのだから、聞いているうちに、祖母が不愉快極まりないことになるであろうことは、火を見るより明らかなのである。しかし、「儂《わし》が行こう」というのはまったく祖母の厚意から出ていることなので、むげに断ることもできない。しかも、そうした私の内情を知らない母は、祖母の助け舟にほっと一安心したらしく、「ほうじゃあねえ。そしたら、そうしてもらいんさい」と私に言うのであった。私はいっそう慌て、困惑し、返事のしようがなかった。しかしいつまでも黙ったままでもおられないので、私は「ううーん」とかなんとか、返事にもならない声を出して、その場を離れた。その夜、寝間に入ってから、私は母に祖母の参観が困るわけを小声で縷々《るる》説明した。事情がのみこめた母は、「そう、それは困ったねえ」と言った。ここに至って、事態は母に来てもらうということよりも、どう言って祖母の機嫌を損ねずに参観を思いとどまってもらうかという問題となった。どうしても祖母の参観は困るのである。今でもその時の困り果て戸惑い続けたことばかりが鮮明に蘇ってくるのである。

さて、その結末はどうなったのであったか。じつはその記憶がいま一つ曖昧なのだが、おそらく、参観日近くまで何も言わず、前日ぎりぎりになって、祖母に「おばあちゃんもしんどいけえ、わざわざ来てくれんでもええよ」とか言って、やんわりと断ったのであったと思う。その後、このことで祖母が機嫌を損ねたというようなこともなかったようだ。結局、参観日にはだれも来てもらわず、作文は、後で母にだけに見てもらったのであったと思う。

小学生時代は、私は良い子ぶるというよりは、しんじつ良い子であろうとした。だから、いたずらをすることはめったになかった。したがって母や祖父母から叱られることもほとんどなかった。ただひとつ、今もはっきり覚えているしくじりと言えば、五、六歳のある時、ひとり門先で小さな棒きれを真上に放りあげる遊びを繰り返しやっていて、手元が狂い真上にあげたつもりが真後ろに飛んでガラス戸の大きな擦《す》りガラスを割ってしまったことくらいである。むかし父がガラス屋をしていたことのなごりで、我が家にはダイヤガラスや擦りガラス・絵模様ガラスなどのガラス戸が多く使われていたのである。が、そのしくじりも、わざと壊そうとしたのではないことが分かると祖父は叱らなかった。きつく叱られるだろうと思っていた私は、その時はほっとしたものの、すぐにまずいことをしてしまった、軽はずみなことをしてしまったと、後悔がつのり、それがしこりのようにいつまでも心に残って困った。がんと怒られるよりも、却って胸に応えた。

子どもの私は、努めて良い子であろうとした。母に心配をかけることのないようにと思っていた。けれど、そう努めるわりには、かなりの甘えん坊であり、本人はしっかりしているつもりでも、ぽっかり抜けているところがあったらしい。その故であろう、一度だけ、私はとんだ失敗をやらかしたことがある。この時ばかりは、ふだんとてもやさしい母だったが、こっぴどく私を叱った。私に馬乗りになってバンバン、バンバン力いっぱい私の背中を殴り続けたのである。私はただひたすら「ごめんなさい。ごめんなさい」と謝り続けた。自分の軽はずみな行いが、どんなにか母を心配させ悲しませたことであろうと思うと、もうしわけなくて、浅はかな自分が悔やまれてならなかった。ところが、その時、母に思いっきり殴られ続けているのに、なぜか私にはまったく痛いという感覚がなかった……。痛いと感じる以上に心がせつなくてたまらなかった。

私のその苦い思い出というのは、こうである。

前にも言ったとおり、私はふだん決まった小遣いは貰っていなかったが、そのかわり、小学四、五年になって、欲しい参考書などがあった時は買ってもらえることになっていた。四年生の五月の頃であったろうか、私は問題集か何かを買いたくて、母から数百円を貰って、午後から本屋に出かけた。本屋は隣の因島にあるので、四十分ほど船に乗らなくてはいけない。因島の土生町《はぶちょう》には「啓文社」という書店があって、近隣では、そこが唯一大きめの店であった。この書店には、それまでも何度か行って慣れており、一人でも何の不安もなかった。

その日は、しかし、自分が欲しいと思うような本が見つからなかった。しばらくあれこれめくって見たが、どれも気に入らなかった。諦めて私は書店を出た。まだ、日は高く燦々と照っていて汗ばむほどであった。帰りの船の出港時刻にはまだだいぶ余裕があった。私は時間を持て余して、うろうろと街中を歩いてみた。大通りをしばらく行くと、隣の宇和部《うわぶ》であった。この町にも小さな書店があった。が、そこもやはりだめだったので、すぐ店を出た。すると、斜め左に細めの道が見えた。その奥の方でなにやら音楽が聞こえて来る。音に引かれるようにして、その路地に入った。すると、思いがけずその突き当りは、映画館であった。聞こえてきた音楽は映画館の客引きのためのものだったのである。映画館の正面右上には、上映中の映画の看板が大きく掛かっていた。当時、小学生は、映画は学校から引率されて観るものであって、それ以外は禁じられており、勝手に観に行くなどはもってのほかであった。それは承知していたのであるが、私の目は看板の大きなポスターに釘づけになっていた。大友柳太朗主演の『霧の小次郎』。忍者姿の柳太朗が雲の上で、にっこりと勝ち誇ったような笑みを浮かべて立っている。

これ以前、東映の『紅孔雀』『笛吹童子』『風小僧』『三日月童子』などのいわゆる原作北村寿夫の新諸国物語シリーズの映画は、すべて学校からの引率で観ていたのであった。今、この映画館で上映しているものは、その続きに違いないのだが、まだ自分の島の映画館には来ていなかった。私はすうーっと引き寄せられるように切符売り場に行き、本代の中から料金を支払い、吸いこまれるように真っ暗な館内に入って行った。映画はまだ始まったばかりらしくて、すぐスクリーンに引き込まれてしまい、どこに座ったかも分からぬまま、夢中で観入った。忍者姿の大友柳太朗が扮する霧の小次郎が印を結ぶと一面に霧が立ち込め、あっという間に雲の上。憎々しげな悪者赤柿玄蕃は青柳龍太郎であったか吉田義夫であったか。他愛ないストーリーながら胸わくわくと心が躍った。

やがて、映画が終わって、館内がぱっと明るくなった。いっせいに皆立ちあがってぞろぞろ出口に向かう。私も押されるようにして戸外に出た。すると、なんだか周囲の様子がおかしいのである。入った時とは明らかになにかが変わっている。一瞬、なにが起きたのか分からない。なにかしら暗い感じがする。けれどもまた別の明るさもある。なんだろう、と思った途端、私はどきりとした。空が暗いのである。周囲が明るいのは街灯やらネオンが点灯している所為だった。もう一度空を見上げると、夜空で星までよく見えるのだ。私は、ほんとうに驚いた。映画を見ている間に夜になっていたのだった。まったく思いもよらないことであった。ほんのちょっと観るつもりで入ったのであったが、そこにはまったく時間の観念が欠落していたのである。観終わった時も、さほど時間が経ったという気もしなかったのだが、知らぬ間にかなりの時が過ぎていたのである。そう言えば、どうやら映画は二本立てであったようだ。なんとそれさえ気がつかなかったのだ。とにかく、私は驚いた。慌てに慌てた。急がねば、帰りの船が無くなる。今、何時だろう、と思い、そばを歩いていた見知らぬ小父さんに聞いた。彼は腕時計を見て「八時だよ」と教えてくれた。たしか終便は八時二十分だった。私は、「もう今から土生の港に走っても間に合わないだろう」と即断し、ここから比較的近い宇和部の港を目指すことにした。土生港を出た船の次の寄港地である。懸命に走った。道は町の大通りは街灯で明るいが、港近くになるとずっと暗かった。はあはあ息を吐きながらやっと港に着いたが、もうすでに船は出てしまっていた。待合所の男の人が「今さっき終便が出たよ」と教えてくれた。私は、またまた道を引き返して大通りにもどると、さらに次の、そしてそれが最後の寄港地である田熊《たくま》港まで、いま出た最終便に追いつくべく、懸命に走った。

夜道は距離感覚が一層分からなくなるものらしい。知らない道ではないのだが、行けども行けども目指す地は遠い。あのカーブを曲がったら港だろうと思っていたら、また道が続いていていて、港の方への道がない。「あっ、また違ったか」と気を取り直し、もつれそうな足を懸命に前に運ぶ。胸が痛くなってきた。

やっと、田熊港に着いた。だが、やはりここでも、すでに少し前に出てしまった後であった。とうとう最終便に乗り損ねてしまった。私は、ぜいぜい喘ぎながら暗い地面を見た。「どうしよう、どうしょう。もうだめかな。でも、どうでも船に乗って家に帰らないといけない。なんとかして帰らねばならない」気持は焦るばかりである。「ああとんでもないことになった」と体中の血が逆流するような気がするのであった。その時、ふと田熊港の待合所の戸締りをしているらしい小父さんの影が目を掠めた。私は近づいて行って、聞いても無駄だと思いつつ、「もう、生口島への船はないですか」と念のために聞いてみた。小父さんは呆れたような憐れむような顔つきで私をじっと見た。そして「ああーっと、ひょっとして金山《かなやま》からなら、まだ渡しがあるかもしれんのう。最後の便がたぶん九時半ごろじゃったと思うが」と教えてくれた。「すみません。今、何時ですか」「今かいね、今は八時五十分じゃ。さあて、今から走って行って間に合うかどうか分からんがのう」と言う。私は礼を言ってすぐさま走りだした。走ることは決して得意ではないが、ためらっている場合ではない。金山まではいま走って来た以上に長い長い道のりだが、ともかく走るしかない。通りはもうだあれも歩いていない。車もまったく通らない。ただただ走るしかなかったのである。

金山というところは、因島と我が生口島とがもっとも接近している海峡を挟んだところで、そこに小さな渡し場があった（今はここに「しまなみ海道」の「生口橋《いくち》」が架かっている)。対岸の生口島の赤石《あかし》の桟橋までは、小さなポンポン蒸気船が通っていた。潮の干満時にはかなり流れは速くなるが、その流れを利用するので渡航は十分ほどであった。しかし、当時はそこは町はずれであったから、私はほとんど利用したことがなかった。たしか、それまでに一、二度利用したことがあったが、それは鼠を捕らなくなった老いた飼い猫を捨てに行くためであった。

この渡船に間に合えば、家に帰れるのである。喘ぎ喘ぎ懸命に走った。電柱の裸電灯もまばらな海岸べりの暗い道を走る。人家も少なくなった。ときどき海側に倉庫のような建物が続き、小さな造船所があり、長いコンクリートの塀が続き、舟溜りがあり、舫い綱が錯綜する入江があり、そして左側に真っ暗な海を肌で感じながら、湾曲する岸辺の道をひた走りに走った。「あっ、あのむこうを曲がれば桟橋だ」と思って、さらに息をはずませた。まだまだ桟橋は見えない。いや、見えないどころか、なんだか見知らぬ所に迷い込んだような、不気味でいやあな感じがしてくるのであった。しばらくすると、今度は、「あれ、ここはさっき通った所ではないかな。ひょっとして自分は同じところを走らされているんではないか」という錯覚に襲われそうになってくる。「いや、そんなはずはない。かならず、金山に着くんだ」と妄想を打ち消そうとする。が、なかなか不安は拭いきれない。「今度こそ、あの曲がった先が桟橋だ」と自分に言い聞かせながら、へとへとになった体を必死で運ぶ。ところが、またまた勘違い。本来、島を周回する道は、同じような曲線がいくつもあるものなのである。まして夜道、しかも子どもだから距離感覚が働かない。「もうだめだ。もう走れない」。へたばりそうになって道ばたに立ち止まる。胸が苦しくてたまらない。冷や汗が背中を伝う。しばらくは肩で息をし、やがて深呼吸を繰り返す。

まだ胸が痛いが、すこし元気がでた。「行こう、行こう。まだ間に合うかもしれない」重たい足を前に投げだすようにして、また小走りに走る。「あっあれかな。あのカーブした先が港かな。いやいや、また違ってるかもしれない」と半信半疑。急カーブを曲がった。するとなんと、やっとその先の海辺に、桟橋らしい影が見えた。今度こそまちがいない。桟橋の灯がぼおっと見える。着いた。やっと着いた。最後の力を振り絞って、懸命に駆ける。ポンポン蒸気の小舟は、いまや綱を外して桟橋を離れようとしていた。私は、「おーい、待ってくれー」と声を上げながら桟橋に駆けこんだ。私の影に気がついた船頭さんは、舫い綱をもう一度括りつけてくれた。暗い小舟の中へ私は跳びこむ。舟はすぐ岸を離れた。同乗している人がいるのかいないのか、暗くて分からない。舟は、間もなく赤石桟橋に着いた。船賃は十円ほどであったと思う。

さて、そこからまた暗い道を家まで歩かねばならない。けれど、私は、それがたいへんだと思うよりも、まずは島に渡ることができたことが、大安心であった。もう走らなくてもいいい、歩いて帰ればいいのだ。そう思うと心が和んだ。桟橋を上がって歩きだす。

と、その途端、「おや、波戸岡の子じゃあないんか」と男の人の声に呼びとめられた。「うん、そう」と答えたが、その声に覚えはなかった。どこの人だか分からない。その人は電信柱の高所からの裸電灯を背に浴びていたので、顔も姿も暗い影なのである。「ちょうどよかった。家まで乗せてってやろう」と言った。その小父さんは自転車を持っていた。帰る方向が同じだったらしい。「すみません。お願いします」そう言って後ろの荷台に乗った。その人がどこの誰だか分からないけれど、私は、ただただ無性《むしょう》にうれしかった。小父さんは、「どうしたんか」とも聞かず、黙々と自転車を漕《こ》いだ。ほっとした。歩けば一時間はかかる道のりである。誰だかよく分からないが、近所の小父さんではあるらしい。この親切な小父さんのお蔭でらくらくと帰れるのだ。がたがた道を行く自転車の荷台でぐらぐら揺すぶられても、ちっとも痛くない。それどころか乗り心地満点であった。

およそ十五分くらい経ったであろうか。我が家まであと五、六百mほどになった時、一台の自転車とすれ違った。するとすぐに、後ろで急ブレーキの音があって「あきらちゃんか」と姉の声がした。小父さんもすぐ自転車を止めてくれた。姉（三歳上）はその人を知っていたらしく、お礼を言っていた。私も自転車から降りて、その小父さんに「ありがとうございました」と礼を言った。「おお、迎えがあってよかったのう。ほいじゃ」と言って小父さんはまたさっと自転車に乗って先に消えて行った。どこの人なのかその時は私は分からずじまいであった。

二人だけになると、自転車を押しながら、姉は「お母ちゃんが怒っとるよ。心配して心配して、私《うち》に『赤石の桟橋まで迎えに行ってやってくれ』と言うから、来たんじゃけど、お母ちゃん、とっても怒っとるけんね」と恐《こわ》そうな声で言った。迂闊《うかつ》な私は、姉にそう言われて、はじめてはっと気づいた。「そうか、自分はたいへんなことをしちゃったんだ。お母ちゃんは心配しただろうなあ。そりゃ怒るのがあたりまえだ」と思った。「こりゃあ、どんなに怒られてもしかたがない」と私はすっかり観念した。だが、母がどんなにか心配したであろうと思うと、急に悲しくなってきた。姉は、「先に帰るけんね」と言って自転車に乗って去った。

もとはと言えば、本を買うと言って母からお金を貰って島に渡ったのである。それなのに本は買わずに映画を観るという不届きなことをした。それゆえに、こうなったのである。出来心とは言え、なんとも浅はかな不始末。まったく弁解の余地はないのだった。「ただいま」と小さな声で玄関の戸を開けると、戸口まで、いきなり母が跳びだして来た。そして私の手を引っ張り、引きずるようにして居間にねじ伏せた。それから馬乗りになって私の背中を叩き続けた。小柄な母だからちっとも重くないし、力いっぱい叩いているらしいのだが、ほとんど痛みを覚えなかった。痛いと感じるよりも母が泣きながら怒っていることが悲しかった。

以来、私はこれに懲りて、いっそう母に心配をかけないように心がけたのであるが、それにしても、ふだんとてもやさしい母が、なぜあの時、あんなにまで感情をむき出しにして私を叱ったのだろう。ひどく心配させたのだし、悪いことをしたからであることは重々承知しているのだが、泣きわめくようにして私を叩き続けたときの母は、おそらく必死であったに違いなく、子どもながらに異様な空気を感じたのでもあった。後になって、私はそれとなく母に尋ねてみた。すると母は、「あれはね、あんたの帰りがあんまり遅いから、何かあったんじゃあなかろうか、とひどくひどく心配したのと、それから、ひょっとしてこんなことからあんたが不良になってしまうのではないか、それがとっても恐かったんよ」と教えてくれた。

五

四年生の夏の頃になって、突然、十三歳上の長兄が今まで働いていた神戸の会社を辞めて帰郷し、以後は六人家族となった。それまでは、一番幼い私が、祖父母、母、姉に守られるようにして中心にいたのに、これ以後は家中のすべてが長兄を中心に動きだしたのであった。二十三歳の長男と十歳の末っ子とでは、年が離れすぎていて、お互いに「兄弟」という意識はもちにくいところがあった。しかも、それまで、少なくとも私の記憶の中には長兄との思い出はほとんどなかったのである。小学二年生の時、鬼の面と打ち出の小槌を作ってもらったことがあったが、その時もちょっとの間の帰省であったので、さして気にもならなかった。ところが、これから後の兄の存在は、私の少年期に大きな暗い影を落とすことになった。

私はこの十三歳年上の兄が嫌いであった。それまでほとんど自分の生活圏内に居なかった人間がいきなり目の前に現れて、私の座を奪ったのである。それまで私の記憶の中には、この兄の存在は無きに等しかった。盆と正月には、長姉も次兄も帰ってきていたが、長兄はあまり帰って来なかったように思う。帰ってきたときも、ほとんど会話をしたという記憶がない。かすかに覚えているのは、私が五、六歳の頃（昭和二十五、六年）、長兄が母や祖父母に「いま、都会はどこもかしこも首切りをしている」と話しているのをそばで聞いていて、会話の中で、何度も出てくる「首切り」ということばが物騒な気がしたので、どういうことかと尋ねたら、「首切りというのはなあ。ほんとに首を切ることじゃあ」と答えた時のちょっと凄みのある表情を覚えているくらいである。わたしは、まさか、ほんとに人が人の首を切るなんてことがあるもんか、と思ったので、「その首を切るというのは、どうすることなん？」と重ねて尋ねた。けれど、「どうするもこうするもない。ほんとに首を切るんじゃあ」といささか面倒くさそうに同じことを繰り返した。幼いながら私にも、それは会社を辞めさせられて生活できなくなるということなんだろう、とおぼろげにも察しがついたのであったが、もうなんにも問い返さなかった。長兄は明らかに私をまったくの幼児扱いしていることが分かったからである。兄にしてみれば、時代の不況のどん底ぶりや都会のすさまじい不景気とかを、片田舎の幼い子どもに、嚙み砕いて説明するのは面倒であったろうし、とりあえず職を失うということの怖さを伝えておけばいいくらいに思ったのであろう。つまりは、年が離れすぎている弟と自己中心的な兄との間では、兄弟同士の会話は成り立ちようがなかったのであった。繰り返し言うが、私が十歳になった年、長兄はそれまで暮らしていた神戸を引き払って、帰郷し、それ以後、我が家は六人暮らしになったのであった。

長兄は、いたって気が短く、怒りっぽくて気まぐれなところがあった。指物大工の職で腕は悪くないのだが、飽きっぽい性分で、自分の気にいった仕事なら夢中でやるが、おおかたは怠け者であった。帰郷した当初は、簞笥などの家具作りを友人とはじめたが経営的にうまくいかなかった。しかし、物作りは器用で上手いものだった。我が家の神棚も本格的な神殿風な拵《こしらえ》で、子どもの目にはすごく立派に見えた。これで根気が続けば申し分ないのだが、始終、頭が痛いとか気分がすぐれないと言っては、ぶらぶら家で起きたり寝たりしていた。そのうち、因島の小さな造船所に勤めはじめたが、日当計算なのに、毎月十日も出勤するかしないかというほどの怠けようであった。酒も賭け事もせず、どことといって悪い癖もないのだが、家の中では横暴であった。私は、兄の気分屋で自分勝手で怒りっぽいところが、どうしても好きになれなかった。兄貴風を吹かすというほど粗暴ではなかったが、何かにつけて上から目線の命令口調の物言いであった。都会帰りの気短かな指物師の兄からすれば、島育ちの私は、ぼーっとしていて機転も融通も利かない鈍感な田舎の子にしか見えなかったであろう。

ある時、学校から帰ると、兄が私に「手紙を食台に置いてあるから、投函《だ》しとけよ」と言ってそのままどこかへ出かけて行った。カバンを机に置いてから、食台の方を見ると封筒があった。すぐに家の裏の大通りにある店先のポストまで出かけて投函した。その夜、兄から「手紙は投函《だ》したか」と聞かれた。私は「うん、出したよ」と当然とばかりに返事した。すると「切手は貼ったろうな」と言われ、私はぎくりとした。切手のことは考えもしなかったからである。そう言えば封筒のそばに十円が置かれていたのだった。私はそれを、一瞬、変だなとは思ったが、すぐにこれはお駄賃だと思い込んでしまったのだった。ふだんそんなやさしい心遣いをする兄ではないのだから、「まてよ、このお金は？」と当然気づかなければならなかったのだ。それなのに、あろうことか、私はそれでキャラメルかなにかを買って食べてしまっていた。その夜、兄がぼろくそに私を叱ったのは言うまでもない。私は謝りうなだれるしかなかった。兄は、あきれ果てた弟だと思った風であった。私自身もこれは一方的に私の愚鈍さゆえのことであったので、つくづく我ながら情けなく思った。この失敗は相当応《こた》えた。

しかし、私はただぼんやり者というだけではなかった。祖母に似たのかどうか、とても一本気で理屈っぽく頑固なところがあったようなのである。というのは、三年生の頃から、私は毎学期の通知表の通信欄に、「真面目であるが分別くさいところが目立つ」と書かれることが多かった。この「分別くさい」という言葉が、どういうことか分からなかった。子どもの頭では意味は何となく分かっても、それは良いことなのか悪いことなのかが判断できない。子どもには、そういう判断のつかないことばはいくらもあるもので、たとえば「カレーライスは辛くて刺激が強い」と話しているのを聞くと、「刺激が強い」とはどういうことか、それは良いことか悪いことなのかが知りたくなる。たぶん良くないことなのだろうと思って尋ねてみるのだが、大人たちからはあいまいな返事しか返ってこなかった。通知表の「分別くさい」も同様で、私は母に「これは良いことか悪いことなのか」としつこく尋ねたけれど、母にも分からないらしく返事に困っていたようすであった。

この「切手」の件は、一方的に私の間抜けさゆえのことで、兄の怒るのはもっともであった。が、私にはそんな間抜けたところもあったが、それはたまさかのことで、ふだんからおとなしく生真面目で、頑固にすじみちを通したがり、妙に理屈っぽいところがあった。つまりは、それが「分別くさい」子と通信簿に評されるゆえんだったのであろう。長兄は、そんな私が小生意気に見え、時に目ざわりでもあったらしい。長男に生まれて育った兄としては、家というものは当然自分を中心に動いているものと思っていたであろう。だが、私にとっても家は生まれついた時から私を中心に動いていたのである。それなのに、いきなり帰郷してきた長兄にその場をとられてしまった。しかし、それは当然のこと、しかたのないことだった。抗《あらが》いようのないことであった。だから、私は自分からその新しい家族関係に馴染もうとした。しかし自分からすすんで兄に気に入られるようにしようとも思わなかった。そして一番困ったことに、この長兄に対しては、いつまでたってもなぜかほかの兄姉たちに対するような親愛の情が湧いてこないのであった。私がそうなのであるから、おそらく長兄の方も同様であったにちがいない。

当時、私は、ちょうど自我に目覚めかけていた時だったらしく、自分自身に対する暗い疑問が湧き始めるようになっていた。自分はどれほどの人間なんだろう、自分って何なんだろう、どうしてこんなになにもかも中途半端なんだろう、周りの友だちはどうして自分の言うことを無視するのだろう、生きてるってなんだろう。ことばにすればこんな内容の問いかけなのであるが、むろん、当時、それらは明確な問いかけではなく、暗くぼんやりした悩ましいものであった。

しかも、それまでは学校で嫌なことがあっても、家ではすっかり忘れてのんびりできていたのだったが、長兄の存在によって、家での私のくつろぎの場はほとんどなくなっていた。

兄とのことを言えば、こんなこともあった。

ある冬の夜。たぶん七時頃であった。食台で私が勉強していると、隣の炬燵に入っていた兄が、唐突に「南京豆が食いたくなった。あきら、ちょっと買ってこい」と言った。寒くていやだなと思っていたら、母がすぐに「もう夜だからやめときんさい」と言ってくれた。やれやれ買いに行かなくてもよさそうだ、と安心したのも束の間、母のことばを無視して兄は私に向かって「買ってこいと言ったら、買ってこい。すぐ行け！」と命令した。私は黙って立ち上って、兄から三十円だったか五十円だったかを受け取って、家を出た。外は真っ暗だった。万屋《よろずや》さんは我が家から百mほどの近さであった。その当時、南京豆や干葡萄は、量《はか》り売りであった。私がお金を渡すと、お店のいつもの小母さんは、にこにこ顔で計量器にかけ、相当分を白い薄手の菓子袋に入れて手渡してくれた。受けとると私は急いで帰り、「はい」と言って兄に渡して、また食台の前に座って、勉強を続けようとした。すると、突然、兄が怒鳴り声を発した。「お前、途中で開けて食ったやろ！」。私はなにを言うのかと、呆れた。食べるなんて思いもしないことを言われたので、ただ兄の顔をじっと見つめた。それから「いんや、食べとらん」と言った。「嘘をつくな。そんなはずがない。食ったなら食ったと正直に言え！」と言う。覚えのないことを言われて、はじめは冗談かと思ったのだったが、兄は本気で腹を立てている様子である。

「食べてないったら、食べとらん」

「いんや、食べとる」

「いんや、絶対食べとらん」

「うそをこくな。食べた証拠があるぞ。この袋を見てみろ。袋の真ん中で絞ってあるだろう。店ではこんな結び方はせん。袋の両端を抓んで両耳を持つようにして、くるくるっと捲くだろうが。じゃが、これを見てみい。真ん中で絞ってある。お前が途中で抓み食いをして、お前が絞ったんじゃろが」と言うのである。だが、それはまったく兄の誤解であった。そう言えば、店の小母さんはいつもはたいてい菓子袋に包む時は、袋の両耳をもってくるくるっと器用に回して渡してくれるのに、この時は、なぜか真ん中を絞って手渡してくれたのであった。私は、別段、不思議にも思わなかったのだが、兄はそれが変だと言って、私を咎めたのであった。「そんなに言うんなら、店の小母さんに聞いたらいい」と私は言い返した。すると、兄は「なにを！」と、私の口答えにまたまた腹を立てるのであった。私は兄の底意地の悪さを見せつけられた思いがした。おとなのくせに女々しいことを言うものだ、と思った。たぶん、兄はふだんから私のことを小憎らしく思っているのだろう。兄の疑いはしつこかった。そばで、母が「この子は、そんな卑《いや》しいことをする子ではない」と言って、しきりに庇ってくれるのだけれど、兄はそのことも癪に障るらしく、余計にいきりたった。覚えのない疑いをかけられ、いくら否定してもだめだと思った私はもう何も言い返さなかった。ただ黙っていた。だが、胸の中では、こんなくだらないことで疑われ、見下げられていることが悔しいと思う一方で、こんなつまらないことに言いがかりをつける兄がつくづく情けなく思われるのであった。

兄は、黙って下を見ている私に、焦《じ》れたらしく、ついに「そんなに食いたければ、食え！」と言って、腹立ちまぎれに炬燵の上に袋の中身をぶちまけた。豆はばらばらっと辺り一面に飛び散った。兄は自身の苛立ちを持て余し、当たりどころのないままに、怒りを勝手に爆発させて、そのままどこか外へ出て行ってしまった。

そんな兄も、いつも癇癪をおこしているわけではなく、ときにはやさしくしてくれることもあった。だが、それは大抵自分勝手な疳癪を爆発させた後の償いの時で、たとえば、当時はまだ島ではとても珍しかったバナナを買ってくれたり、隣の因島に出かけてうどん屋さんでうどんを食べさせてくれることもあった。だが、それもいつも長くは続かなかった。

後年、私が社会人になってから、兄自身から兄の生い立ちを聞き、兄には兄のさまざまなつらい試練があったことを知ったのであったが、少年時代の私には、長兄の存在は暗くいやな影であり続けた。私は夢の中でもしばしば兄を怨み憎んだ。長兄は、このち、ずっと私の少年期を暗くする存在であった。

六

話が少しさかのぼるが、四年生になって、担任は男の先生になった。三年時の担任の女の先生は、いつも冷静で公正で熱心に分かりやすく教えてくれる先生であったが、この男の先生もまたとても熱心に情熱を傾けて教えてくれる先生であった。クラスのみんなをしっかり教え育てようとする熱意がぐいぐい伝わってきた。ただ、熱心なあまり、授業中、クラスがざわついて落ち着きがなかったり、午後の眠気でクラス全体がぼやーっとだらけていると、注意するとか叱るとかではなく、いきなり大声で怒鳴ったかと思うと、そのまま怒りも顕わに授業を止めて職員室に帰ってしまうということがよくあった。むろん、先生の熱意に応えられないでいる我々がよくないのではあるが、授業を途中でやめてしまうというのには、ほとほと困惑させられた。先生が怒って出て行ってしまうのは、一種のショック療法であって、くどくど言って聞かせるよりも、子どもたち自身が反省し、本気で学ぶ気が出るのを待つためであったと思われるが、しかし、先生が教室を出て行くと、これ幸いとばかり大声で騒ぎ出したりよけいにはしゃいだりする子たちも少なくなかった。

そのように短気で怒りっぽいところはあったが、まっすぐ向き合って教えてくれるので、クラスのほとんどの子は、この先生が大好きであったように思う。学校中でも最も人気のある先生であった。先生は、この後、我々の卒業までの三年間ずっと持ち上がりの担任であった。宮地《みやじ》というこの先生の教育への情熱は、私を大いに奮い立たせてくれたのであった。先生の得意は、なによりも読み書き算盤で、そのため、どうかすると理科や社会や音楽などの時間を、国語や算数に振り替えて、作文・習字や算盤の練習を熱心に指導してくれた。縦四十㎝・横一ｍほどの大きな算盤を、黒板の真ん中に持たせかけて、じつに巧みな手さばきで算盤珠《たま》をリズミカルに動かしながら教えてくれた。読み上げ算をはじめ、加減乗除はむろんのこと、伝票算・暗算まですべてを手ほどきしてくれた。

私はすべての授業が面白くてしかたがなかった。苦手な体操だって、不器用ながらも授業中だけは懸命に励んだ。だが、当時の島の学校の学習進度がどの程度のものであったのかは、分からない。都会の学校に比べればかなりの後れがあったのではなかったかとも思うのである。それというのも、当時、夏休みの宿題として、国語・算数などは、市販の問題集が課せられたのであったが、ことに五年や六年の時の算数の問題集は難問が多く、後半部分はまったく解けない難題ばかりであった。まるで習ったことのない内容であることに愕然としたのである。たまたま、その頃、神戸在住の、京都大学の学生であった従兄が夏休暇で泊りに来ていたので教えてもらうことができたが、しかし彼の懇切で丁寧な説明をいくら聞いても、私にはとても難しくて、たいそう梃子摺《てこず》ったものであった。そもそも市販の問題集自体が学期の進度をはるかに超えた難しいものだったのであろうけれど、それにしても、どうにも解けない問題というのは、恨めしくもあり悔しくもあり、歯ぎしりしながら睨《にら》み続けたことであった。その時、私は、やはり島の学校は程度が低いのではないだろうかとも思ったりしたのであった。

そんな漠然とした不信感や不安を抱くことも稀にはあったけれど、それはほんの小さなちぎれ雲が通り過ぎる時の淡い影のようなものであって、私は、宮地先生の熱心な教えに感動し全身全霊を傾け熱中し励んだ。

当時の、私の宮地先生への敬慕の情は、いま思えば、父性愛への憧憬《しょうけい》に近いものであったかもしれない。それまで私は自分を厳しく鍛えてくれる大人に出会っていなかった。もしも父親が生きていれば、当然、それは父親が鍛えてくれるはずのものだったであろう。ところが、我が家は、やさしい祖父と母親と次姉、そして強欲な祖母とわがままで短気な長兄だけであったから、この情熱的で厳しさのある先生に憧れたのであろうかと思われるのである。

いつしか、自分もこんな先生のような人になりたいと思い、また大人になったら先生になれるといいのだがなあと淡い希望を抱くこともあった。が、どうもそれは、私のような貧しい境遇ではとても無理であろうとも思われたので、すぐにその淡いシャボン玉のような希望はうち消そうとし、考えないようにしたのであった。

私にとって宮地先生との出会いは、尊いものがあった。学ぶことの面白さを教えてくれた。情熱を持って生きることの喜びのようなものを与えてくれたのであった。

宮地先生の名は勲《いさむ》と言った。先生の生い立ちについては、母なども誰かから聞いて知っており、あらましを私に教えてくれたが、その母の話によると、先生はとても気の毒な境遇であったが、その逆境を乗り越えて来られたとのことであった。生まれは隣の御寺町《みてらまち》で、生後すぐに母上は病死し、父上もほどなく病死して、兄弟もなく孤児となったので、たった一人の親戚である母方の祖母にひきとられ、小さな借家に祖母の手ひとつで育てられたのだそうである。尋常高等小学校を出た後は、農業専門学校を卒業した。そして、戦後、小学校の代用教員の募集に応募して採用され、現場で子どもたちを教えながら勉強して、小学校教員の資格を取得されたということであった。先生は、晩年になって、「教師という仕事は自分にとってはほんとうに天職であった。とてもありがたいことだった」とよく言っておられた。御祖母様に孝養を尽くそうとされたが、戦後まもなくに亡くなられたそうで、身寄り頼りはほとんどいないとのことであった。先生は、幼時期に、極度の栄養失調から左目の視力を失っておられた。白濁の瞳が醜いというので、田舎の眼科医が注射器で墨を注入したそうである。それも麻酔無しだったので、その時の激痛は言語に絶するもので終世忘れることがなかったという。最晩年、先生は右眼が白内障に罹られたが、その昔の麻酔無しの眼球注射の激痛がトラウマになっておられて、誰がどう言っても手術をなさらず、最晩年には視力を失ってしまわれた。

片目だけの視力だと物との距離感がよく分からないということは聞いていたけれど、若い頃の先生はそんな風にはとても思えないくらい、ドッジボールでもソフトボールでも巧みであって、スポーツも遊びも本気になって子どもたちの相手をしてくれたから、御目が不自由だというようには見えなかった。

四年生の私たちの担任になられたときは、二十三、四歳くらいであったと思われるが、まだ独身で、町内の農家の曲り屋の一室を借りて住んでおられた。この部屋にも時々友だちと遊びに来いと呼んでもらったことがあり、また先生たちには月に何回かの学校の宿直当番があったが、その時はクラスの何人もが宿直室の先生のところに泊りに行き、夜遅くまでお話をしてもらったりしたことも少なくなかった。やがて、先生は、見合い結婚をして、借家を一軒借りられると、またまた、我々は大勢で押し掛けた。先生は、それを喜ばれていつも歓迎してくれて奥さま手作りの御馳走やお菓子を出してくれ、奥様ともども始終にこにこ嬉しそうであった。授業中の疳癪玉が破裂した時とはまったく違ってとても柔和なのであった。そのうち、先生は、夜のご自身のくつろぎの時間をクラスの子どもたちのために開放してくれて、先生の家で、習字や算盤練習を看てくれた。希望する者はみんなだれでも歓迎してくれたのであった。とは言え、生徒の方もそうそう勉強好きばかりではないから、自然と人数は減ってゆき、いつも通うのは、七、八人ほどになっていった。先生は、まったくの無償で手ほどきをしてくれ、誰からも金品は受けとらなかった。しかも、来る者拒まずの方針であって、いっさい依怙贔屓するわけではないから、どの家の親たちからも感謝されこそすれ、どこからも苦情が出ることはなかった。親たちは、折々には、それとなく先生に渡すようにと子どもに手土産をもたせることをしていた。私も母から家の作物などを持参することがあった。

先生の家での練習のお蔭もあって、算盤はすぐに上達したが（六年生には商工会議所検定の三級合格）、習字には苦戦した。が、それでも諦めず書き続けて、近在の書道連盟検定では、それなりに昇級を続けた。が、鉛筆書きの文字の下手さ加減のコンプレックスは永く続いた。

将来の仕事などのことは、皆目見当がつかなかったが、勉強は面白かった。問題が解けること、いろんな知識が増えて行くことで、すこしずつ自分が偉くなってゆくような気がして、得意になっていった。テストなどではクラスの誰にも負けることはない、とも自惚《うぬぼ》れた。学期末の成績表は、体育の評価以外はほとんど問題なかった。けれども、世の中にはものすごい頭脳の人がいるらしいけれど、自分にはとてもそんな優れた能力はなさそうだということにも気づいていた。それでも、努力すれば、まだまだやれる、もっともっと進むことができると信じることができたので、勉強は楽しかった。クラスの他の子たちは、それぞれ自分自身のことをどう思っているのだろうか、知りたく思うときがあったが、そんな話は、何かの時に、これと思う子に話してみても、戸惑いを見せるか、露骨に無視するか、嫌な顔をして話をそらすかで、話す相手はいなかった。私は、だんだん、自分で自分の壁を作るようになった。どうせ、自分の思いはだれにも通じないんだ、と思うようになった。彼らは、私よりよっぽどすなおで純朴で無邪気な子たちであったが、その快活さが一方ではうらやましいと思いながら、また一方では、所詮、彼らには通じないことなんだという、傲慢な思いを抑えきれなくなっていったらしいのである。

ある日の午後の授業中、先生が、また怒って教室を出て行ってしまった。うしろの方で何人かの生徒がざわざわしていたらしい。先生が出て行ってしまうと、クラス中がいっそう気が緩んでしまって騒がしくなった。先生がいなくなったので、これさいわいとはしゃぐやつもでてきた。私を含めて男女何人かはおとなしく自習をしていたのだが、教室は騒がしくなるばかりであった。このままだと、先生は次の時間も教室に来ないに違いない。私は、学級委員長だったので、このままではまずい、なんとかしないといけないと思った。そこで、教壇に上がって、「ちょっとみんな静かにしてください」と言った。すると、みんな騒ぐのを止めて私の方を見た。先生は怒って職員室に帰ってしまったが、どうしたらいいか、とみんなに尋ねた。

「いいじゃん。せんせーが勝手に出て行ったんじゃけえ。おれらは、知らん」

「ほうじゃほうじゃ、知らん知らん」

何人かが声を合わせ、またがやがやした。私は、声を大きくして、ほかの人はどう思うかと問うた。すると、騒ぎは収まったものの、だれも答えず、しばらく、沈黙が続いた。私は、待った。やがて、女の子が手を挙げてこう言った。

「先生は、私達《うちら》が真面目に勉強しないからって怒って出て行かれたんじゃけえ、やっぱりこのままじゃあいけんと思います」

彼女は真面目で勉強のよく出来る子であったので、だれもふざけたり茶化したりはしなかった。

私はさらにほかに意見はないかと聞いた。だれも手を挙げない。

「それじゃあ、どうしたら良いですか」とまた聞いた。はじめに「おれらは知らん」と言った連中はもう白け気味になってそっぽをむいている。意見は出ない。私は「やっぱり、儂《わし》らが不真面目だったから先生は怒って行かれたんじゃから、職員室の先生のところにみんなで行って謝るべきじゃあないだろうか」と説得にかかった。大方の子が頷《うなず》いた。「儂《わし》は行きとうない」という者も幾人かいたが、結局、学級委員長である私の意見に従って、みんなでぞろぞろ職員室に行った。私は先生の机のところまで行って「みんなで謝りに来ました」と言った。先生は廊下のみんなの所まで出て行った。みんなは声を揃えて「先生、ごめんなさい」と謝った。それで先生は機嫌を直して、ひと言「真面目にやるように」と仰って、次の授業がまた始まったのであった。私は委員長としてやるべきことをやって、みんなが賛成してくれたことでほっとした。ところが、先生の爆発は、一度や二度ではなかった。その後も何度もあって、その度に、私はみんなを説得してクラスをまとめようとした。それは、見方によっては、私ひとりが良い子ぶり、正義漢ぶっているようにもなっていたことであろう。果して、クラスが混乱した時は、みんなは私の意見に従ってくれるのであったが、ところが遊び時間になると、私をわざと無視するような連中がしだいに多くなっていった。これには、閉口したが、しかし、私はなおも生真面目になり、そういう態度をしてくる連中に対して、こちらも知らん顔をした。それでもやはり虚勢を張りつづけるのは不快であり、心が暗くなってゆくのであった。が、それにもかかわらず、なぜかますます頑《かたく》なに自負心を募らせ、自分を自分以上の人であるかのように思い、そういう自分を信じようとして、私は孤立感を深めていった。

この十歳の頃から、私は次第に思考が暗くなり漠然とした悩み心を持ち続け、以後、二十二、三歳頃までの十数年間、家族や周囲にはさして気づかれない程度ではあったが、暗いトンネルに入ってしまったのであった。

それは、理想といえば聞こえがいいが、分不相応の高望みと、現実の実質能力とのギャップを認めたがらないところから生じる、焦り、不安、苦痛といったことによる。

そしてこの思いを打ち明ける人もいないわけで、八方塞がりの状態が続いたのであった。

七

四年生の秋の頃、隣の町で新方式を教える算盤塾ができたと聞いて、週に一度、通うようになった。月謝も安くて母親も許してくれた。ちょうど、その頃から、私は近所の二、三年生の男の子の勉強を見てあげるようになった。母が、その子たちの親から「子どもが遊んでばかりいて、家でまったく勉強しないので、あきら君に見てやってもらえまいか」と頼まれてきたからである。私は教えることが大好きなので、週に二、三日、夕食後に男の子の家に出かけて行って、一時間半くらい勉強を見てあげた。一時は三人ほど一緒に見てあげていたこともあった。そのお手当はむろんわずかであったが、算盤塾の月謝の足しにもなったのであった。

算盤は、かけ算・割り算の場合、ふつうはまず問題の数字を両方とも算盤上に置き、それから答えの数字を入れてゆく。しかし、担任の宮地先生が教えてくれたのは、問題の数字の片方だけを算盤上に置いて、もう片方の数字は見ながら、答えを入れてゆくやり方だった。ところがこの塾の新方式というのは、問題の数字はまったく算盤上には置かず、両方の数字をともに見るだけで、いきなり答えの数字を入れてゆくというやり方であった。ただそれだけのことであるが、これだと確かにさらにスピードアップできる。

簡単なようでいて、慣れるまでにはしばし日数がかかった。

塾とはいっても算盤の練習だけで、塾の子は総勢十人程度であったが、私にとっては塾というところで学ぶのがとても新鮮に思えてうれしかった。それともうひとつ、この塾通いによって、私の心に大きな変革が生じたのである。それは今までにまったく経験したことのない、不思議な心のときめきであった。この塾は隣町にあって、その隣町の小学校の子どもたちも通って来ていたが、その中に、私と同じ四年生の女の子で、目鼻立ちの整ったひときわ可愛い子が目に留まった。勉強が良く出来るとの噂を聞いてから、私はますます心魅かれていった。その子が来ていると分かると、それだけでどきどきするようになった。けれど、私は、そのときめきを意識しすぎてしまって、その子に話しかけることはおろか、逆に、その子の前では、極端に無口になっていった。まともに目を合わすこともできなくなった。まぶしいのである。幼く淡い初恋であった。

この初恋は、長く苦しい経験だったわりには、結末があまりにも独りよがりによるあっけないものであったので、ここで、その結末までを端折って記してしまおうと思う。私のこの初恋は、高校一年の夏休みまで続いたのであった。この間、私はひそかに思っているだけであったから、せつなく苦しい思いばかりが続いた。中学は、同じ学校で、偶然にも同じクラス。しかも私も彼女もクラス委員に任命された。席替えで、席が隣になったときは、それだけで毎日がうきうきした気分になれたが、私はどぎまぎしてほとんど会話もできなかった。時々、廊下などですれ違うだけで心がときめいた。こんなふうに小学四年から中学の三年までの六年間、ずっとひそかに狂おしいまでに恋しく思い続けた。まことに哀れなまでに純情であった。美しい人を恋することにおいて、私はまったく臆病なのであった。その人に思いを告白するなどということは考えつきもしないことで、それどころか、こちらの思いを知られて嫌われてしまったりしはしないかと案じたりさえするのであった。勇気がなかったと言えばそのとおりで、つまりは自分に自信が持てず、ただ劣等感のかたまりとなって窮屈な自意識に苦しみつづけていたようなのである。

高校は別々になった。彼女は島の高校に進学し、私は、(卒業間近になって急に進学が決まり)尾道の高校に進学した。学校は違い、会えなくなっても私の思いは少しも変わらなかった。

四か月が過ぎた高校一年の夏休み。私は、型通りの簡単な暑中見舞のハガキを出した。すると、まもなく彼女から返礼のハガキが届いた。小さなかわいい青色の魚の折り紙を貼り付けた涼しげな絵が画いてあり、暑中見舞のことばに続けて、「お時間があったら、お話にいらっしゃいませんか」とひとこと書いてあった。おそらく彼女は友だちのだれかから、私の気持ちを聞き知ったのであろう。彼女にすれば、気さくなあいさつ程度の気持ちでしたためたのであったと思う。けれど、私は跳びあがらんばかりに喜んだ。そして、逸《はや》る気持ちを抑えながら、近所の万屋《よろずや》の店先の赤電話から、おそるおそる彼女の家に電話した。彼女の家は薬局をしていた。電話口には、母親らしい人が出た。さいわい彼女は家にいてすぐ電話口に出てくれた。手短に、訪問したい旨を言い、その日時を約束した。彼女の家には自転車で二十分ほどで着くのである。

約束の日、午後一時頃だったと思うが、勇を鼓して玄関に立った。彼女が出て来て、すぐ自分の部屋に案内してくれた。私は緊張し固くなってしまい、話題もすぐには見つからない。部屋は女の子の部屋らしくどことなく華やかで爽やかにすっきりと整っている。とりあえず、お互いの高校の様子などを話し合いながら、しばらくはぎこちない時間が過ぎていった。

そのうち、何かの拍子に、私は「最近どんな本を読んでるの」と尋ねた。すると彼女は、なんのためらいもなく「私、あんまり本は読まないの」と答えた。私は一瞬耳を疑った。そう言われてから、さりげなく部屋を見渡してみると、机の本立てには教科書や参考書類があるだけで、他には小説らしきものは見当たらない。と、その途端、私の心に大きな変化が起こった。さあーっとまるで大潮が引くように、積もり積もっていた恋心が嘘のように薄らぎ、目の前の彼女がみるみる輝きを失っていくようであった。

彼女はずっと可愛く美しかったばかりでなく、何彼《なにか》につけて優秀で成績も良く、見るからに知性的な人であったから、当然、読書家であるとばかりかってに思いこんでいた。

ところがこちらの予想に反して、彼女はあまり読書好きではないと言うのである。そのたった一言で、私はまったく興ざめ同然の状態に陥ってしまった。当時、国木田独歩や石川啄木の小説、また特にヘルマン・ヘッセに夢中だった私は、当然、彼女から、「嵐が丘」「ジェーン・エア」などの話でも聞けるかと思っていたのであった。ところが、意に反して「小説などはあまり読まない」との彼女のことばに、私の中でなにかがガクッと外れ落ちた。その心の急変に戸惑いながらも、私はなんとかにこやかに話を続けていた。緊張感はすっかりほぐれたが、そのかわりにいささか白け気味になっていく自分をどうすることもできず、せっかくのひと時をもてあましているのであった。出された紅茶とお菓子をいただいて、なんということなく笑談した後、お礼を言って辞去した。その後、何度か文通をしたが、それもおのずと間遠《まどお》になって、私の初恋はかってに終ってしまったのである。結局、私は彼女を恋していたつもりだったが、そうではなくて、おそらく私の理想とする女性を彼女の身に重ねて思い描き、その理想を追い求め続けていたのであったのかもしれない。むろん、読書好きかどうかくらいのことで、人の評価ができるものではないのだが、幼くも一途でかたくなな性分が災いして、当時の自分の世界を狭く窮屈なものにしていたのであった。

こうした初恋のせつない思いを抱きつつも、私は、五年、六年と進むにつれて、ますます生真面目さを意識するようになっていった。根拠のない変てこな向上心が自分自身を衝《つ》き動かし続けていった。いわば、自分でかってに模範生を気取るようになっていたのである。正しいことと悪いこととの判別のみをもって自他を律しようとした。どうにも鼻もちならない小生意気な子どもであるが、むろん、当時は知る由もない。遊びもビー玉とか面子《めんこ》（「パッチン」とも言った）とかは、自分ではいっさいしなくなった（とはいうものの、じつは、もともと私は不器用な性質《たち》なので、そういう遊びは弱くて勝てなかったのである）。ところが、当時の子どもたちはとくに男の子の遊びといえばもっぱらビー玉に面子であった。学校でも、昼の休憩時間には校庭のそこここでやる子が多かった。これらの遊びは、言うまでもなく、勝った者が負けた者からそれを取り上げてしまうもので、大げさに言えば子ども同士の賭け事である。

それは六年生の春のある日のことであった。年に一、二度ある恒例の全校児童総会が行われた。その日の議題は、「学校内における風紀について」であった。総会指導の先生の意向としては、休憩時間の過ごし方についての諸注意と授業時とのけじめをしっかりつけるように自覚させることが、ねらいであったらしい。六年生の何人かが、指導の先生が期待しているような、「遊びと勉強とのけじめをつける心得をしっかり持とう」というような意見を言った。だが、私は、この問題については、前から心に思っていたことがあった。「学校は勉強をする場である。ビー玉や面子は遊びといっても賭け事ではないか。すくなくとも学校では賭け事はするべきではない」という意見である。しばしあって、私は、手を挙げ、「学校内では、ビー玉や面子は禁止するべきです」と胸を張って大きな声で言った。会場は一瞬しーんとしたが。すぐにざわつきだした。議長は、同じ六年の男子で彼は校長の息子であった。議長の彼は、どぎまぎしながら、「みなさん、今の意見についてどう思いますか」と尋ねた。がやがやしてはいるけれどだれも手を挙げない。どこかで、「なに言ってんだ」とか「バカ言え」とヤジが飛んだ。私はまた手を挙げて「ビー玉も面子も取ったり取られたりするもので、これは賭け事です。賭け事は良くないと思います」と言い切った。

八

「ビー玉も面子も取ったり取られたりするもので、これは賭け事です。賭け事は良くないと思います」と私は言い切った。

三つの教室の板壁を取り払った空間に、四百人余りの児童がぎっしりと詰めて座っている。この大教室が私のこのひと言でざわつきだした。けれども、だれも手を挙げる子はいない。男の子の多くは学校でも家に帰ってもさかんにやっている遊びで、禁止されては困るはずなのだが、私の意見は正論すぎて、だれも反論できないらしく手を挙げる者はいない。そしてまた、私の意見に賛成する子もいないらしい。ただざわざわとお互いに小声でささやきあっているのであった。議長の男の子はどうしていいか分からなくておろおろしている。すると、教室の後ろの方から、堪えかねたように男の先生の大きな声がした。「ちょっと待って、ちょっと待って」とややうろたえ気味の声である。「今の波戸岡君の意見はね、正しいことは正しいんだけれどね。ただ、どうだろう、禁止してしまうというのは、ちょっとやりすぎじゃあないのかなあ。賭け事と言っても遊びなんだからね。昼休みの時間だったら、まあいいんじゃあないだろうか」と、後の方は、私をなだめるような口調になって仰った。私は、すぐに立ちあがって、「遊びだからといっても、賭け事にはちがいないと思います。学校で賭け事をするのはやはり良くないと思います」と言い返した。その先生は「しかしねえ。それはどうかねえ。それはきびしすぎる意見じゃないかなあ」と言いながらも、声は小さくしりつぼみになった。先生はみるみる顔が赤くなり、口ごもってしまわれた。この先生は指導係としてこの児童総会の運営を補助する役なのである。「それはおかしいと思います。間違ったことを認めるのは良くありません」。私はまったく容赦なく先生を頭からやりこめてしまって、後に引かなかった。係の先生を黙らせてしまったから、十幾人かいる他の先生方も無言であった。結局、私の意見に反対する者はいなくて、議長は、挙手によって賛否を諮《はか》ると言った。反対の方に手を挙げた者もいたが、大多数が賛成で、可決した。これによって、すくなくとも私等の学年が卒業するまでは、校内での面子やビー玉の遊びは禁止になったのであった。

単純な狭い了見でふりまわす「正義」というものが、いかに傍迷惑《はためいわく》でいたずらに混乱を引き起こすものであるかということは、当時、知る由もなかった。それどころか、そのころの私のかたくなな心は、自分の弱点・欠点に気づかず、あるいは気づかぬふりをして、意固地なまでに「正義」ということにこだわった。が、それはたぶんに独りよがりな思いに過ぎなかった。今にして思えばまったく可愛げのない子だったのである。

ところで、この話には、後日談がある。

それは、私が高校二年生の夏休みのことであった。尾道の下宿先から島に帰ろうとして、巡航船に乗って尾道から因島に着き、そして因島から乗り換えて次の生口島行きの巡航船に乗り込もうとしたときのことである。どっと数人の人が乗り込んできたが、その中に、偶然、小学校のあの指導係の先生を見かけた。少し足元がひょろついているようであったが、私は、なつかしさに、「先生、こんにちは」と挨拶をした。すると、挨拶をしたのが私だと分かると、先生は急に目を剝き出して、いきなり、「おう、こいつかあ。こいつはひどいワルだったんだ」とまるで喧嘩口調で周りに聞えよがしに大声で言った。私は驚いた。先生はいったい何を言い出すのだろう、と呆れ返った。先生に会うのは実に卒業以来のことだ。なつかしくて挨拶をしたのに、まったく思いもよらないことばである。ワルさなど私にはいっさい覚えのないことなので、この先生はなにか勘違いをされているのだろうと思った。あるいは、誰かほかの人と間違っているのではないかとも思ったので、「先生、波戸岡です。波戸岡　旭です」と言った。主に算数と体育が担当の先生であったが、直接教わったことはなかった。この先生との接点は、あの児童総会の時だけなのである。細長な顔は多少強面《こわもて》で、頭髪は天然なのかどうかは分からないが、相変わらずパンチパーマであった。ふだんは真面目で、とくに恐い先生でもなかったが、だれ言うとなく、「あの先生は酒癖が悪くて酒乱の気《け》がある」との噂のあった人で、それは私も以前から耳にしていた。「おお、波戸岡よ。お前はワルだった。どうしようもないワルガキだった」と私を睨《にら》みつけてきた。額あたりが脂ぎっており、いくぶん蒼ざめた顔色である。目が異様に光を帯びているので、酔ってるなと分かった。酔って顔色が蒼くなるというのはやはり性質《たち》が悪い。その時、先生がなにを根に持って怒っているのか、私はまったく分からなかった。だが、体を私にぶつけるかのようにぐうっと近づいてくる先生。どう体を躱《かわ》そうか困った。小学校六年から五年余りの時を経ており、かつては大きく見えた大人だったが、今はほぼ同じくらいの身長である。

私が困惑しきっていると、私と先生との間に、ひとりの小柄な小母さんが割り込んできて、両手を広げながら先生を押しやるようにして、私に向かって、「ああ、行って行って、船の中に入っててね。この先生は、酔ってるんだから」と言ってくれた。この小母さんは私もよく見知っていた。同じ島の酒屋の小母さんなのである。先生は、折々、その酒屋で酒を買ったり、立ち飲みに寄ったりしていて顔なじみで、その酒癖の悪いことも小母さんはよく知っているらしかった。小母さんは、それこそワルガキをあやすかのように、やさしくしかし強い口調で先生にむかって何かしきりに言い聞かせている風であった。その時は、まだ昼下がり時分だったのだが、先生は何かのついでで、因島のどこかでしこたま昼酒を飲んでいたらしい。飲むとすぐ人に絡む性癖があったのであろう。私は、船に入って椅子に座り、しばらく経ってから、やっと「ああ、あの総会の時のことを根に持っているんだ」と気づいたのであった。ただ酒癖が悪くてというだけでなく、私を見てすぐあの時のことを思い出して怒りの炎をもやしたのであろう。ということは、あの時のことを、この先生はよほど深く根にもって、ずっと忌々《いまいま》しく思っていたにちがいない。思い上がっている私をたしなめることもできず、逆に、全校児童の前で、やりこめられたままに終わったことは、かなりの屈辱だったはずで、私のことを度《ど》しがたい奴だと思ったに違いなかったのである。あの時は、相手の先生の立場まで考えるなどという知恵も余裕も私にはなく、ただ自分は正しい、間違っていない、それだけであった。けれど、高校二年になっていた私には、酔いのはずみで、先生が、かつての私を思い出し、腹立たしくも忌々しくも思ったであろうことが分かって、少し気の毒な気がしたことであった。

あの後、小母さんは、酔っぱらいの先生をうまく宥《なだ》めてくれたらしく、何事もなく船は島に着き、先生とは顔を合わすこともなく、桟橋を降りて帰路に着いた。以後、この先生に出会うことはなかった。先生は、最後には教頭まで務めて教職を了えられたということであった。

六年生の夏休みのことである。クラスの男女八人が選ばれて、伯耆大山《ほうきだいせん》登山・出雲大社・宍道湖に担任の宮地先生の引率で三泊の旅行をすることになった。今となってはよくは分からないのだが、ＮＨＫラジオ（中国放送）か県の教育委員会の主催かの行事に、学校代表で参加したのであった。私は嬉しくて出発の日を待ち望んでいた。ところが、風邪で高熱をだしてしまって、出発の前日になっても熱が下がらない。残念でならなかったが諦めるしかないと思った。私はすっかりしょげて臥せっていた。すると、連絡してくれる人がいて、先生も今風邪で高熱を出しておられるから、出発が一日延びることになった、と教えてくれた。一日延びたおかげで、私はちょうど熱が下がり、なんとか起きだして、すこしまだふらついたけれど参加することができたのであった。むろん、先生も風邪は治られて大丈夫そうであった。伯耆大山の登山は、ご来光を拝するために、朝暗いうちに出発をした。八合目あたりで、朝日の昇るのを拝んだ。その後の、頂上までの登山が、病み上がりの身には相当応《こた》えたが、千七百ｍという高い山への初めての登山は、島に育った少年を大いに感動させた。

下山の途中で、ＮＨＫのラジオ担当の報道部の記者の人が、我々子どもたちに向かって、登山についての感想を聞いてきた。私にもマイクが向けられたので、私はまたまた利口ぶって、「高山植物で、『虫取りすみれ』という食虫植物がありますが、下山の途中、名札だけあって、その植物が生えていたところは掘られたらしい跡がありました。とてもよくないことだと思います」と答えたことを覚えている。さももっともらしいことを得意げに言ったもんだと、我ながらちょっと嫌気がさした。

夏休み明けに、この時のことがラジオから流れたのを学校で聴いた。私は、初めて、ラジオを通して自分の声を聞いた。変な声で自分の声とは思えなかった。

九

父親の早世を恨み、我が家の貧乏を悔しいと思うようになったのは、私が中学に入学してからであった。入学後まもなくして、母から、「家《うち》は貧しいけん、あんたを高校にやってあげることはできんよ」と告げられたのであった。我が家のかつがつの暮らしを子どもながらに分かっているつもりであった私は、高校進学はたぶん無理だろうとうすうす感じてはいたのだが、母からはっきりそう言われてしまうと、「あゝ、やっぱりだめなのか」とうなだれるしかなかった。身を粉にして働きつづけている母なのだが、田舎の農作からの稼ぎは何ほどにもならない。高校に行かせてやりたい気持ちはあってもどうすることもできない。その母の苦しい思いが分かっているだけに、私は「どうしても高校に行きたい」とは言えなかった。兄たちも姉たちもみんな中学を出ると島を離れて働きに出て行ったのである。だから、私もそうせざるをえないのであろうと、観念した。だが、一旦は観念したつもりでも、やっぱり悔しさは拭《ぬぐ》えない。これが自分の身の上なのだと思いつつも、胸底からふつふつと込み上げてくるのは、貧しさへの恨みと父親のいないことの惨《みじ》めさ悲しさであった。

だが、振り返って考えてみると、私は、母からそう宣告される瞬間まで、幼い時からずうっと小学生時代を通じて、自分に父親がいないということや家の貧しさなどの我が身の上境遇を、さほど気にすることもなく過ごしてきたのであった。むろん、それは家族とか周囲の人たちの思いやりや気遣いがあったからなのであるが、それにもうひとつ、父親の病死が、私の一歳半の頃のことで、まだ私がものごころのつく前だったからでもある。もしも私がものごころついて後に父が亡くなったのであったなら、当然、大きな衝撃を受けたであろうし、喪失感に悩まされ、欠落感に苛《さいな》まれたに違いない。まして育ち盛りの途中に父を喪《うしな》えば、惨めさ悲しさを総身にふり被るのは必然である。事実、父が病死した当時、十五歳だった長兄、十二歳の長姉、九歳の次兄たちは、母ともどもつらく惨めな日々を過ごしたにちがいなかったのである。殊に、一途で多感であった次兄は、少年時代、親戚などから、父親のいない子だとさげすまれて悔しい思いをしたことを後になってじかに次兄から聞いたことがある。

何も知らない末っ子の私は、その点、幸せだったというべきであろう。なにしろものごころついた頃にはすでに父親はいなかったのである。今までいた親がいなくなったのならばその欠落感は大きいであろうが、はじめから父はいないのであったから、「父親がいない」という意識はほとんど持たないままに育って来られたわけなのである。

また、我が家はたしかに貧しくはあったが、戦前戦後の頃の島の農家はどこもたいてい似たり寄ったりの貧乏な暮らしぶりであった。格別、我が家だけが極貧ということでもなかった。むしろ、我が家よりももっと貧しい家は周辺にいくらもあったように思う。当時は、どこの家でもそうであったように、我が家も質素を旨として、いっさい贅沢はできなかったが、ふだんの暮らしにおいて、不自由をするということはなかった。日々の暮らしはほとんど自給自足で済ませることができたからである。兄や姉たちは中学卒業と同時にいわゆる口減らし同様の体《てい》で家を出て神戸などに働きに出たことは、前に記したとおりである。

母は、懸命に働き続けた。貧しいなりにも、私にだけは惨めな思いをさせまいとしてくれている気持ちは私なりによく理解しているつもりであった。六年生の春の修学旅行も、けっこう大変な費用がかかったはずであるが、行くのは当然というように母は行かせてくれた。高松の栗林公園・倉敷の町・岡山のお城と後楽園など、三泊四日の旅であったが、楽しかった。

その出発当日のことである。私は、いつもの気に入りの焦げ茶色の暖かいセーターがあったので、旅行はそれで充分だと思っていた。ところが、出発の港に集合してみると、ほとんどの子が新しい学生服で、どうやら私だけがセーターなのであった。それでも私は平気だった。寒くはなく、むしろこの方が身軽でいいとさえ思っていた。ところが、思いがけないことに、仕事に行ったはずの母が、遅ればせに見送りに来てくれた。小走りに急いで来たらしくすこし息をきらしていた。その母が、私を見るなり、すぐに引率の宮地先生の所に行って何か話しはじめた。出発の時刻を聞いているらしかった。先生からまだ出発には間があると聞くやいなや、母はいきなり私の手を引っ張って駆けだした。そして、港からはおよそ七、八百mほど手前の洋品店に跳び込んだ。学生服を注文してくれたのである。私はなくても大丈夫だと言ったが、母は聞く耳を持たない。「風《ふう》が悪いから、いいから、これを着て行きんさい」と言って、私に着せかけてくれた。たぶん、その時、母は持ち合せはなかったはずである。代金を後で届けることにして買ってくれたのである。かなり無理をしたはずである。私はふだんと違う母の大胆さにいくぶん驚きもし、急な買い物が気恥かしくもあったが、さて、着せてもらうとやっぱりうれしかった。むろん中学に入っても着られるように、サイズは大きめである。母にしてみれば、遅かれ早かれ、いずれ中学入学時には買ってやらねばならないものなんだから、この際、買っておこうということだったのかもしれない。詰襟の白いカラーは幅広なので、顎の下のあたりが擦れてすこし痛かった。後に見るアルバムの写真には、私がその新しい学生服を着て苦しそうな顔つきをしているものや、それを脱いで小脇に抱えてにこにこうれしそうに写っているものもあった。

旅行中、さしたる思い出はないが、ただひとつ強く印象に残っているのは、たしか高松の旅館に着いた時、みんな広い部屋でがやがやしていると、急に玄関の方で音がして、どやどやとプロ野球の選手たちが入って来た。東映フライヤーズの合宿が同じ宿だったのである。大方の選手は廊下を通り過ぎて行ったが、ひとりの大きな選手が、いきなり私たちの部屋にずかずか入って来た。それは当時すでに人気の高かった張本勲選手なのであった。プロ野球のことはよく知らない私でも、この選手が広島生まれのすごい選手であることは知っていた。みんなびっくりしてわっと彼を取り囲んだ。彼は子どもたちが好きらしく、にこにこ顔で「君らはどこの島の子たちか」などと気さくに問いかけてくれた。私はずいぶん体の大きな人だなあと思い、その飾りっけのない笑顔に見入っていた。切れ長の目が笑うと細くへの字になって愛嬌があった。まったく威張ったところがなく、親しげに冗談を言ってみんなを笑わせてくれた。偉大な選手なのに尊大なところがない。その時、たまたま私は手に小さな林檎を持っていた。食べるつもりで鞄から取り出していたのだったと思う。私はみんなより少し離れてうしろの方にいたつもりだったのだが、彼はすうっと私の方に手を伸ばしてきた。そしてあっという間もなく、私の手から林檎をひょいと取り上げたのである。大きな手の中の林檎はいっそう小さく見えた。どうするのだろうと思って見ていると、彼は物も言わずぱくっと食べた。二口三口でむしゃむしゃ食べてしまった。そして、私を見て、いたずらっぽくにこっと笑った。私はなぜか無性にうれしかった。彼にすればほんのいたずらであっただろうが、私にしてみれば、ものすごい選手が自分の林檎を食べてくれたということ、そのことがなんだかとても誇らしいことのように思えたのである。私にとっての小学校の修学旅行は、この林檎のことが唯一強烈な思い出なのであった（張本選手はとても堂々とした大人だと思っていたが、今、ネットで調べてみると、当時はまだ入団したばかりの十九歳であった）。

卒業も間近になったある日のホームルームの時間。担任の宮地先生は、クラス全員四十三名の子どもたちに、これまでの三年間を振り返りながら、中学に進んでからの心構えについて、ひとりずつ名前を呼んでは、厳しい口調で説諭してゆかれた。これまでの生活態度や勉学ぶりをはじめ、性格の長所短所にいたるまで、ひとりひとりにくわしく話された。話しているうちに先生自身も感情が高ぶっていくのが分かった。声にもだんだん熱が入って大きくなった。ガキ大将やふだん悪さの絶えなかった連中は、ふだんもよくビンタされていたが、この日は、一段と厳しく顔を真っ赤にさせて、彼らひとりひとりに往復ビンタをした。先生にすれば最後の躾《しつ》けのつもりだったろうが、目の前の鉄拳は生臭《なまぐさ》くて、私は目をそむけた。先生が必死で彼らを訓戒しているのはよく分かったが、その先生の心が彼らに届いたかどうかは分からない。ただ、当時は、平手で殴る程度の体罰は当たり前のことであった。

終りの方になって、私の番が来た。先生はこう言われた。「波戸岡は、よくがんばった。今のように勉強してゆけば、中学に入ったら、もっと成績は伸びると思う。がんばりなさい」そう言われて私は内心ほっとした。それで、私への話は終りだと思った。ところが、先生はしばし黙ってしまわれた。それから、なおちょっと間を置いてから「中学に行ったら伸びるんだが……。ただその先は分からんなあ」と仰ったのである。私は、不思議なことを仰るなあ、と思った。それがどういう意味なのか分からないのである。一瞬、それから先は伸びないという意味なのだろうかとも思えたが、まさかそんなことを占い師でもない先生が言うはずがない。その時、先生は何を言おうとされていたのか、私は皆目見当がつかなかった。

卒業式では答辞を読んで、私の小学生時代は終わった。

一〇

小学校六年生の当時、わが家は、祖父母・母・長兄・兄嫁・甥・次姉・私の八人家族であった。十歳までは五人家族であったが、長兄が帰郷して暮らすようになり、その兄が結婚して兄嫁が増え、やがて甥っ子が生まれたのである。長兄は、指し物大工の腕を見込まれて因島の小さな造船所で働いていたが、へたな名人気質特有の怠け癖は、結婚してからも変わらず、毎月十日ほどしか出勤しなかった。当然、稼ぎは極端に少なかった。その給料だけでは到底生活できないはずであったが、家が祖父と母が働いている農家であったから、暮らしに窮することはなかったのである。造船所での兄の仕事は、主に客船の室内や操舵室回りの細かな建付《たてつけ》など、船大工にはできない部分を一手に引き受けてやっていたらしい。頼まれた仕事はきっちりと丹精込めて仕上げる。ところが、その仕事が済んでしまうとすぐに休んでしまうのである。いつも気に入る仕事があるわけではないから、やれ体がだるいだの、頭が痛いだのと言っては仕事に行かず、家でぐだぐだしているのであった。粗暴というわけではなく、時にはやさしくしてくれることもあったし、なんといってもその手先の器用さや勘の良さなどは、要領の悪い子どもの私の眼には「ほんとにすごい」と映って感心したものであったが、どうも疳《かん》が強くて神経質で怒りっぽく、気まぐれで自分勝手なところが多くて、私は、どうにも好きになれなかった。兄の方からすれば、私は目障《めざわ》りな存在以外の何者でもなかったであろう。もともと自分が長男として生まれ育った家であるから、自分中心に行動するのが当たり前だったことであろうし、まして生い立ちの思い出もほとんど共有しておらず、しかも話し相手にもならない年端のいかない子である。その上、私はぼんやりしているようでいて、どうかすると分別くさい物言いや目つきをする子だったので、目障りでしかなかったはずで、兄は兄で、私という弟を受け入れるのに、相当辛抱がいったことであろう。

とは言え、それは今にして分かることで、当時は、どうしてこんな嫌な人が自分の兄なんだろう、と恨めしくも憎くも思い続けたのであった。なにしろ兄弟とはいえ、兄は、突然、三年前に帰郷して一緒に暮らし始めた人であり、しかも二十三歳と十歳とでは年が離れすぎているのだから、まさに大人と子どもなのである。対等になどとても口を利いてはもらえなかった。この段差はどうにも埋めようがなかった。時には、私も、弟として思うところを言わせてほしいと思うことがあったが、所詮、相手にしてはくれないだろうと思い返して、いつも諦めるしかなかった。そのようにかなりぎくしゃくした兄弟であったが、それでも、時が経つにつれて、兄も、私の勉強熱心なところはだんだん認めてくれるようになった。

六年生の初めの頃、私のために勉強机を作ってくれたことがあった。母の頼みのひと言があったからではあろうが、兄は、気が向いたらしく、家の作業場にあった余り木材を使って、勤めの合間を利用して、数日間で、大人が使えるほどの本格的な抽斗付きの勉強机と椅子とを作ってくれた。大きな一枚板が無かったので、机の甲板は数枚の細い板を厚く張り合わせて一枚にし、その上に白布を敷き、さらに部厚くて透明な一枚ガラスを置いてくれた。私にはもったいないくらい立派な出来栄えであった。出来上がったばかりの机を、居間の北側の窓際に東向きにして据え、本立てを置き、小さな蛍光灯スタンドを灯すと、すてきな空間ができた。机上の部厚いガラス板は、昼間は窓辺の緑の草木や青空を映し、夜間は蛍光灯の光を反射して、すごく立派で贅沢な机に思えた。なにしろそれまでは、ずっと食台とか小さい座り机とかで勉強してきたので、この勉強机はとてもうれしかった。指物師としての兄の腕前に、この時ばかりは心底すごいと感心し、感謝もしたのであった。だが、その喜びも束の間のことで、兄の独りよがりの癇癪玉はしょっちゅう破裂して、私はそれにただただ我慢し耐えるしかなかった。たとえば甥っ子のお守りや相手をさせられるのはいいのだが、なにかでぐずって泣きだすと、途端に私が叱りとばされるのであった。そのように兄の短気は私を苦しめたが、しかし私にもまた、ドジなところがあって、とかく兄を苛立たせもしていた。たとえば、あれほどうれしかった一枚ガラスを張った勉強机だったが、私は、毎日、机の前に座るのがうれしくて仕方なく、夢中で勉強し始めたのであったが、それも束の間、ある夜、棚の上にあったインク瓶を取ろうとして、うっかり机の上に落としてしまったのである。むろん、インク瓶は毀れて瓶の破片もインクも飛び散った。そして、最悪なことに、大ガラスはみごとに真ん中から割れてしまって、まったく使い物にならなくなってしまった。兄の怒るまいことか。滅茶苦茶に怒鳴られ叱られて果てることが無く、容易に怒りは鎮まらなかった。これはどんなに叱られてもしかたがない。不注意だった私が悪いのであったから。私はただうなだれて兄の怒りの鎮《しず》まるのをひたすら待つしかなかった。当時は、今のような接着剤もなかったし、ましてや替わりのガラスはあるはずもない。当然、それからは、ガラス無しの白布無しの机となった。かくのごとく、悪いのは兄の方だけではなく、私自身にも欠点はいくらもあって、「同じ兄弟なのに、なんで自分はこんなにドジで不器用なんだろう」と呆れることもしばしばであった。

そういうわけで、私は、狭い家の中でも、できるだけ兄との距離を遠く保つようにしていたつもりだったが、しかし、どう工夫をしてみても、もはやかつての五人家族の時のようなのどかな暮らしはもどってこなかった。いずれにしても長兄とはソリの合わない兄弟であったという思い出の方が圧倒的に多いのである（むろん、父の死後、ずっと長兄には長兄の世渡りの苦難が続いたのであったが、それはずっと後になって知るところであった）。

私の小学時代、この兄との確執は、私の毎日をとても暗いものにしていた。それでいて、私は、多少勉強ができるということから、心の中では自分の能力を過信しはじめていた。だが過信と同時に、自分で思うほどには優れた記憶力も洞察力ももちあわせていないことにも気づいてきていたので、自惚れと焦燥と絶望とが入れ替わり立ち替わり、自分を苛《さいな》むようになっていった。自分とはいったい何者なんだろうというぼんやりした不安感に襲われたり、こんなつまらない毎日を送るばかりで、いったい自分はなんのために生きているのだろう。こんないろんな思いを聞いてくれるような友はいないのだろうか。そういう友こそ親友だと思うのだが、自分にはそういう友はまったくいそうにない。すこし理屈っぽいことを話そうとすると、みんな白け顔になって、自分の前からいなくなってしまう。相手になってくれないのである。そのうちに、私もだんだん諦めて、自分の暗い思いは誰にも告げず、級友たちとは何事もないかのように、（実際、何もないのだったが）できるだけ明るくふるまうようにした。けれど、やはり心の中は暗く苦しい日々なのであった。こんな暗い迷走が十歳の半ばからずーっと続いた。己を恃《たの》む思い上がりの昂揚感とその逆の無力感と、希望と絶望と、それが絶えず交互に襲ってくるのであった。先廻りをして言えば、この暗い闇のトンネルは、二十二、三歳頃まで続いたのであった。もちろん、表面はいつもできるだけ明るくふるまっていたつもりであり、誰にも言わないでいたから母でさえも気がついてはいなかったはずであるが。

毎年、盆と正月とには、長姉も次兄も勤め先の神戸から三日ほどだが帰省した。兄弟五人全員が揃うのは、年にこの二度だけであった。半年ぶりに会える喜びはたいへんなものであった。帰郷の知らせが郵便で来ると、その日の夕方、私は次姉と一緒に島の港の桟橋まで手車を押して迎えに行ったものだった。沖合に巡航船が停まり、小さな櫓《ろ》で漕《こ》ぐ伝馬船《てんません》が船べりに横付けされて、帰郷した人たちがそれに乗り込むと、遠くからでも、姉とか兄とかが乗っているかどうかすぐに分かった。それと認め合うと、お互いに手を振って喜びあった。やがて、小舟が桟橋に着くと、私はすぐに手荷物を手車に乗せて、姉と一緒に帰るのであったが、そのわずかな家路の道のりながら、気持ちはいつまでも一緒に歩いていたいようなうきうき気分であった。長姉は芦屋で、さる呉服屋の家政婦をしていた。私より十歳年上であったが、私をとても可愛がってくれた。帰郷するたびに私の勉強ぶりを母から聞いて、我が事以上に喜んでくれた。おそらく姉自身もっともっと勉強がしたかったという思いがあったのであろう。

次兄は、ふだんは無口だったが、武士《たけし》というその名のとおり、辛抱強くて、七歳年下の私から見ても、どこか一本筋が通っている古風なところがあって、私は長姉の次にこの兄が好きであった。兵庫県の姫路沖には家島《えじま》諸島があるが、そこは昔から造船業（木造船）の盛んな所で、この島で修業すれば優れた船大工になれるということであった。父も若い頃ここで修業したと聞いたが、次兄も中学を出るとすぐにこの島に行かされ、いわゆる丁稚奉公（いわゆる坊《ぼん》さんとか坊主《ぼうず》とか呼ばれた）という過酷なやり方で、徹底的にしごかれたのち、七、八年かけて一人前の船大工に鍛えあげられたのであった。ところが、次兄の場合は、やっと一人前の船大工になれた時には、運悪く、世の造船界はすっかり鉄工船の時代になっており、兄はまた今度は鉄工の技術を身につけるべく一からやり直しの憂き目にあった。が、それもなんとか身につけると、兄は、自力で鉄工所を興すという夢を抱いて神戸に出て行った。神戸に出たわけは、父の兄弟である叔父叔母たちが、それぞれにそれなりのほどよい暮らしをしていて、街の情報にも明るかったから、見知らぬ都会に行くよりもましだからということであったようだった。

また、次姉は、私より三歳年上ではあったが、ただ花好きであることが長所で、あとは、とても世話好きで面倒見がいいのとたいへんなお喋《しゃべ》りというだけの人で、私は、姉というよりも妹くらいに思ってそれなりに仲良くしていた。

ところで、この五人兄弟が揃うと、母の笑顔は最高潮になり、一晩は楽しく語り明かすのであったが、二日目の夕方になると、大抵、長兄と次兄とが取っ組み合いの喧嘩をした。はじめは、二人で楽しそうにビールを酌み交わしているのだが、やがてことばが激してきて、決まって言い争いとなり、ついには立ちあがって殴り合いになるのであった。なにしろ気短の指物師と荒くれの船大工あがりのふたりである。だれも止めようがない。この兄弟喧嘩は、まさに中国の昔の俚諺《りげん》にいうところの「伯仲の戦い」そのものであった。

ちなみに「伯・仲・季」という漢字は、兄弟の順をあらわすもので、長男・次男・末っ子の意味である。このうち長男「伯」と次男「仲」とは、他の兄弟よりも早く世に出ており、知力も体力も気力もほぼ同格で拮抗《きっこう》しているが、それでいて上下の順番をつけられているから、とかく争いになるが、なかなか決着はつかない。

この時、歳の離れ過ぎている末っ子の私はただ傍観するしかなかった。同じ兄弟でありながら、私はこんな場面でも対等には扱ってもらえずじまいであった。その兄たちの喧嘩の原因というのは、いつも決まって一つことであった。それは、男として暮らしを立てるについては、自分の暮らしを立てるのが先か、親兄弟の暮らしを思いやる方が先か、という問題なのである。これをはじめに持ちだすのは、決まって長兄であった。次兄はいかにも面倒くさそうにしながら、しきりにビールを飲んでいる（我が家は酒が飲める家系ではなく、長兄はわずかコップ一、二杯が精いっぱいであったが、次兄は、修業時代に鍛えられたらしく相当飲めるようになっていた）。長兄の言い分は、家族兄弟が難儀していたら、自分のことは後廻しにしてでも家族のため兄弟のために力を尽くすべきだと力説するのであった。それに対して次兄は、「自分の暮らしが成り立っておらんかったら、他人《ひと》のためどころじゃないじゃろが。他人のことよりもまず自分のことが先じゃないんか」と、ことば荒く言い返すのであった。長兄は長兄の立場として、肝腎なことを話したつもりでいる。それなのに弟のくせに真逆なことを言い返す。それが兄の癇に障るのであったらしい。

離れて聞いている私からすれば、岡目八目。両方の言い分はよく分かった。どちらも正論だし、しかも結局は、同じ結論になるはずのことを逆の側から言い合っているだけであって、なにも目くじら立てて言い争うことではないのではないかと思われた。だが、ことばのやりとりの行き違いから衝突してしまうらしく、それにどうもいがみ合う原因はもっとお互いの根っこの部分にあるようでもあった。

父亡き後、兄たちは、これまでやることなすことうまく行かず、苦渋を強いられた青年期を過ごしているのであったが、しかし、ほぼ挫折してしまって田舎に帰っている長兄と、諦めず辛抱強く都会の神戸で頑張っている次兄との、その時のその立場の違いは歴然としていた。兄弟想いを説く長兄は、たしかに情に脆《もろ》いところがあって気まぐれながらも人一倍思いやりのあるところはあるのだが、経済的な自立ができていなかった。その長兄がいくら「兄弟を思いやるのが先だ」と言っても、ほとんど説得力はないのである。けれども、むしろ長兄はそれを逆手にとってでもいるかのように、自分がいちばん兄弟想いであることを認めさせようとしているのであった。だがしかし、自分の生計が成り立っていない者がどうして他人の面倒を看ることができるか、と言い返す次兄の意見は、どこから見ても理に適っている。ところが、次兄もまたその言い方があまりに荒っぽくて突慳貪《つっけんどん》にやり返すばかりだったから、結果、収拾がつかず、ふたりともくたびれるまで殴り合い、やがて、ぷいっとどちらかが家を飛び出して、しばらくしてほとぼりが冷めた時分に帰ってきて、それで、なんとなく元の鞘に納まるのであった。ただし、兄弟喧嘩がはじまる前に、その場に長姉が帰ってきていて居合わせていたならば、そんな諍《いさか》いはすぐに収まった。ふたりの言い分を認めてやりながら、噛んで含めるようにしてふたりに言うべきことを言い聞かせて納得させて、その場をしっかりと収めるのであった。母でさえどうすることもできないことでも、姉はみごとに収めた。だから、母はこのしっかり者の姉を最も頼りにしていたのであった。

ともあれ、兄弟一同集まればてんやわんやの騒ぎにもなったが、それはそれなりに母がいるかぎり、兄弟姉妹は仲直りして睦まじい団欒となったのであった。

昭和三十三年（一九五八）の三月。私は小学校を卒業した。小学校制度というのは、明治五年（一八七二）に全国に下等／上等小学校として設立されたのであったが、生口島では、その三年後の明治八年に設立された。当初は、島全体で十数校もあったが、明治三十一年には合併されて生口島全体で、四校となった。島には過疎化がすすんだ昭和の末期まで小学校が四校あったのである。

四月、私は生口中学校に入学した。島にはもうひとつ瀬戸田中学校というのがあったが、それは島を半周した反対側にあって学区が異なっていた。生口中学校へは、わが東生口小学校の児童と隣町の南生口小学校の児童とが入学した。公立中学なのでむろん全員入学できるのであるが、入学式の翌日に、入試代わりの学力試験が行われたことを覚えている。

この学力試験のことは、以前から知らされていたので、六年生の夏休み明けの頃から、夕方塾に通って受験勉強をする子たちもいたが、私はひとりで夜遅くまで頑張った。教科書を読み、問題集を解いてゆくのが面白くて仕方がなかった。ひとりで学んでいることに言い知れぬ優越感さえ湧いてくるのであった。当時ほど学校の勉強がおもしろいと思ったことはない。その上、中学に進めばもっともっと勉強ができるんだと、単純に考えて胸をふくらませてもいた（だが、学校の勉強がしんじつ面白かったのは、実は、この六年生の時までであったのである。が、もとより当時は知る由もない）。

その入学式翌日の学力試験は、どの科目もほぼ思いどおりに書けたつもりだったが、一番得意な国語で、「郵便」の書き取りの「郵」の「垂」の下部を幅広く書いたものだから、迷った末についうっかり横棒をもう一本書き入れてしまった。試験終了後すぐに誤りに気がついたが、後の祭り。些細な失敗だっただけに却ってショックは大きく、しばらく悄然としてしまったことであった。

試験開始三分前の黒揚羽　旭

中学時代

一

生口中学校は、私の家からは西へ二十分ほど歩いた海辺にあった。正門を入ると正面に蘇鉄の植え込みがあり、それを中心点として、木造二階建ての校舎が一棟だけ東西に長く延びていた。海辺に平行しており、建物は築十年くらいでまだ新しい感じがした。校舎の海側にはテニスコート兼用の校庭があり、その先は入江になっていた。その入江は夏の満潮時にはロープを張って体育の時間の水泳場となった。テニスコートの東側には、木造の古い体育館兼講堂があった。ただし体育館兼講堂とは名ばかりで、それはかつて製造された塩を収納していた大きな倉庫をほとんどそのまま代用したものであった。それと言うのも、そもそもこの校地全体は昔の塩田の跡地だったのである。建物内の演壇は西側にあってしっかり設置されてはいるが、高窓はいくつかあるものの、そこから潮風が吹きこんでもいつも館内は湿っぽかった。床板はなくすべて黒く固い三和土《たたき》であった。入学式・卒業式その他校内の集会はすべてこの建物で執り行われた。大運動場は校舎の東側に隣接して広々とあった。その海側は人やボールなどが落っこちないようにぐるりと金網が張られていた。

入学式の翌々日、クラス分けがあった。百四十人ほどの生徒は三つのクラスとなり、私はＡクラスであった。「Ａクラスの人はグラウンドに集まるように」と校内放送があって、そこに集まっているとしばらくして担任の先生が現れた。まん丸眼鏡をした丸顔の男の先生であった。みんなに「気を付け、礼！」をさせたあと、ちょっと間があって、いきなり先生は私の名前を呼んだ。「はい」と返事をすると、先生は前に出てくるようにというふうに手招きをされた。なにがなんだか分からないながら、私は言われるままに前に出た。すると先生は「君が波戸岡君ですか」と言った。まん丸眼鏡がきらりと光ったように見えた。子どもの目には四十歳過ぎくらいかと思われた。「はい」と答えると、「そうか、君か、よし！」と、それだけであった。先生の名は丸山と言い英語が担当であった。なぜ呼ばれたかは分からなかったが、あと二人、同じように呼ばれた人がいた。そのうちの一人は、私がまだ小学四年生だったころから憧れつづけていたあの彼女であった。そしてもう一人は、いかにも育ちの良い坊ちゃん然とした子で、すぐ後で友だちになってから知ったのであるが、彼のお父さんは隣の小学校の校長先生であった。その翌日、先生は、彼を委員長に、私と彼女を副委員長に任命した。

私の三歳年上の姉はすでにその年の三月に中学を卒業していた。この姉は勉強の成績はいつも中くらいだったが、陽気で世話好きでその上に大変なお喋《しゃべ》り屋で知られていた。そして「あいつはただお喋りなだけだが、あいつの弟というのは勉強ができるんだって」という噂が私の入学以前からたっていたようなのである。クラス担任の先生が真っ先に私を呼んだのはその噂のためだったらしい。それは後になってどこからともなく耳に入ってきた話である。姉は自分が中学生になった時からずっと私に向かって、「中学の勉強は小学校とは違って、とても難しいんよ」と言い続けていた。私は「うんうん分かった、分かった」と言いながらも、心の中では「そんなことがあるもんか。もっと面白くなるに決まっとる」と気持ちは逆に高ぶるばかりで、中学での勉強にますます希望が湧いたのであった。

当時、つまり昭和三十年代に入った頃からは、全国的にだんだんと高校進学者は増えつつあった。島の中学校でも、姉が卒業した三十三年頃は、まだ高校進学者は四割程度で、あとの六割は京阪神へ就職していった。中卒が「金の卵」ともてはやされる時期が到来していたのである。私の兄たち姉たちはみんな中卒で就職した。けれども、私が入学した頃になると、世間は、中卒の就職も盛んではあったが、この学校においても次第に進学組と就職組とがほぼ半分半分になってきていたのである。

私は、家の経済的理由から高校進学はおそらく無理なんだろうなとは思いつつも、やっぱり進学したいという希望は捨てきれずにいた。高校はこの島にも公立の瀬戸田高校があり、隣の因島にも同じく公立の因島高校がある。どちらも家から通えるところなのである。公立だから学費だってそれほど高くはないはずなのだ。だから、勉強したいという気持ちをはっきり伝えたら、ひょっとして母は進学できる道を一緒になって考えてくれるかもしれない。いや、案外、母はすでにもうなにか進学できる方法を考えてくれているのではないか、などと独りよがりの願望とも欲望ともつかない甘酸っぱい感情が強く渦巻くのであった。実現不可能と知りながら、なんの根拠も保証もない願望ながら、進学の希望は捨てがたく心の底の根《ね》っこに絡んで消せないでいた。けれども、「どう考えてもやっぱり無理だろうなあ、だめなんだよなあ」と絶望の暗い影に沈んでしまいもするので、どうしてもそのことを母に確かめる勇気が出ない。むろん母の方もそれに触れることはないのであった。

中学の授業は、新科目の「英語」とか「人文地理」、そして「算数」ではなく「数学」という科目名さえも新鮮であった。科目ごとに教師が違うことも珍しくうれしかった。私は小学校の時と同じように予習復習を頑張った。中間試験も学期末試験もことに頑張った。一学期の終わりに「通知表」を母に見せると、「ほう、ようがんばっとるんじゃねえ」と目を細めてほめてくれた。その時、その母の笑顔につられて、私はついうれしさのあまり、迂闊《うかつ》にも口走ってしまった。「高校へ行きたいんじゃけど、行かしてもらえんかのう」と言って、母の顔をじっと見つめた。無理を承知の願いごとだと分かってはいたが、一旦このように言葉に出してしまうと、ふっと気持ちが軽くなり、それほど無理な願いでもないような気持ちにさえなってきた。母は狭い眉間にさらに皺を寄せて困惑した表情のまましばし黙っていた。私は「なんとかなるかも知れんぞ」と思った。やがて、母は重い口を開いて、「行かせてあげたいんじゃけどねえ。そりゃあ行かせてあげたいんは山々じゃけんど、家《うち》は貧しいけん、あんたを高校に行かせてあげることはようできん。進学は無理じゃあねえ、どうにもできんねえ」と言った。それはきつく宣告すると言うよりは、むしろ懇願するかのような哀しげな口ぶりであった。頭ごなしに宣告されたのなら言い返しもできるが、詫びるように言われてしまっては、黙るより仕方がなかった。苦労続きの母親に無理は言えない。また無理を言ってもやはりどうにもならないことなのであった。母からそう言われればそれに従うしかないのである。とは言え、やはりショックは大きく、まるでいきなりバッターンという大音響とともに自分の行く手の門扉が閉ざされたかのような感じがした。それは自分の前を遮る厚く大きな壁であった。

　夏休みは、ほとんど毎日家の近くの入江で、満潮時を見計らっては、日焼け潮焼けで真っ黒になるまでひとりで泳いだ。泳いで気を紛らそうとしたのであったかも知れないが、とても紛れるはずもないのであった。夏休みが了わって、二学期が始まると、心に変化が起きた。授業態度は変わらず真面目に一応授業内容を理解しようとは努める。けれども授業が終わって帰宅するとまったく予習復習をやる気は起きなくなってしまっていた。未知のことを教わることは面白いのだけれど、授業で学んだこと以上には関心がもてなくなったのである。心の隅には「どうせこれらの科目は、高校進学のための勉強なんだ。高校に進学できない自分にはさしたる意味はないんだ」との暗い思いが棲みついたのである。だから宿題のほかはいっさい復習も予習もする気にならなくなり、もっぱら小説や詩などを読むようになっていった。それに飽きれば、自転車に乗って友だちの家に遊びに行き、夕方まで他愛ないむだ話で時間を過ごした。それでも定期試験が近づくとだんだん心配になり、あわてて教科書やノートをめくる。だがすぐ飽きてしまう。その繰り返しの果てに、一週間前になってやっとにわか勉強をする。けれど所詮は一夜漬け。ふだんの予習復習のサボリも祟《たた》って、思うように暗記もできないまま試験当日になるのであった。当然、返却される答案用紙の点数はほどほどで芳《かんば》しくない。その当時、定期試験の成績は、その都度、上位順に名前が廊下に貼り出されるのであったが、私の名前は一学期こそは一、二番だったが、次第に下がり七、八番くらいどまりがやっとになっていった。時折、県下共通の学力試験があると、そのときはいつも上位にあったが、ふだんの試験は百点はなかなか取れなくなっていった。先生方はむろん皆真面目できちんと授業をしてくれるのだが、私の心に響くような情熱的な先生はいなかった。大体は教科書に書いてあるとおりのことを説明されるだけの授業だった。身勝手な言い分ではあるが、あの宮地先生のような熱血先生がいなかったことも、私の日常をつまらなくさせた。総じて中学の授業は、入学当初の期待ははずれてしまい、どれもこれも物足りなくつまらなかった。あの小学六年の最後のホームルームの時、担任の宮地先生が、「波戸岡は、中学に入ったらもっと伸びる」と言ってくださったことばに背いてしまって、申し訳ないような思いがするのであった。そしてそれよりももっと心に沁みて分かったことは、「中学の先は、分からんなあ……」とつぶやかれた言葉の意味であった。おそらく先生は、子どもたちそれぞれの家の経済状況をそれとなく知っていたので、私が高校進学できないであろうことを察しておられ、言葉をためらわれたのではなかったか。きっとそうだったんだと確信したのであった。

　私は、進学のことはできるだけ考えないようにしようとした。高校進学を心に決めている奴らは、とにかくこつこつふだんの予習復習をきちんとやっているらしく、まさかと思うような奴でさえ、けっこう良い点数を取るようになっていった。あんな奴に負けるはずがない、という強気の思いが頭をもたげてくるのだが、だからと言って、相変わらず予習も復習もせず、ただ授業中に習ったことがその時理解できれば可《よ》しとして、脳裏にしっかり整理し記憶しようとまでは思わなかった。たとえば数学などは、最低限、記憶していなければならない定理や公式があるのだが、それすら面倒になっていった。

一方では、ひとりひそかに自分は能力があるんだと思い込みはするものの、そのくせこつこつ努力することを放棄してしまっているのだから、そのギャップは埋めようがないのである。当時の私は、毎日が言いようのない悔しい思いに苛《さいな》まれ、苦しくてたまらなくなりながらも、人前では明るく、いくぶん強がりを装いながらの日々であった。その上、胸中にはもう一つ別の苦悩が渦巻いていた。片思いの恋である。小学四年の頃から恋心を抱きながら、その想いを胸に秘めたままほとんど話しかけることもできないままでいる。彼の人の前ではただただ胸がどきどき高鳴り、そしてそれを気取られまいとして、そそくさとその場を離れるのであった。彼の人の愛らしさ、聡明さ、美しさに対して、自分には誇るべきものが何も無い。無いどころか容姿・頭脳・運動神経すべてにおいて劣等感の塊《かたまり》であった。今にして思えば、彼の人を勝手に理想化し過ぎていたのである。自分に対してストイック過ぎたのである。結局それは恋に恋していたに過ぎなかったのであろう。だが、それはずっと後になって気づいたことであって、当時は、そんな分別があろうはずもなく、ひたすら苦しい中学時代が始まったのであった。

二

私の歌声は母譲りの高音で、中学一年の一学期までは、ボーイソプラノであった。音楽の時間には前に呼ばれて独唱させられたこともある。ところが二学期になると変声期に入ったらしく高音が出なくなった。それまでは歌の好きな子どもであったのだが、以後はほとんど歌わなくなってしまった。声が出ない所為でもあったが、そのこと以上に歌いたいという気持ち自体が萎《な》えてしまったのである。小学五、六年のころは、ハーモニカを離さず吹き鳴らし、譜面なしでなんでも吹けたし、気晴らしにひとりで歌を歌うことが多かったのであるが、すっかり歌とは無縁になった。高校進学の道が閉ざされてしまったと分かった途端に、いっそう心は鬱屈の度を強めた。自分はいったいなんなんだろう。なんの秀でた能力もなさそうだし、何もかもが中途半端な人間に生まれついたらしい。それにつけても、いったいぜんたい、なぜ高校にも進学できないようなこんな貧しい家に生まれたのだろう。だれを恨んだらいいのかは分からないけれど、たぶん父親が生きていれば、高校くらいは行かせてくれたであろうのにと、胸底から悔しさがにじみでてくるのであった。この時はじめて私は父親がいないという境遇の惨めさに気付き、父不在ということの痛みを知ったのであった。死んだ父親という人をつくづく恨めしいと思ったのである。しかし、自分が高校に進学できないということは、自分の心の中にしまっておくしかないことで、誰に相談することもできないことなんだ、と自身に言い聞かせてもみるのであった。が、受け入れがたい現実に気持ちは萎えて心はうちひしがれてしまうのであった。小学六年生の終わり頃に感銘深く読んだ山本有三の『路傍の石』。あの主人公の吾一は、いまやまさしく私自身なのであった。ただし、吾一には父がいたのだった。けれどもその父というのは、いわゆる山師で、しかも勝てない裁判を続けており、しばしば家からなけなしの物を持ち出すばかりで、結局、吾一のためにはまったくマイナスでしかない父親だったから、そんな父親ならむしろいないほうがましなのであった。だとすれば、ものごころつく前に父が亡くなっていた私の方が、彼よりもまだしもの境遇だと言えるかもしれない、とも思い直してみたりもしたのであった。が、やはり、我が身のこの不遇は、やっぱり割りきれなく、諦めきれない思いは続くのであった。かと言って、「野口英世」は、その貧窮の生い立ちは同じでも、私は彼のような秀でた能力も、人を踏み倒してでも我武者羅に己を信じて突き進むというような覇気《はき》も持ち合せてはいない。また「石川啄木」のような才智も自恃も狡猾さもない。言わば八方塞《ふさ》がりなのであった。

私は、毎日のように、授業を終えて家に帰ると、学校の図書館で借りてきた志賀直哉・武者小路実篤・国木田独歩・倉田百三などの短編小説、下村湖人の『次郎物語』など揚げればきりがないが、とりわけ自分の境遇に似た小説を漁るようにして、居間の明るいところに寝っ転がって、煎《い》ったそら豆をぽりぽり嚙みながら、乱読しつづけて胸のもやもやを忘れようとした。たしかに読んでいる間は何もかも忘れることができた。けれども、日が暮れて夕餉に向かう頃にはまたまた憂鬱になるのであった。

そうした私の心中の暗欝さとは関わりなく、島の暮らしは平穏無事に明るくのどかで、何ほどの変化もなく、ただただ退屈であった。どこを歩いても畔道ばかりの畑が続き、島山は低くて、なにもかも飽き飽きする。何よりもいちばんに自分に飽きているのだから、見るもの聞くものすべてが色褪せて退屈なのであった。それに加えて、ともすれば風邪をひいたり微熱がでたり下痢をしたりした。生来、痩せていて体力も乏しかったので、祖父も母も、私に畑仕事などを強要することはなかった。それをいいことに、私は怠け放題であった。何か手伝いをしなければ済まないという気持ちがなかったわけではないが、進んで手伝おうとはしなかった。それでも、たまには、種播き時分など、鍬を持って耕す手伝いをすることもあったのだが、単調な力仕事にすぐ疲れて顎が上がり嫌気がさして、いくらも経たないうちに鍬を投げ出してしまうのであった。しかも、私の耕したところは初めはしっかり耕せているのだが、いくらもしないうちに上滑りになっていて、結局、そばにいた祖父か母かがまた耕しをやり直すという二度手間になるわけで、まったくの役立たずであった。私は、自分の怠惰や無力を反省することもなく、むしろ、役立たずであることを幸いに、なおのこと畑から遠ざかろうとした。

当時、学級委員は、二学期からは生徒同士の選挙で決められたが、なぜか私はずっと委員であった。学級委員は生徒会の執行部の会議にも出なくてはいけないことになっていた。そこでその会議に出てみると、一学年上の男子で、学校中で「秀才」と噂されていた人も出席していた。その当時は男子はみんな丸刈り坊主であったから、彼の丸顔はさらに丸く見えたが、その大きな瞳はいかにも聡明でまっすぐものを射貫くような光を帯びていた。一見、育ちの良さそうなやさしさとおとなしそうな人柄が感じられるのだが、その底に強い意志を秘めているらしいようすも見てとれた。私は次第に生徒会活動の方に興味を持ちだしていった。授業の勉強に心が燃えないその代償行為であったと思われる。またこの活動を通じて、彼と話をする機会をずっともちたかったからでもあろう。ちなみに、彼はその後、三年の夏休みの自由研究とかで、「島の塩田の実態調査と歴史的背景」というようなテーマで全校生徒の前で発表をして喝采を浴びたことがあった。中学卒業後は、彼は当時難関とされていた広島大学付属高校に合格し広島に行った。彼のその後のことは知らないが、当時、私の目にも、とても眩しい存在であった。彼の中学在学中は、どんな他愛ない話題でも、彼と話をしているのは楽しくうれしいひと時なのであった。彼が生徒会長になった時も、私はずっと執行委員のひとりであった。

二年になった春。「新任の大前先生が軟式テニス部を始めるので部員を募集しているぞ、一緒に入ろうか」と、親しくしていた友が私を誘った。私は日々時間をもてあまし気味であったのと、我が家に旧式の古いテニスラケットがあったのを覚えていて（おそらく叔父か従兄かがかつて使ったものなのであろう）、前からちょっと興味を覚えていたので、うっかり自分の運動能力の乏しいことを忘れたまま入部することにした。大前という先生は大学を卒業したばかりで体育と数学の教師であったが、私のクラスの担当ではなかった。私と友と二人が入部するとほとんど同時にあと二人の男子が入部して来て四人になった。その後はだれも希望者はいなくて、結局、卒業まで部員はこの四人だけであった。もともと四人は一年の時から仲が良かった。はじめは先生が用意してくれたラケットを借りていたが、しばらく経ってから、無理を承知で母に頼んでみたら、思いがけず買ってくれた。ほどほどの値段のものであったが、高級品でなくても私にはそれで充分だった。高校に行かせてやれないことを負い目に感じて、せめての代わりに無理をして買ってくれたのだと思われたが、母がそのお金をどのように工面したのかは聞かずじまいだった。ただ新しいラケットがうれしくて、熱心に練習をした。家に帰っても夕餉のあとに素振りを繰り返した。校庭のテニスコートは一面だけで、それは校舎の南側のすぐ前にあった。校舎の西側には、直角に工作室・進路指導室などの平屋建ての校舎があり、反対の東側には講堂があった。そして南側は海なのでこのテニスコートはちょうど中庭にあるような感じなのであった。

コートは、雨の降らない限り、毎日、我ら四人だけの世界であった。ところが、後の三人はみるみるうちに上手くなっていったが、私は一向に上達しなかった。どこがどのようにダメなのかさえ分からない。大前先生は、何が専門だったのか、テニスはさほど上手ではなかったが、それでもよく指導をしてくれた。二年の終わりのころになると、私以外の三人は先生よりも上手くなっていた。だが、私は依然としてまともなラリーすらできなかった。始終、とんでもないところにボールを飛ばしてしまう。決まりの悪いことこの上ない。放課後など、窓から級友たちに見られている中で、私はしくじってばかりで照れ臭くもあり、嫌になることもしばしばであった。なにしろ毎日コートが大きく過ぎるように見えたり、変に狭く思えたりするのであった。そして、ボールを打っている間も、無心になれなくて、「なんでこんなことをしているんだろう。自分はいったい何者なんだろう。なんのために生きてんだろう。自分は……自分は……」と妄想らしきものが頭の中をぐるぐる回って明滅を繰り返すのであったからたまらない。

それでも下手な私のことを、彼ら三人は少しも馬鹿にはしなかった。皮肉を言うこともなかった。仲間として辛抱強くいっしょに行動してくれた。私は不器用であったが、ただ左利きだったので、その分だけ、ほんの少しだけではあったが、対戦相手の予想の逆を突く攻撃ができるという利点があった。が、コート内でも、心はいつも悶々として自問・反問をくりかえしているのであるから、実際、ぜんたい、テニスどころではないのであって、上達のめどが立つどころか、からっきしダメなのであった。それならいっそやめればいいのだが、私がやめるとチームがまったく組めなくなってしまう。私は前衛で立っているだけであったが、それでもいいから、やめずにいてもらわないと彼らも困るのである。大前先生も自分が立ち上げたクラブであるから、よく面倒を見、応援してくれた。夏休み中など、練習の合間、「みんな、腹が減っただろう」と言っては、自前で買って来てくれた菓子パンを配ってくれたりするのであった。空腹《すきっぱら》にパンはありがたかったが、にもかかわらず私たちは彼を兄貴分くらいにしか思っていなかった。一応、礼儀正しくはしていたが、正直、尊敬するという殊勝な気持ちまでは誰も持てなかった。中二ともなれば、生意気盛りにさしかかる年頃だったのである。

さて、その二年の夏休み中のことである。毎年のことながら、お盆には神戸の叔父・叔母たち、大崎下島（大長島）の叔母夫婦、神戸の次兄・長姉たちが帰省して、我が家は大人数になった。祖父母を囲んで賑わった。牛肉やビールを買いに行かされたりで、ふだんとまったく異なる贅沢な夕餉となるのであった。とは言っても牛鍋と刺身と酢の物、それに野菜の煮物くらいのものだったが、当時の我が家としてはたいへんな馳走なのであった。その集いの中で、いつのまに話がまとまったものなのか、私はまったく気がつかなかったのであるが、私の将来が決められていて、盆が明けて、みんなそれぞれ帰るべき所に帰ってしまい、いつもの家族だけになったある夕べ。私はそれを母から告げられた。すなわち私は中学を卒業したら、神戸に行って「叔父さんが勤めている神戸造船所の会社の養成工になるのよ」と言うのである。まさに寝耳に水とはこのことで、その時受けた酷《ひど》いショックと絶望感は今も忘れがたいものがある。たださえ暗い暗い頭の中だったのに、さらに深い暗闇へ突き落されたような衝撃であった。その折、私の脳中を駆け巡る渦の中に浮かびあがってきたイメージは、まことに具体的で、感覚的で、その影像は、じつに現実味を帯びたものであった。それは巨大な鉄工船の船底にしゃがんで、金槌か何かを持たされて、カンカン金属を打ち延ばしている油まみれの我が姿なのであった。小学生の時、何万トン級の鉄工船の進水式を何度か学校行事で見物に行って巨船を見ているから、「ああ、あのような巨船の船底で働くのだろう」と想像しやすかったのである。当時、たしか吉川英治の『かんかん虫は唄う』という短編を読んでいたからでもあったであろう。その鉄を打つカンカンという音が、耳に響くのであった。「いったい自分はそんなことをするために生まれてきたのだろうか。そんなのは嫌だ。ごめんだ。我慢できないことだ。それはもう自分の体が弱いからとかの理由以前の問題であって、とても承服できることじゃあない」と深く深く心の中で繰り返し思った。だが、しかし、だからといって、簡単には拒否できそうもないことであることも判断はできた。自分の兄たちの、ボーナスさえもろくすっぽ出ない町工場勤めから比べれば、都会の大会社に勤められるのは願ってもない就職なのであったろう。少なくとも母はそう思ったはずである。入社試験はあるのだが、叔父は「なに、旭君なら大丈夫だ」と言ったそうである。当時は、まさに中卒が金の卵といわれた時代だったのである。神戸造船も毎年大人数の養成工を入社させていた時代だった。叔父は、「なあに私の力で入社させてやるから」と母に恩着せがましく言ったらしいのだが、私は「受けるとすれば、合格はそう難しいことではなさそうだ」と思ったので、その叔父の言葉は少し癪に障ったけれど、しかし、私はいっさい言葉には出せなかった。

その後、私が三年になったら、神戸の叔父の家に下宿して、神戸の中学に転校するようにと、母は叔父から言われたらしい。神戸在籍の中卒でないと受験資格が無いからという理由である。これは、後になって分かったことだが、当時の企業界の合理的な経営策として、大企業は多くの社員を自宅から通勤できる者に限定して採用するようにしていたそうなのである。地方出身者を採用すると社員寮からなにからたいへんなことになるので、そうした厚生施設のための支出を極力抑えんがため、受験者は、戸籍・現住所が企業の周辺であることという枠を設けたのであったらしい。代わりに、地方出身者は、都会の小企業がいっせいに引き受けるところとなって、主人の家に住み込ませたり、安価な寮に入れたりして、若い労働力を吸収しようとしたのであった。中には誇大宣伝をそのまま信じて東京に来たものの、小さすぎる修理工場であったり、町の小さな洗濯屋さんであったりで、酷い目にあった子たちが多い時代でもあったのである。

私の転校問題の背景には、そうした社会情勢が横たわっていたらしいのであるが、当時は、むろん、そんなことは知る由もない。ともかく、そのようにして、私の知らないうち、あれよあれよという間に、私の将来にむけてつぎつぎと布石が敷かれていったのであった。

その年の秋。神戸の長姉の家に、母がなにかの用事で出かけなくてはならなくなって、その時、なぜだか私を連れて行ってくれた。その折、姉から「もうこの本、私《うち》は読んだから、旭君にあげるね」と言って、幸田文の『おとうと』という小説をくれた。私はすぐに読んでしまった。弟を思う三歳年上の姉の芯からやさしい心根や、弟の碧郎の哀れな生涯には共鳴したが、肝腎の「おとうと」である十四歳の碧郎という少年の、そのひねくれた性格には同情できなかった。私とは似ても似つかない性格だったからである。姉はなぜこの本を私にくれたのか、当分の間、理解できないでいた。姉の意図がどういうところにあったのかは、読み返してみても分からなかった。が、読み返してみて、しみじみ感じたことは、私より十歳年上のこの姉は、嫁いだ後も、ずっと弟である私のことを案じていてくれているんだ、私のことを思いやってくれているんだということであった。そしてそれは、私の幼い頃からの姉と私との厚い情愛がすこしも変っていなかったということであり、姉はずっと私のことを姉なりに心配してくれているんだと気づかされたのであった。それはなによりうれしいことであった。同じ頃、偶然ながら、国語の授業で習って暗誦していた、与謝野晶子の弟を想う「君死にたまふことなかれ」の詩も強烈に私の胸を打ちつづけていたのである。

三

瀬戸内海は多島海である。島々の多くは隣接しているので海原といえるほどの広がりのある海域は多くはない。海は台風シーズン以外には滅多に時化になることもなく、ふだんはまるで湖のようにおだやかである。来島海峡《くるしまかいきょう》のような潮流の速い難所もあるにはあるが、概して流れは緩く波音もひたひたとして静かである。

島に暮らしていると、いつも海を意識しているかというと意外とそうでもない。島人の視界をさえぎるものは海ではなくて隣接する島々の山なのである。たいていの島は島の中ほどに海抜三百mくらいの山が横たわっていて、太陽は東隣の島の島山から昇り、西隣の島の島山に沈むのである。だから島に暮らしているというよりも、小さな山々に囲まれた平地に暮らしているというのが瀬戸内海の島人の生活感覚といえるであろう。とは言え、どこを歩いていてもすぐに海岸や浜辺に出てしまうのであるから、やっぱり島は島なのである。環境が海辺に近いというのは釣りや泳ぎにはいいのだが、あいにく私は釣りが苦手で嫌いであった。春の潮干狩りや夏場の水泳は楽しかったが、釣りにはほとんど興味が湧かなかった。中学生になると、遊びの一つに夜釣りがあって（むろん、学校は禁止していたが）、よく誘われたけれど行く気にはなれなかった。釣りは嫌いであったが、夏の海は好きであった。海岸近くでちょっと潜れば目の前を黒鯛《チヌ》の群れが舞い狂うようによぎり、手を伸ばせば指先に触れるほどの至近距離を泳ぎ回っているのであった。海底にゆらゆらと緑の藻葉《もば》が揺れるさまは不気味ながらも忘れがたい不思議な光景であった。私は泳ぐのも潜るのも好きであった。だが、やはり海は怖いもので、二学期が始まると、朝礼の時、校長は、休暇中に遊泳していて溺死した生徒がいたことを告げた。毎年のように一人か二人はいたのである。たいていは海温の急激な変化による心臓麻痺か、急流に流されての溺死かであった。

島山は昔から里山の役割をしていて、山地は個々の家ごとに区画されており、すべて所有者が決まっていた。木を伐り出すのも冬支度のための小枝拾いや松葉拾いも、杣道《そまみち》を通ってそれぞれ自分の家の所有地に登って取ってくるのである。生口島には三つの山があるのだが、わが家の山地は、海抜三百三十ｍの「桃立山《ももたちやま》」通称「殿山《とのやま》」の頂上あたりにあった。毎年、晩秋の頃、祖父・母・姉とで冬支度の薪拾いに登った。頂上から北を眺めると、いくつかの島山越しに、遠く三原・尾道あたりの町並みがかすんで見えた。おりおり呉線《くれせん》を黒い煙を出しながら蒸気機関車が走るのが見えた。その汽車の音もかすかに聞こえるのであった。島から見える本州は、少年の心にはまるで別の世界のようにひどく遠い所に思えた。目を転じて南の方を眺めると、向かいの島（岩城島《いわぎじま》）の山は、我が生口島の山よりも少し低いらしく、その山越しに島裏の海原が見え、その向こうにまた島が浮いているように見えた。そして、目の錯覚なのであろうが、島の上にまた海があり、その海の上にまた島が見え、その上にまた海が……という風に見える景色はまるで架空の世界のようであった。

島山から見晴らすこの光景は、空も海も青々として島々は緑濃く美しいものであった。

だが、その景色を見ているうちは心が晴れ晴れとして澄んだ気持ちになれたけれど、その見晴らしの場から離れると、たちまち私の気持ちはまたまた暗く塞がってしまうのであった。それはただ鬱々として重たく暗いものであった。今ならばその折の心理分析もできるのだが、少年の私にはそのもやもやを言葉にすることはできなかった。言葉にできないくらいだから、自分で抱え込むしかなかったのである。それでも、なんとかその苦悶を文章に書いてみようと思ったこともあった。書けばなにかすこしは分かってくることがあるかもしれないと思ったからである。当時、国語の教科で、各自日記を書くことが課されていた。毎週明けに先生に提出することになっていて、それまで私もなんのためらいもなく日々の簡単な感想を書いて提出していたのだった。ところが、さて、この自分の心の内を日記に書いて悩みを吐きだそうと思った途端に、これはおかしいと気づいた。「日記というものは自分のために書くものだ。人に見せるためのものではない」そこで、私は「日記は自分のために書くものだから、以後は提出しません」と先生に告げて、それ以後提出するのを止めた。そして、自分のための日記を書き始めた。だが、しかし、それは幾日も続かなかった。心の整理はつくどころか、ただ不満と苛立《いらだ》ちと不安とが入り混じって、殴り書き、空白、殴り書き、そしてそれは自分でも判読不能なしろものとなっていった。ついに日記は日記の体をなさなかったのである。

暗い思いを抱きながらも、私はそれを気取られないように、努めて人前では明るく平気をよそおった。むろん母にさえもうちあけることはなかった。なにしろ自分で自分という人間が分からないのであるから、なにをどう告げてよいか分かるはずもないし、話す気にもなれないのであった。

この混沌と躓《つまず》きは、言うまでもなく進路が中断されたこと、そしてそれと同時に自分の知能の凡庸《ぼんよう》さに気づかされたことに始まるものであったが、ひとりもがけばもがくほど鬱屈の度合いは増すばかりであった。

そんな日々が続いたのであったが、不思議と反抗期というような時期はなかったように思う。汗水流して黙々と、明るく陽気に働き続ける母や祖父に対して、抗《あらが》うべきものは何も無かったからである。

島の気候は穏やかで、花も咲き小鳥も鳴いて緑豊かであったが、この頃の私の心はどうしようもなく暗かった。

四

二年の夏休みが終わった頃、神戸の叔父から母宛の手紙が来て、三年生から神戸の中学に転校させるようにとのことであった。それは前にも述べたとおり、神戸の三菱造船養成工の受験資格は、神戸の中学に在学している者に限られるからという理由である。

二学期が始まると、私はさっそく担任の先生にその旨を報告した。先生は「よく分かった」と了解してくれた。私は造船所の養成工になるのは嫌だなあと思っていたが、神戸に転校すること自体は、ちょっと夢見るような心地がしないでもなかった。退屈な島の暮らしから都会に出ることは悪くないとも思った。現実の都会の暮らしの厳しさなぞ知るはずもなかったから、いささか甘い空気を嗅ぐような気分に浸ったものとみえる。

三学期になると、生徒会長の選挙があった。一、二年と生徒会委員をしてきた私は、クラスの友人たちに勧められて立候補をした。他のクラスからもそれぞれ立候補が出て、結局、全校生徒の前で、三人が立ち会い演説をした。そしてそれぞれ一人ずつ応援演説者が出て個々に弁説を奮った。立候補したうちの一人は、同じテニス仲間で、成績もよく、隣町の小学校の校長の息子であった。もう一人の彼も真面目で成績も良い方で明るい性格だったから、三人ともお互いを認め合える仲であった。だからだれが当選してもおかしくなかったのだが、彼らふたりは負けん気が強くて何かにつけてよく喧嘩をしていたので、敵が多かったようであった。私が当選したのは、おそらく目立った喧嘩相手などの敵が少なかった所為であろうと思われた。選挙は私が全校生の大半を占めて当選した。勉強に夢中になれない私は、かろうじて生徒会活動で気を紛らわせていたのである。喧嘩は嫌だが、口論は好きだったし、その上、人の言いなりになるのが人一倍嫌な性分で、逆にまた、みんなを動かすことが面白かったのである。私の脳裏には、いつも広島大学付属高校に進学した一年先輩の彼《か》の聡明な人の面影があったが、単に憧れるのみの日々に過ぎなかった。

　会長として生徒総会を仕切ることはたやすいことであったが、学期の終わりや始まりの時、その度に会長としての挨拶をさせられるのには閉口した。その挨拶のことばは、あらかじめ先生がメモしてくれたものであって、安直にかまえていた私は、いつも度忘れしてしまい、ことばが見つからなくて、いたずらに空白な時間が続いて立ち往生してしまうのであった。苦い思い出の一つである。こんなふうな嫌な思い出はたくさんあるが、たまに面白いこともあった。それは三年生のための送別会の折のこと。私はちょっと奇抜な手品をして会場のみんなを驚かせたのである。手品といってもまことに他愛ないもので、そのひとつ目は、たしか細い黒糸にさらに墨を塗ったのをあらかじめ学生服に這わせておいて、両肘でその糸をぴんと張り、それに白い紙切れを乗せて、そおっと体を傾ける。すると紙切れがひとりでに移動するように見えるというもの。黒色の学生服がバックだから少し距離を置くとまったく黒糸は見えないのである。続けてやったもう一つの手品は、これも縦が三㎝、横が六㎝ほどの白い紙切れ一枚を使ったものである。用意した紙切れをポケットから取り出して、「ここに一枚の紙切れがあります。僕は、今からこれに火を点けます。そしてめらめら燃えているのを食べて見せます」と口上を述べ、さらに、おもむろに反対のポケットからマッチを取り出し、擦って火を点して紙切れを燃やした。そしてまだ燃えているやつを頬張ってむしゃむしゃ食べてしまったのである。場内はわあわあ声が上がって騒然となった。私は平然と一礼して壇上から降りた。生徒会担当の男の先生が、さっと近寄ってきて「おい、大丈夫か？　火傷をしてないか」と心配してくれた。昨今ならこっぴどく叱られるところだろうが、のどかな時代であった。私は「なんともありません」と得意気に言った。種明かしをすると、紙切れと見えたのはじつは「おぼろ昆布」。すなわち昆布の根っこあたりの白い部分を伸《の》したものである。昆布の発火点は、七、八十度ほどの低さだから、口に入れてもさほど熱くないのである。このことを、その何か月か前の、さる学習雑誌に載っていたのを読んで知ったので、それをやってみたまでであった。まったく手品でもなんでもないのであった。

　こうして二年生の三学期も終りに近づいたある日のこと。叔父からまた便りがあった。今度は「転校の必要はなくなった」と言ってきたのである。「転校しなくても採用試験は受けられることになったから」と言うのである。同学年の中では、私が三年次には神戸に転校するということがすでに知られてしまっていたし、先生の方もそのつもりで、私をはずして新クラスを編成してしまっていたようであった。私はなんだか嘘をついたような、法螺を吹いたような具合になって、少々バツが悪かったが、なんともいたしかたなかった。

　転校が駄目になってから、改めて思い返して見ると、実は私自身も当初から転校は無理なのではないかとうすうす気がついていたのであった。と言うのは、その一年間の生活費はどうするのだろう、誰が出してくれるのだろうと思ったからである。だが、そのことを母に確かめることまではしなかった。ただほんとうに転校できるんだろうか、無理なのではないだろうかとぼんやり思っていただけであった。後年、このことを母に尋ねたところ、当初は、叔父がすべて肩代わりすることになっていたらしい。父亡き甥の面倒を叔父が見るというのはたいそう美談めくのであるが、実は、その費用は私が卒業して就職できた後に、月々の私の給料からいくらかずつ総額相当分を支払うという取り決めであったようである。いかにも利欲の強い叔父のやりそうなことであった。叔父の強欲ぶりはかつて長兄の場合にもあったそうで、長兄はかなり酷《ひど》い目にあっていたことを後になって知った。が、それはまた後日述べることとして、ともかくも、私の転校問題は土壇場で取りやめになったのであった。しかし、転校が中止になっても、養成工の道は消えたわけではなかった。私はそのまま島の中学校で三年生に進級した。

五

三年生の二学期、九月末の頃から体育祭の予行演習が始まる。運動の苦手な私はあまり好きな行事ではなかった。ことに徒競走は苦手で、一度も一位や二位になったためしがない。どんなに懸命に走ってもせいぜい三位どまりである。それにその度に軽い貧血状態になるらしく、走りだしてすぐに頭の中が真っ白になって、足元がもつれるようで両足がふわふわして力が入らなくなり、むりやり足を前に運ぶのだが、まるで空回りしているかのようで地面を蹴っている感覚がなくなるほどであった。ゴールに着いてもしばらくは、ぼーっとしてしまう。この時の感覚はじつに不快なものであった。つくづく足の速い人をうらやましく思ったものだった。

それでも昼休みの後の最初にあるフォークダンスは、踊ること自体は照れ臭かったが、ひそかに楽しみなひと時であった。男女の輪が右回りと左回りとで組み合わせが順繰りに替わって行き、やがて例の憧れの人と手を組む時がくるのである。だんだん近づいてくるにしたがって胸が高鳴った。それでもなんとか平静を装って手をつなぐ。ほんの一、二分の淡いときめきに過ぎなかったが、充分にうれしかった。私はひとり心に深く思いを焦がしているだけであったから、彼女はなにも知らなかったであろう。じっさい、まったく気づいている風ではなかった。私はそれでよかった。気づかれていなくてよかったのであった。他の演目の予行演習はいやだったが、このフォークダンスの練習は何度やっても悪くなかった。ペギー葉山の「南国土佐を後にして」を何度も何度も踊ったのである。それにしても、私は、ついに彼女とふたりでなにかを親しく話しあったという経験はないままに、小学四年生に出会ってからおよそ六年間近くを、ただ憧れて、心ときめき、また我が身の愚を憂いて悶々と過ごし続けたのであった。

それはそれとして、この体育祭には、入場行進の時、先頭の日章旗をもつ六人の生徒に続いて、生徒会長が校旗を捧げ持って行進することになっていた。なんと、よりによって運動神経の鈍い私がこの役に着いたのである。どうも場違いな感じがしてならなかったが、ともあれ、それは私にとっては、小・中学を通じて、ただ一度の晴れがましい体育祭となったわけである。

本番当日の入場式直前、私ははじめて校旗を持った。まず腰に革バンドをがっちり嵌《は》める。右手下の焦げ茶色の革の凹みに、校旗を付けた黒塗りの旗棒を差して腰で支え斜めに捧げ持つ。校旗は、思いのほか、ずっしりと重かった。私は元来左利きなのだが、旗は右手で支えなくてはいけない、と言われた。長く伸ばした細いわが右腕は我ながらなんとも頼りなく、とてもみすぼらしいものに思えた。

行進が始まる。思いっきり背筋を伸ばし胸を張り、身を反らし加減に旗を支えて進む。なんとか大丈夫そうだ。落ち着いて前進する。入場門を過ぎると、まもなく来賓席のテントにさしかかる。私はちらりとテント下の来賓の顔ぶれを見た。町会議員や近隣の小・中学の校長らしき人たちがいた。その中に見覚えのある、でっぷりと肥った赤ら顔の人がいた。隣町の中学校長である。遠目にも苦々しい顔つきをしている。

この校長については私は嫌な思い出があった。校長の方はむろん覚えているはずもない些事なのだが、かつてこんなことがあった。それは私が小学六年の時、夏休みのある日、島の中に在る四つの小学校の六年生全員が、瀬戸田小学校の大講堂に会して一日がかりの合同の行事が催された。どんな行事だったか詳しい内容は覚えていない。大きな教室に全員が揃って昼食をとった。私は、みんなを代表して食事の前後に号令をかける役になっていた。号令は、はじめに「瞑目！　合掌！　いただきまーす」と言うのと、おわりに、「瞑目！　合掌！　ごちそうさまでした」というだけのことである。開始の合図は問題なく済んだ。ところが、おわりの時、およそ二十分を過ぎていたので、私は担当の先生に目で確認をした。「よろしい」というふうに先生が肯《うなず》くのを見て、やおら立ち上って、私は「瞑目！　合掌！　ごちそうさまでした」と大声を発した。併せて会場の全員が同様に発声した。と、その途端、教室のずっと向うの方から、「まだ、食べとるもんがおるじゃろうが！」と大人の怒鳴る声がした。私は驚いて立ち上がってその声のした方を見やると、当時は隣町の小学校の校長であった彼が顔を紅くして怒っているのであった。ほとんどの生徒はとっくに食事を済ませているのに、この校長は教師の誰かと話しながらぐずぐずまだ食べていたらしい。私の位置からはぐっと背伸びをしなければ見えないほどの遠いところである。「わしがまだ食べとるのになんたる奴だ」という風であった。私は大声で「すみませんでした」と謝ったが、内心は面白くなかった。そちらが遅過ぎるんじゃあないか、と思った。大体、この校長は、もうかなり長く校長をしていて、遣り手ではあるらしいが、酒癖悪くまた金銭面その他諸々悪い噂の絶えない男であることが、私の町にまで知れていたのであったから、余計に、私は反省する気にならなかったのであった。

その時の校長が、いま、憮然と苦々しい顔つきで、私たちが行進してくる方を見ているのである。むろん、この校長がそんな昔の取るに足りないひとコマを覚えているはずもない。だから、これは私の独りよがりの偏見にすぎないのだが、この校長の不機嫌そうな仏頂面を見た瞬間、あの時の苦々しい場面を急に思い出したのであった。なにしろ、わが校の校長先生をはじめ、居並ぶ来賓の人たちみんながにこやかに行進を見つめている中で、ひとり仏頂面のこの校長の顔は殊の外目立つのであった。しかし、もともとこの校長はふだんからそういう顔つきなのだから、この時もおそらくべつだん不愉快ということでもなかったかもしれない。おそらく私の方がへんに意識し過ぎたのであったと思われる。が、ともかく私の目にはちょっと異様なくらい不機嫌な表情をしているふうに見えたのは確かなのである。あんまり異様に感じたので、その時、私は、またまた、ついつまらない憶測をはたらかせてしまった。それと言うのも、この校長の末の息子は私と同学年なのである。彼の自慢のその息子は、小学校からずっと成績抜群で運動能力も良く、しかも向う意気が強くてとても勝気な性格（私は彼のその性格は嫌いではなかった）であった。だから、父親としては、当然、この体育祭には、わが息子が生徒代表として校旗を持つものと信じていたのではなかったか。ところが、そうはならなかった。

彼の息子は生徒会長の選挙で私に敗れていたのだからしかたないのだが、校長はそんな選挙の事まで知っていたかどうかは分からない。けれど、ともかく校旗持ちが自分の自慢の息子でなかったのだから面白くなかったのにはちがいない。

その校長があまりにも忌々しそうな表情をしているふうに見えたので、私は、かえってちょっと得意な気持ちになりかけた。が、やはりなんだかすこし気の毒な感じもしてきたり、かと思うとまた可笑しいような妙な気分になったりしたことであった。

いよいよ行進の先頭が来賓席の前にさしかかった時、私は、前もって指導の先生から指示されていたとおり、さらにぐっと校旗を前に倒して、心の中で「かしら、右！」と自分に号令をかけて進んだ。校旗を傾けると、旗の重さはいちだんと右腕にかかってきて、わが細腕には青い血管がくっきりと浮いて見えた。肘のあたりがみりみりと痛む。指がいちだんと痺《しび》れを強めたが、それでもなんとか平気を装って進んだ。

やがて、全校生徒全員の入場行進が終り、開会の辞、校長のあいさつ、来賓祝辞など長々と開会式が続く。その間、校旗を持つ右の手はますます痛くなり、右肩が軋み痺れてきた。校旗がこんなに重いものだとは予想もしなかったことで、心底驚いた。こんなに重いということが前から分かっていたなら、なにか特訓でもしておくのだったと思った。するとまた悪いことに、そよそよと浜風が吹きだした。校旗は揺れてさらにぐんぐん重くなる。腕と肩の痛みを堪《こら》えて必死に校旗を支えているうち、背中を二すじ三すじ冷汗が伝い落ちた。やがて「もうだめだ、もうこれ以上持ち切れない」と思った頃になって、やっと校旗を校長先生に手渡す順番が来た。すこしふらつくような足どりで手渡すと、右腕の痺れが急に強くなり、革ベルトをつけたままの腰が浮くような感じがした。やがてだれかの「選手宣誓」があった後、開会式は無事に終わったが、私の右手の感覚は午前中ずーっと痺れたままであった。曲げようとすると折れそうなほど痛かった。

午後のフォークダンスは楽しみであったが、踊りの輪のめぐりは、憧れの人のところまでは届かずじまいであった。組み立て体操や騎馬戦も、私は、その他大勢のひとりで、可もなく不可もなくつまらなく終わった。徒競争も三位か四位かの真ん中あたりを走って終り。つまりは晴れがましい思い出となったのは入場行進だけであったが、それとても、終ってみれば、なにほどの意味を持つものでもなく、却って言いようのない空しさだけが残った。淡い虚栄心の泡が消えたのである。

二学期も終りに近づいたある日。午後の数学の時間。数学担当の先生はクラス担任でもあった。鐘が鳴って先生が教壇に立つやいなや、いきなりこうおっしゃった。「いやあ、人間は努力が大事だなあ。僕はほんとうに感心したよ」と。何事だろうと先生の顔を見ていると、先生は私を見つめたまま、「波戸岡君には驚いたよ」とここで小休止をいれた。先生はなにを言いだすんだろうと不安になった。先生にほめられるようなことはまったく覚えがないからである。「いやあ、とにかく感心だ。波戸岡のテニスのことだよ。波戸岡は一年の時からテニスをやってきたが、僕も時々窓から練習ぶりを見ていたが、まるでボールがラケットに当たらなくて、たまに当たればとんでもない方に飛んでしまう。こりゃ、到底ものにならないだろうと、ずっと思ってきたんだが、その波戸岡がいまやよく打てるようになった。継続は大事だなあと、つくづく思ったよ」とみんなに向かって熱意をもって話されたのであった。私は顔から火が出るほど恥かしかった。それというのも、私は三年目にしてやっとラリーが続けられるようになっただけであり、サーブもボレーもスマッシュも一応できる程度になれたに過ぎなかったからで、公式試合にも何度かは出たけれど、いつも一、二回戦どまりだったのであるから、ほとんど進歩の跡はないのである。先生のことばを裏返せば、つまり、私は箸にも棒にもかからない運動音痴な奴と思われ続けていたということで、それは事実であるだけに、先生のことばは逆にひどく身に応えたのである。せっかく運動・スポーツ面で褒めてくださっているのではあったが、私としては、むしろとてもバツの悪い思いをしたひと時であった。

高校に進めない自分には、なにもかもがつまらなくなっていく。その暗い気持ちの中で、自分はもっと優れた何かであるはずなのだが、それが分からない。どうすればいいのか教えてくれる人はおろか、苦しんでいる自分を分かってくれる人もいない、ひとり悶々とする日々が続いたのであった。やがて年が明ければ、自分は神戸造船所の養成工の試験を受けて、四月からは神戸の造船所の薄暗い船底で汗と油にまみれてカンカン金槌で鉄を叩く工員になるのだ。その自分の姿がまざまざと目に浮かんでくる。それは自分から働くというのではなく、いやいや働かされるのだ。「いったい何のためにそんなことをしなければならないのか」と思う。「自分のことが分からないでいるのに、なぜかんかん虫なんかにならされて働かされなくてはならないんだ」「いったい自分はどうして生きているのだろう、なんのために生きているのかさえも分からないのに、どうして明け暮れ働かされ続けて生きて行かねばならないんだろう」と悩ましさがつのる。「自分という人間がなんだか分からないでいるのに、自分のことはなんにも分からないのに、どうして会社のために働かされるのだろう」と、なにもかも分からないことだらけという暗い心地であった。自分が、いくら嫌だと思っても親たちの言うままに神戸造船に行くしか道はないらしいのである。それが苦しい。

自分という人間はなにかもっと優れた能力をもって生まれてきたはずなのに、もっと優れていなくてはならないはずなのに、という自負心の炎は暗くくすぶりつづけるばかり。だが、それでいながら、これに応えられるものは我が身には何ひとつ見あたらなくて、ただ、悩ましく言い知れぬ屈辱に苛《さいな》まれ続けるしかないのであった。うぬぼれ得るべきものすらもたない自分は、ただただ抗いようのない世の中の強い流れの中に呑みこまれていくよりしかたがないのだろうか。「いや、それは嫌だ」と思う。だが、だからと言って、ほかの道が見つかるわけでもない。高校に行けたなら、なにかその先に自分の道が開けてくるはずなのだが、しかし、その道はガンと閉ざされてしまっている。

だれか私を高校に行かせてくれる人はいないだろうか。昔は書生というものがあって、小間使いをすれば学費を出してくれるということを何かの小説で読んで知っていたが、まさか現実の今の世にそんなことはありそうにもなかった。

けれども、当時、それに近いことはこの町にも実例があるにはあったのである。それはほんの二年前のことであった。彼は私の家よりもっと貧しい農家の男子であった。彼の父は戦死しており、母は小作人であった。その地主という人は尾道に家を構えて住んでいた。地主は小作人の息子が抜群に優秀な子であることを知って、高校に進学をさせてやったのである。むろんただ学費を出すというのではなく、尾道の地主の家に住み込みで、その家の諸事の手伝いをするという条件つきということであったらしい。私にはその間の細かいいきさつは分からなかったが、彼はともかくそのお蔭で進学できたということであった。家の小間使いという奉公がどんなにつらいものであるのか、その時は知る由も無く、私は、ああ自分にもそういうふうに手を差し伸べてくれる人がいたらなあと、真から願ってもみたのであった。が、私の周囲にそんな有徳《うとく》な人がいるはずもない。私にとっては有り得ない絵空事で、却って自分の考えのあまさ、浅ましさに嫌気がさすのであった。

こうして中学最後の冬休みに入った。私はもう高校進学を諦めざるを得ないと思った。

この冬は神戸の次兄も長姉も都合で帰省できないとのことであった。
ところが、正月の明けたある日、次兄から母宛に手紙が来た。それは、すぐ私を上神させよ、という内容であった。次兄は私と会って、直接、私に確かめたいことがあるから、というのである。母は「おそらく旭ちゃんのこれからのことだと思うけれど、ともかく行ってきなさい。行って武士兄さんとよく話して来《き》んさい」と言うのであった。なんのことだか、私は見当がつかず、狐につままれたような心地がしたが、悪い話ではなさそうであった。半信半疑ながら、私は勇んで船に乗り、尾道から山陽本線神戸行きの汽車に乗った。

六

尾道駅から山陽本線の急行列車に乗ったのは、およそ十一時頃だったように思う。神戸の三ノ宮駅には夕方の四時頃に着いた。姉の幸子がホームで出迎えてくれ、タクシーでそのまま姉の家に向かった。小さな平屋の借家であった。姉は三年前に遠戚の五歳年上の人と見合い結婚をしていた。姉は次の年の春先に男の子を初産したのだったが、その時、助産師の手違いから窒息死させるという不幸にみまわれ、一時は心神錯乱し、悲嘆し傷心にくれていたのだったが、間もなく気丈に立ち直っており、にこやかに私を迎えてくれた。私は兄弟の中でこの姉がいちばん好きであった。私の勉強ぶりをいつも我が事以上に喜んでくれ見守ってくれている姉であったのである。

日も傾いた五時半頃であったろうか。次兄である武士兄貴が港の仕事場から直接この姉の家にやってきた。この日、姉の夫君は不在であったが、おそらく我々の話し合いのために残業か何かして、帰宅を遅くしてくれていたのであろう。

私はそれまで胡坐でくつろいでいたのだが、兄が部屋に入って来たのですぐに正座をした。兄は窓辺を背にして座敷に座るやいなや、よく来たな、とのねぎらいもなく、いきなり強い口調で、「お前はほんとうに高校に行きたいんか」と聞いてきた。この兄は根はやさしくて思いやりのある人だったが、ふだんから口数が少なくてぶっきらぼうなところがあった。中学卒業と同時に島を出て兵庫県の家島諸島に船大工の修業に行かされ、年季明けの後にもいろいろ苦難があって、ちょうど二年前からこの神戸の小さな鉄工造船所で働いていた。この時、兄は二十二歳。私は十五歳であった。田舎の少年には、七つ年上の兄はことさら大きなおとなに見えた。

姉も兄のとなりにいてじっと私を見つめている。色白の姉の顔と仕事で日焼けした兄の顔。私はいきなりの兄の詰問口調に全身が硬直してしまったかと思うほど緊張した。口の中がからからになり喉もひりひりしてきたが、それでも、「うん、行きたい」と掠れるような声で返事をした。兄は睨みつけるように私の顔を見つめて、「ほんとうに勉強がしたいんか！」と重ねて聞いた。その時、兄がどういうつもりで私に尋ねているのか、また、兄は私の事をどう思っているのかなどと推し測ることすらできず、まったく前後の見境いもなく、答えることのみに必死だった。この事こそ、私がずっと望みに望んでいたことだったのだ。だから、「はい！　したいです！」と今度は気持ちを込めて大きな声で答えた。すると兄は、「そうか、よし分かった。それじゃあお前を高校に行かせてやる！」とはっきり言い切った。正直に言えば、実は母から「神戸に行って武士兄さんに会ってきなさい」と言われた時から、私はこうなることを淡くではあるがひそかに期待していたのであった。だが、そうは言っても、やはり今の今まで半信半疑だったのである。ところが、兄のこのひと言によって、私は、「ああ、思いが叶うんだ」と分かって、いっぺんに目の前も頭の上もぱあーっと明るく軽やかになった感じを覚えた。その時の私は、膝に乗せていた両手を思わずぐうっと突っ張り、しばらく固まってしまっていた。

どうやら、兄と姉との間では、私の進学についての段取りはすでに済ませていたらしく、話はどんどん進んでいった。

兄はこう言った。「高校には進学しろ。だがしかし大学までは行かせてやれないから、それは諦めろ。いいか、高校を卒業したら大手の会社に入社しろ。そのためには、普通科よりも工業高校か商業高校を出た方が就職は良いらしいから、そのどちらかにしろ」と、つぎつぎと私に言い聞かせてくれた。私はその都度、「はい！」、「はい！」と大きく頷いた。むろん、工業高校にはまったく関心が持てず、「商業高校に行きたい」と言った。算盤は小学校の時に商工会議所検定の三級を取得していたし、計算は嫌いではなかったから、迷いはなかった。兄は、「それなら、尾道商業高校が良いだろう。島から通学するのは無理だろうから、尾道に下宿先を見つけてそこから通学すればいい。学費も下宿代もすべて俺が出してやるから」と口調はきついが、一気にこう言ってくれた、兄の温かい実意がひしひしと胸に伝わってきた。それが兄にとってどれほど大変な負担になるものであるか、我が身の不遇ばかりを憂いていた愚かな私は、そこまで考えてみようともしなかった。我が事のみに必死であった。大学進学などはどうでもよかった。今はもう高校に行けるというだけで有頂天であった。しかも下宿までさせてもらえるというのは贅沢すぎるとも思うのであったが、それもただただうれしかった。普通科だったら家から通える高校が二つもあったし、とくに因島高校は大学受験校として評判のいい高校であった。だから因島高校で充分だったのであるが、就職のことを考えると、確かに商業科の方が大手企業への就職率が高かったのであるから、兄の言うことのひとつひとつに私はうれしく頷いたのである。姉もその後を補うように、「私は学費の面倒は見てあげられないけれど、旭ちゃんの身の回りのものは、私の力で出来る限り調えて応援してあげるからね」と言ってくれた。

それから、しばし田舎の話などをした後、兄はまた改まった口調になってこう言った。

「俺はお前に高校に行かせてやると約束した。それはお前が高校を卒業するまで必ず金銭的な面倒を見るということだ。だけど、それは俺がお前の兄だからすることなんだ。兄弟だからするんだ。だから俺に恩返しをする必要はない。借りができたなどとは思うな。俺に恩を感じなくていい。ただし、そのかわりと言ってはなんだが、お前も二つほど約束をしろ」と言った。そして兄は側にあった茶碗を取って一息にお茶を飲み干した。兄はいったい私に何を守れと言うんだろう、と固唾をのんで次のことばを待った。「いいか、一つは、高校を卒業したら会社に就職しろ。大学は諦めろ。それが一つ目だ。いいか」私は、なんだそんなことか、と思ってすぐに、「はい、分かりました」と答えた。「それからな、もう一つは、いまも言ったとおり俺に恩を感じたり恩返しをしなければいけないとは決して思うな。そのかわり、卒業したら必ず会社に勤めて元気に働いて、母さんを安心させてやれ。そうしてくれたら俺はお前を高校に行かせた甲斐があったと満足できるんだ。だから必ず母さんを安心させてやれ。どうだ守れるか」と、そこでことばを切った。私は、「はい、守れます。必ず守ります」と即答した。「よし、これは男と男の約束だぞ。姉さんが証人だからな」「うん、分かりました」そう言ったあと、私はしばらくの間、顔があげられなくなった。我が兄とは言いながら、こんなにまで手を差し伸べてくれて、しかも恩を着せまいとする温かい兄の心遣いに、おのずと深く頭を垂れてしまうのであった。

こうして、これまでずっと塞がってしまっていた自分の将来に、いまや一筋の大きな大きな光明が輝き出したのであった。決して生活に余裕があるはずのない兄が、いくら兄弟とは言え、これほどまでに手を差し伸べてくれたありがたさは、いくら鈍感な私でも深く深く身にしみた。

七

翌日、神戸から帰って、母に報告すると母はもちろん、家族みんなが喜んでくれた。長兄も機嫌よく「しっかりがんばれ」といってくれた。だが、三学期もあとすこしという時期になって、いまから受験勉強を始めて、はたして試験に合格するだろうか。私自身はなんとかなるだろうくらいに思っていて、さほど不安にも思わなかったのだが、母も長兄も「ともかく、むずかしいかどうか担任の先生に相談してみよう」というのであった。翌日、学校で私は担任の先生に、自分の進学のことで教えていただきたいことがあるので、今夜、兄といっしょにお伺いさせてくださいとお願いをした。尾道商業高校を受験したいことなどのあらましを話すと、先生は、「うん、分かった。いらっしゃい。でも、心配しなくても大丈夫だよ、尾商なら受かるから」と言ってくださった。その晩、手土産に清酒を一本買って、長兄とふたりで先生宅に伺った。兄の運転する自転車で、私は一升瓶を抱えて荷台に乗り、二十分くらい離れた隣町まで暗い夜道を行った。ところどころの電信柱にぼんやり電灯が灯っているが、電灯の下を通過するたびに、却ってその先の夜闇の暗さが増すような気がした。その所為かどうか気持ちがすこしずつ変に昂ぶり、胸がどきどきしてくるのであった。

クラス担任は、面長の赤ら顔の痩せた先生で数学が専門だった。歳は五十半ばくらい。穏やかな人柄で生徒達の人気も比較的ある方であった。先生は快く笑顔で迎えてくれ、我々を客間に通してくれた。兄は、まず、突然の夜の訪問をお詫びしたのち、私の進学について家族内で話し合ったことをかいつまんで言い、そして、はたして今の弟の学力で尾道商業高校に受かるものかどうか、先生のお考えをお聞かせくださいと言った。私は、終始、黙って兄の横に控えて、ときどき先生の顔を見たり、畳に目を落としたりしていた。先生はずっとにこにこ顔で聞いておられたが、兄が話し終ると、すぐに「ああ、大丈夫ですよ。波戸岡君なら楽々受かります。僕が太鼓判を捺しますよ」と仰った。私は、自分の事で「太鼓判を捺す」などと言ってもらったのは、後にも先にもこの時限りだが、いったい「太鼓判」てどんな判子《はんこ》なんだろう、とぼんやり疑問に思った。むろん、確実に保証するという意味なのだが、それにしてもずいぶん時代がかった言い方なのが可笑しかった。後にすぐ分かったことだが、当時（昭和三十五、六年頃）の受験情況では、県立尾道商業高校は競争率も低く、学業成績がそれほどでなくても入り易かったのである。むしろ、因島高校の方がレベルが高かったのであったから、先生がなんのためらいもなく「太鼓判を捺す」と言ったのも、もっともなことだったのである。

ご返事をいただいて、お礼を述べて、早々に辞したが、その間二十分くらいであったろうか。先生ご夫妻に笑顔で見送られ、また兄の漕ぐ自転車の荷台に跨って帰宅した。兄は、母に先生からのことばを伝えて、ほっとしたようすであった。家の中では自己中心的で気短かな兄は、ふだんは、ほとんど私には無関心であり、時に私は目ざわりな存在でしかなかったのであるが、この進学については、話が進むにつれて、日増しに好意的になり心配してくれるようになった。担任の先生の所に相談に行こうと最初に言いだしたのもこの兄だった。兄がなぜ急に私に関心をもつようになったのか。私はその変化をちょっと不思議に思ったのだったが、その時は自分のことでいっぱいだったから、深くは思わずすぐに忘れた。だが、兄が私に関心を持つようになったからと言って、私を一人前扱いすることはなかった。やはり大人が子供を見るという目線しか感じられなかったので、私の方からは、この兄に対しては相変わらず兄弟という親愛の情がさして湧かないのであった。

三年全クラス百三十名余のうち、四割弱の生徒が尾道や阪神方面に就職し、六割方の生徒が高校に進学した。男女の比はどちらもほぼ半々であった。学区が二つに跨っているので、彼らはそれぞれ瀬戸田高校と因島高校とに分かれて進学した。その他には、福山市の県立福山工業高校にふたり、呉市の県立呉商業高校にひとり、そして尾道市の県立尾道商業高校に私がひとり進学した。そうした中、例の中学の校長の末息子は、入学当初から猛勉強しており、学業成績はいつも一、二番であったから、彼は、当然、県下の難関校である広島大学付属高校に合格するものとばかり思っていた。その学校には、前の年に入学した先輩がひとりいたが、それは本校はじまって以来の画期的な出来事であった。彼こそそれにつづく生徒だと、大方の人が思っていたし、私も彼の合格を信じていた。ところが、彼は受からなかった。それは思いのほか、私を落胆させた。彼にして不合格というのだから、島という田舎の学校の生徒の学力は都会に比べてよほど低いのではないだろうか、という疑念が脳裡をよぎったからである。結局、彼は広島の受験校である私立修道高校に進学したが、それも補欠合格であったから、それを知った私はまたまた愕然とした。彼に比べれば、私などは受験勉強などはとんとせず、日ごろの予習復習もほとんどしてこなかったのだから、いよいよもって己の学力のほどが不安になり、世の中には、優秀な奴がたくさんいるらしいと思い知らされて、ひとり畏れ入ったことであった。それでも、内心では尾道の商業高校くらいは受かるだろうという自信はあったから、畏れ入りはしたけれど、気持ちがさほど動揺することはなかった。

三月十日、卒業式。卒業生代表で答辞を読んだ。しっかり読んだ。だが、この中学の三年間も、小学四、五年生頃から断続的に続いている憂鬱な日々でしかなかった。自分という人間が分からず、どうして生きているのか、何のために生きているのか、生きていたって心底楽しいと思えるのは、ほんの束の間で、それも自分のところには滅多にやってこない、生きていてなんになるのだろうか。そう憂いているとますます自分という人間が分からなくなった。分かるはずもないのだが、分かりたかった。しかし、そう思うと、いっそうなにもかもがあいまいであることに苛立《いらだ》ち、薄闇の中にもがいているのが苦しくて、つくづくすべてがつまらなくなってしまい、まわりがみんな色褪せて見え、みすぼらしい気持ちに陥《おちい》るのであった。こんな中途半端なままで生きていたってしようがないのではないか、いったい生きている意味があるのだろうか、そんなもやもやした状態が限りなくつづく日々。それが大部分だったように思われる。

今にして思えば、このつらさ苦しさの原因は、結局、自分の愚かさに気がつかないところから生じていたのであるが、当時の私には、それは考え及ばぬところであった。むろん、自分の愚かさは何度も思い知らされる時があったし、自分はなんてだめな奴なんだと嘆き悩むこともしばしばあった。

しかし、それでいながら、その都度、自分が愚かであるという事実、愚昧であるという現実の自分を、みずからに受け入れることができなかった。己が愚昧さが納得できず、受け入れられないということは、やっぱり、己が愚かさに気がついていないのと同じことなのであった。

私は、将来どころか、今の自分が分からなくて、ただ詩歌や小説、それに人生読本のようなものをやみくもに読むだけで、判然とした目標も定められず、ただ己が境遇を嘆いてばかりでいた年月を送っていたというほかはない。表向きは陽気を装ってはいたが、とかくひとりの時は、首うなだれて地面ばかり見つめて鬱々と歩いていた少年であった（ただし、これもずっと後になっての回想だが、高校受験ができないということは非常な悲しみだったが、逆からみれば、もともと性に合わない受験勉強をしないですんだことはむしろ幸いだったとも言える。がしかし、もちろん、当時の私の暗い頭では、そんなプラスマイナスを計る余裕などはなかった）。

さて、受験するにあたっては、尾道まで泊りがけで行かねばならなかった。しかし、尾道には知り合いはまったくなかった。ところが、さいわいに理科の担任の先生が、私の受験を知ると、職員室に呼ばれて、「私の実家は、尾道のとなりの町の松永駅のすぐそばだから、よかったら私の家に泊って受験に行きなさい。ぜひそうしなさい」と勧めてくれたので、ありがたくそうさせていただくことになった。この若い男の先生は、生真面目で感じのいい方の先生ではあったが、私は格別の尊敬の念も親しみも感じたことはなかった。大体が、中学三年間を通じて、自分の心が沸きたつようなすばらしい先生には出会えなかったのである。もっともそれが普通なのであろうが、どちらかといえば、私は、どの先生に対してもいくぶん冷めた目で見ていた。心惹かれる先生はいないに等しかった。こんな生徒にまでも、「私の実家に泊りなさい」と親切に勧めてくれる先生がいたのであるから、思えば、古き良き昔とは言え、なんとも島の小さな学校ならではの温かさ、ありがたさであった。

三月十三日。受験前日の夕方に、私は、お米を三合と家からの手土産を持ってその先生の実家を訪ねた。品の良い老夫婦がやさしく迎えてくれた。先生のご両親である。二階の西向きの一間に座り机が一つ置かれていた。その前に座って、まずはほっと一安心できた。窓を開ければ、松永駅はすぐそばであった。人の乗り降りもよく見えた。折々、蒸気機関車の発車する音、通過する音、そして汽笛が鳴り響いた。

二日間の各教科の試験は思ったほど難しくはなかった。

やがて、合格通知が来た。神戸の兄と姉に手紙を書いた。

尾道の下宿先は、高校からの紹介があってすぐに決まった。早速、長兄は私の勉強机を作ってくれたし、兄嫁は母と一緒に新しい蒲団を作ってくれたり、ふだん着のセーターを編んでくれたりした。しばらくは暗い心から解放されて、よろこび勇み家族に感謝でいっぱいであった。自分の暗い部分は、消えたわけではなかったが、とりあえずは、大きな窓が開いたよろこびに身をゆだねることができた。思いもよらぬ開運のよろこびに、胸のときめきを抑えかねていた。

この頃、神戸の姉は二度目の出産が近く、その介護のために母は神戸の姉の家に出向いていた。姉は、原因不明の伝染性の皮膚病に罹っていたが、身重であるから手術はむろんのこと、一切の施術ができず、悪化の一途を辿っており、命がけの出産を控えていたのであった。やっと二十五歳になったばかりの姉であったが、予断を許さない日々であった。一月に会ったときよりは、よほど衰弱しているらしかった。私を励まし応援してくれている姉の危機状態に、私はただ遠くから無事の安産と回復とを心に祈るばかりであった。尾商合格も喜んでくれたらしいことは、母の手紙から知ったが、むろん私への手紙は来なかった。もはやそれどころではなくなっていたらしいのである。

うぐひすや明るき方へ稿つなぎ　　旭

高校入学

尾道は、その名のとおり細長い尾っぽのような形をしている町である。瀬戸内海の海岸沿いを低い山並みが連なり、その内海と山並みとの間を延々と街道が続いている。尾道は、その街道の途中にあって、町は長く東西に延びている。平安時代末期の頃から、瀬戸内海水運の中継港として栄え、年貢米輸送の港津として、さらには対明《みん》貿易船の内海唯一の寄港地、また江戸時代には西廻り航路の重要な寄港の中心地として栄えた。明治以降は、水深が浅くて港も狭いため、地方的な港となったが、商港としての長い実績から、商業機能の高い都市として近年まで栄えた町である。

私のはじめての下宿先は、尾道の日比崎《ひびざき》という地で、尾道市全体から見れば、いくぶん西寄りの丘台であった。下宿の裏手には石鎚山という標高二百mほどの小山があり、里山の機能があって、山路はよく整備されていた。

十五歳ではじめて島を出て、尾道での下宿生活。島の家までは巡航船に乗ってほんの二時間余りもあれば帰られるほどの所なのだが、やはり、最初のひと月ほどは軽いホームシックに罹った。だが、今も生死の境をさ迷っている神戸の姉のことを思うと、ホームシックなどという自分の甘さが恥ずかしく、しっかりしなくてはいけないと自戒した。

四月八日が、入学式であった。むろん、家からは誰も来なかった。式自体に格別の感慨もなかったが、まあ精いっぱい頑張ろうとは心に誓ったことである。

この入学式の日から、今まで止めていた日記を書き始めた。本屋で「学生日記」という布製のしっかりしたハードカバーのを買った。自分の心を見つめるためであった。以後、私は日記を二十五歳頃まで書き続けた。改めて、自分は兄姉たちのお蔭で高校進学ができたのである。感謝の気持ちを忘れずに、頑張ろうと誓って、それを日記に記した。

入学後、しばらくは心晴れ晴れとした日々が続いた。だが、晴れ晴れした気分は、そう長くは続かなかった。高校進学ができたからといって、心の根っこにある悩みが解けたわけではなかったからである。むしろ、高校進学ができたことによって、それまでその暗く蓋されていた、以前からの自分の心の底にわだかまっている悩み苦しみが表面に出てきたのである。相も変わらずうじうじと自分という人間が分からない。もっと秀でた人間でありたいと思うのだが、どうやらなにほどの能力も持ち合せて生まれてきてはいないらしい。いや、そんなはずはないとまた別の意識が首をもたげてくるのだが、しかし、誇るべき格別の能力はどこにも見当たらない。今思う自分以上の自分でありたいと背伸びをしてみるのだが、所詮は悪あがきであった。いったいこんな中途半端な自分が生きていてなにになるのだろう、と自問してみる。だが、なんの答も返ってこない。自分はどうして生きているのか、なんのために生きているのか。このもやもやの憂いをどうすればいいのか。この落とし穴にはまってしまうと、しばらくは二進《にっち》も三進《さっち》もゆかなくなってしまった。それは、おそらく、ぼんやりとながら心に想定している望ましい自分の在り方を追いかけようとして、どうしても追いつくことができないもどかしさに溺れ、踠《もが》いていたのであったろう。漠然とながらも自分の思い描く理想的な自分に追いつけないことへの焦りであり苦悩であったと思われる。

それでも、授業の予習復習はきちんとするようにした。だが、はじめの意気込みはどこへやら、無我夢中で勉強するという昂揚感からは次第に遠ざかっていった。むろん授業は真面目に熱心に受けてはいたのだが、身勝手ながら、自分の心に響いてくるような魅力ある授業が無かったことも災いした。こちらからぶつかってみたいという先生もいなかった。先にも記したが、私は、自分を見つめるために日記を書き始めていた。日々の思いを綴りながら、自分という人間を知ろうと思ったからである。けれど、そこには、いつも目先の些末な事に一喜一憂しているばかりで、煩悶し続けている愚かな小さな自分が見え隠れしているだけで、思惟も思索も皆無に等しいものであった。当時、町の書店で、『青春とは何か』とか、『学生の生き方』とかの教養書を買ってむさぼり読んではみたけれど、そこには、人が生きる目的は、教養を高めるためであるとか、人格を高め、人間形成の向上を目指そうだとかと書いてあるだけで、それらのことばはほとんど自分の胸に響いてはこないものであった。ただそらぞらしく思われるだけであった。

それほど深刻にではなかったが、「死」ということの世の絶対の事実を前にしてみると、これらのことばは、自分には何の意味も持たなかった。それは、また言い換えれば、結局は、ありのままの自分という人間が信じられず、自分自身を疑い続けていることから生じる物狂おしさであったのかもしれない。

この悩ましく自分を探し続ける心の旅は、私の場合は、十二、三歳頃から暗くだらだらと続いて、何らの進展もないままに、ただ自我を窮屈に縛り、我と我が心とを、相殺しあるいは相剋しあって、およそ二十三歳頃になって、ある時はっとあることに気がつくまで、私を苛《さいな》み続けたのであった。これは、私だけの事ではなく、いわゆる青春時代とは、だれもがこうした暗い悩みを抱えているものなのだろうが、それは、今にして分かることであって、少なくとも私にとっての青春時代は、なかなか他人のことにまでは考えの及ばぬエゴイストの時代だったと言わざるを得ない日々であった。

ただその蒼い暗い青春時代の真っただ中で、私は、なんと幸運にも大きな救いの手に巡り合うことができたのであった。その救いの手というのは、十七歳の春の時のことで、私は私の生涯の恩師となる先生に巡り会えたのである。

私は愚かしく迷いの暗闇をさ迷いながらも、その後、その時々において、肝腎なところで、恩師をはじめ、色んな人々からのさまざまな導きを受けて、人生の大事な選択をおおかたはあやまたず、生きてくることができた。これはむしろ感謝すべき強運に恵まれた人生であった、と言えるのかも知れないと今は思う。

この自伝的な文は、じつはこの後の高校時代以降の私事を書き残したくて書き始めたもので、これからが肝腎なところなのだが、高校入学のところでひとまず区切りをつけて、また稿を改めようと思う。

青麦の島また島の上に海　旭

あとがきに代えて

記憶の糸の絡まりを
すこしずつ解《ほぐ》してみると
今さらに
生かされて生きていることに
しみじみと気づかされる。

令和元年十月十日

波戸岡　旭

著者略歴

波戸岡　旭（はとおか・あきら）

昭和20年5月5日・広島県生まれ
昭和41年－52年「馬酔木」投句
昭和47年「沖」入会 能村登四郎に師事
昭和55年「沖」同人
平成11年「天頂」創刊・主宰
句集に『父の島』『天頂』『菊慈童』『星朧抄』『湖上賦』『惜秋賦』新装版『父の島』『鶴唳』
研究書に『上代漢詩文と中國文學』『標註　日本漢詩文選』『宮廷詩人 菅原道真――『菅家文草』『菅家後集』の世界――』『奈良・平安朝漢詩文と中国文学』
エッセイに『自然の中の自分・自分の中の自然――私の俳句実作心得』『猿を聴く人――旅する心・句を詠む心』『遊心・遊目・活語――中国文学から見た俳句論』『江差へ』

國學院大学元教授・文学博士
俳人協会評議員

現住所
〒225-0024　横浜市青葉区市が尾町 495-40

島は浜風　しまははまかぜ

二〇一九年一一月二四日　初版発行

著　者――波戸岡　旭

発行人――山岡喜美子

発行所――ふらんす堂

〒182-0002 東京都調布市仙川町一―一五―三八―二F

電　話――〇三（三三二六）九〇六一　ＦＡＸ〇三（三三二六）六九一九

ホームページ http://furansudo.com/　E-mail info@furansudo.com

振　替――〇〇一七〇―一―一八四一七三

装　幀――和　兎

印刷所――日本ハイコム㈱

製本所――三修紙工㈱

定　価――本体二八〇〇円＋税

ISBN978-4-7814-1236-8 C0095 ¥2800E